『홍루몽』
읽기

세창명저산책 **104**

『홍루몽』 읽기

초판 1쇄 인쇄 2024년 1월 8일
초판 1쇄 발행 2024년 1월 17일

–

지은이 최용철
펴낸이 이방원
기획위원 원당희
책임편집 배근호 **책임디자인** 양혜진
마케팅 최성수 · 김 준 **경영지원** 이병은

–

펴낸곳 세창미디어
신고번호 제2013-000003호 **주소** 03736 서울특별시 서대문구 경기대로 58 경기빌딩 602호
전화 02-723-8660 **팩스** 02-720-4579 **이메일** edit@sechangpub.co.kr **홈페이지** http://www.sechangpub.co.kr
블로그 blog.naver.com/scpc1992 **페이스북** fb.me/Sechangofficial **인스타그램** @sechang_official

–

ISBN 978-89-5586-782-4 02820

세창명저산책

『홍루몽』 읽기

104

紅樓夢

최용철 지음

세창미디어
MEDIA

머리말

나의 인생에 여러 가지 행운이 따랐지만, 그중 하나는 분명 『홍루몽』과의 만남이다. 세상에 가장 이상적인 삶은 자신이 좋아하는 대상을 평생 따르고 좇으면서 살아가는 것일진대, 내가 바로 그러한 행운아였다. 내가 이 책을 만난 것은 대학생 때였다. 이 책에 매료되어 학부의 졸업 논문 주제로 삼았고, 이어서 『홍루몽』은 대만 유학에서도 대학원 석사 과정과 박사 과정에서 줄곧 연구의 대상이 되었다. 대학 강단에서는 강의의 대상으로 삼았고 또한 일반인을 위한 공개 강연의 주제로도 활용했다.

혹자는 그렇게 줄기차게 함께 있으면 지겹지도 않느냐고 하지만, 내게 『홍루몽』은 늘 가슴 설레는 애틋한 대상이었다. 내가 느끼는 그 설렘을 다른 사람들에게도 알려 주고 싶었다. 마치 종교적 전도의 책무를 다하려는 엄중한 사업의 일환처럼 그렇게 평생 사람들에게 이 책의 겉과 속을 다 보여 주고 싶었지만, 여전히 사람들은 무심하였고 나를 만나서야 비로소 그 책의 이름을 들춰내곤 했다. 나는 동학(同學)과 함께 완역본을 내고 해설서도 써서 펴냈지만, 세상에 이 책을 더 넓고 깊게 알리고 싶은 생각은 지금도 변함이 없다. 이 책을 생각할 때마다 청춘의 뜨거운 피가 끓어오르는 느낌을 받는 것이 이제는 스스로도 신기할 따름이다. 사람들이 왜 아직도 이 책을 잘 모르는지, 왜 잘 알고 싶어 하지 않는지 늘 안타깝게 여겼다. 하지만 세상이 내 뜻대로 흘러갈 수는 없다. 이 책의 세상으로 들어가기 쉽고 일목요연하게 내용을 간추리는 노력도 우리 '홍학가(紅學家)'의 일이다.

내가 알고 느끼는 바를 각자 다양한 방식으로 풀어내어 『홍루몽』이라는 거대한 산을 여러 방향에서 오르다 보면, 마침내 모두 산 정상에서 만나게 될 것이다. 그렇게 되면 이 꿈의 산에 오르는 독자들이 좀 더 많아지고, 다 함께 행복한 공감을 간직하게 될 것이니, 그 또한 즐겁지 아니하랴!

이 땅에 오래 함께 살아오면서 뜨거운 정을 나누며 서로 보살피고 보듬어 준 많은 분, 그동안 고마운 모든 분께 감사의 마음을 전하며, 다 함께 홍루의 정원을 천천히 유람하면서 소소하지만 확실한 즐거움을 한껏 얻어 보기를 기대한다.

2023년 12월

연홍헌에서 저자

차례

프롤로그

세계 명작으로서 손색없는 『홍루몽』과의 만남은 큰 기쁨이요, 행운이다. 그것은 이 글을 쓰는 필자나 이 글을 읽는 여러분이나 똑같이 느낄 수 있는 공통의 영역이다. 이러한 공감대를 바탕으로 『홍루몽』의 세계를 함께 살펴보려고 한다.

『홍루몽』은 명청 소설의 발전 단계에서 최고봉을 이룩한 장편 소설의 백미다. 『삼국지연의』, 『수호전』, 『서유기』, 『금병매』 등 이른바 사대기서의 발전 단계를 거쳐, 청초의 재자가인소설, 문언소설 『요재지이』, 풍자소설 『유림외사』 등의 우수한 점을 흡수하고, 일부 부족한 점을 타산지석으로 삼아 소설의 기법상 최고의 경지에 이르렀다는 것이 논자들의 한결같은 결론이다. 전통으로 내려오던 소설 기법의 기반 위에서 그것의 단점을 개선했기에 '전통적 소설 기법을 타파했다'라는 평가를 들을 수 있었다. 앞선 작품에서 빈번하게 등장했던 희극으로 마무리하는 대단원 구성이나, 비현실적 상상으로 만들어 낸 인물의 형상화나, 소설 고유의 전형적 성격을 만들지 못하고 유형적 인물을 만들어 낸 방식 등을 과감하게 타파했다는 것이다.

그렇다면 『홍루몽』의 어떤 점이 이 책을 중국 최고의 소설로 우뚝 서도록 만들었을까. 여러 가지 분석이 가능하지만, 작품이 품고 있는 독특한 특징을 정리하면 대체로 다음과 같다.

첫째, 독특하고 기발한 발상의 신화적 구조다. 소설에 신화적 요소가 가미된 것은 앞서 『수호전』이나 『봉신연의』, 『서유기』에도 있었다. 어쩌면 돌알에서 태어난 손오공의 이야기가 『홍루몽』의 신화적 구조에 가장 큰 아이디어를 제공했을지 모른다. 손오공의 신출귀몰한 능력은 비인간적이라서 차라리 신화라고 할 만큼 파격적이다. 가보옥의 이야기 역시 황당한 신화적 이야기로 시작하지만, 다분히 인간적이다. 여와보천의 신화에서 하늘에 이르지 못하고 대황산에 버려진 거대한 바위가 변한 영롱한 옥을 입에 물고 태어났다는 설정은 일견 헛웃음을 일으키지만, 작가는 얼굴에 웃음기를 감추고, 진지하고 엄숙하게 통령옥의 모양을 그려 낸다. 또한 그럴싸한 이론을 내세우며 작중 인물이 앞다투어 나서서 살펴보고 감탄하도록 넉살 좋게 꾸며 낸다. 작자도 그 황당함을 인정하고 대황산 무계애라고 미리 지적했지만, 가보옥은 어디서나 만날 수 있는 귀공자의 모습이다. 서두에서부터 독자는 이런 이야기 속에 깊숙이 빠져들게 된다.

둘째, 소설의 인물 구조는 가씨 가문을 중심으로 친인척간 젊은 남녀의 삼각관계로 이어진다. 작가도 지적했듯이, 등장인물은 역사적으로 거창한 영웅이나 유명인사가 아니지만, 친척 가문 사이에서 충분히 있을 수 있는 사건을 여실히 보여주어 눈앞에 이야기가 전개되도록 한다. 독자는 이제 가보옥, 설보차, 임대옥의 디테일한 감성의 교류와 미묘한 관계의 변화에 주목하게 된다.

셋째, 대갓집 가문 내에서 일어나는 사건은 때로는 노골적으로, 때로는 은밀하게, 구성원 사이의 애틋한 애정과 추악한 치정의 갈등을 그린다. 한 가정을 중심으로 장편의 이야기를 그린 것은 『금병매』의 영향이라고 할 수 있다. 여기서는 좀 더 규모와 범위를 크게 하여 네 가문이 동시에 등장하며, 길게는 오대에 걸친 파란만장한 이야기로 구조를 만들었다. 구조는 그렇지만 소설 작품의 서사는 선택과 집중이라는 기법으로 진행되어야 한다. 작가 조설근(曹雪芹)도 가씨 가문을 중심으로 외척인 사씨, 왕씨, 설씨네 인물이 모이도록 하였고, 가문의 어른인 사 태군을 중심으로 아들인 가사, 가정 형제와 손자인 가련, 가보옥, 가환 형제의 삼대를 주요 묘사 대상으로 삼고 있다. 그러면서 이야기의 규모가 점점 커지고 가문 사이의 인물로 확대되어 독자의 흥미는 더욱 강렬해진다. 특히 가문 내에서 일어나는 일방적인 애정 호소(가서)나 그에 대한 독살스런 보복(왕희봉), 보이지 않는 치정에 의해 드러낼 수 없는 죽음(진가경)과 호들갑스러울 정도로 화려한 장례식을 치루는 인물(가진), 그리고 그 임시 권한을 빌미로 권세를 부리고 이득을 챙기는 인물(왕희봉)의 이야기는 단락마다 압축된 단편 소설처럼 흥미롭게 전개된다. 그러한 와중에서 서서히 사랑의 씨앗이 싹트고 청춘의 가슴 아린 사랑의 마라톤과 같은 가보옥과 임대옥의 갈등과 화해의 연속은 독자의 손에 땀을 쥐게 한다. 『홍루몽』 독자의 진정한 관심은 고금을 막론하고 결국 이 청춘남녀의 사랑의 속삭임이 비극으로 끝날지의 여부에 있을 뿐이다.

넷째, 소설은 언어를 통해 인물을 그려 내는 것이다. 성공한 작가를 '언어의 마술사'라고 부르는 것이 바로 그런 의미다. 『홍루몽』 속 인물의 개성을 명확하게 드러내는 전형화는 그들을 세밀하게 묘사한 적절한 언어와 그들의 입을 통해 발설되는 대화를 기술한 언어의 기교로 이루어졌다. 시녀의 입에서 아무렇게나 고문어 투가 쏟아져 나오는 재자가인의 작품을 가모(賈母)가 비판하였듯이, 소설 인물의 출신과 학식, 덕성에 맞도록 대갓집 소저의 입에서는 아가씨다운 말이, 고리타분한 선비의 입에서는 고상한 문언 투가 나오도록 해야 하는데 『홍루몽』의 언어기법은 그러한 경지에 도달했다. 독자들이 소설 속에서 현실과 괴리되지 않은 언어 사용을 보면서 쾌재를 부르는 것은 당연하다.

다섯째, 고전 소설은 다양한 문체뿐만 아니라 각양각색의 전통문화를 담는 그릇이다. 『홍루몽』은 기본적으로 시대적 배경을 드러내지 않는 작품이지만, 명대 이전의 전통문화와 청대의 문화를 골고루 담으려고 했다. 작가는 한족의 혈통이지만 만주 귀족의 후예로 성장하였고 황실과 깊은 관련을 맺어서 황실을 비롯한 귀족 문화에 익숙해 있었다. 이 책에서 묘사된 의식주행(衣食住行)의 전통문화는 만한(滿漢)융합의 문화라고 한다. 청대 후기 독자는 물론 민국 이후 현대 중국 독자들에게는 전통 생활의 실록이라고 할 수도 있고, 외국 독자들에게는 중국 전통문화를 간접적으로 접촉하고 이를 이해하도록 돕는 백과사전 역할을 할 것이다. 이처럼 풍부한 문화적 콘텐츠를 담고 있는 점도 『홍루몽』의 인기에 도움을 주는 요소다.

청대 후기에는 아직 제대로 작가와 그 가문에 대한 고증이 이루어지지 않아 오직 이 책의 작품성과 예술성으로만 일반 독자의 인기를 얻었다. 간혹 특기할 만한 색은(索隱, 색은은 작품 속의 숨겨진 뜻을 찾고자 한 것이다.)의 주장이 있었지만, 역시 민간 문인들의 일상적인 취미로 일부의 흥미를 끌었을 뿐이었다.

그렇다면 20세기 이후 작품 자체의 우수한 창작 기법으로 인해 찬사를 받는 것 이외에 또 무엇 때문에 이 작품이 대중적 관심을 얻고 방대한 팬덤이 형성되었으며, 또한 학계는 물론 언론과 민간 사회의 비상한 주목을 받았던 것일까. 작품 자체를 벗어난 문학 외적 인기 요인으로 많은 예를 들 수 있지만, 다음 몇 가지는 필자가 평소 주목하던 것들이다.

첫째, 민국 초기 백화 문예 운동이 일어나면서 명청 소설 등 백화로 쓰인 고전 문학이 주목을 받게 되었다. 백화(白話)란 입에서 나오는 대로 쓴 구어체를 말한다. 이에 상대적으로 문장으로 기록하기 위해 쓰인 서면어(書面語)를 문언이라고 했다. 중국 문학에선 송원(宋元) 이후의 소설이나 희곡에 백화가 많이 쓰였으나, 생활 전반에 백화가 활용된 것은 20세기 이후의 일이다. 명청 대에 소설이 다른 시기에 비해 많이 출현하여 소설의 시대라고 불리지만, 전통 문인에게는 여전히 시문이 강조된 시대였다. 상대적으로 통속문학인 소설은 공식적으로 중시되지 않았다. 하지만 서양 문예 사조의 전파로 인해 19세기 말부터 소설의 위상이 높아지고 20세기 초에는 언문일치 운동이 대대적으로 일어나 백화로 글을 쓰자는 운동이 후스[胡適]를 중심으로 요원의 불길처럼 일어났다. 그때 『유림외사』나 『홍루몽』은 전형적인 백화소설의 모범으로 지목되어 새롭게 주목받기 시작했다. 신문학 작가들은 모두 『홍루몽』의 우수성을 강조하고 이를 모델로 삼아서 뛰어난 작품을 쓰고자 했다. 현대의 문예 환경이 격변함에 따라 『홍루몽』의 위상이 전통 시대보다 훨씬 높아지게 되었다.

둘째, 백화 문학운동의 기수인 후스는 백화 문학의 모델로 지목된 고전 장편 소설의 작가와 판본의 고증에 힘썼다. 그 결과 1921년 발표된 「홍루몽고증」에서 『홍루몽』의 작가는 건륭(乾隆) 연간의 실존 인물 조설근(曹雪芹)이며 소설의 내용은 곧 그 자신의 가문에서 일어난 일이라고 단언했다. 후스의 자전설(自傳說) 주장에 이어 새로운 자료가 속속 발굴되었고, 구체적인 연구는 위핑보[俞平伯]와 저우루창[周汝昌] 등으로 이어졌다.

전통 소설의 작가는 대부분 민간의 무명 문인이었고 또 작가 자신도 이름을 남기기 꺼려 『금병매』 같은 대작의 작가도 그저 소소생(笑笑生)으로만 알려질 뿐이었다. 『홍루몽』의 첫 회에는 창작과정에 관여한 인물로 석두, 정승, 오옥봉, 공매계, 조설근 등이 등장하지만, 정위원(程偉元)과 고악(高鶚)이 120회본 『홍루몽』을 간행할 때에는 조설근이 누구인지 알 수 없다고 했다. 따라서 청대 후기에는 그가 무명 인사이거나 앞서 다른 인물처럼 허구의 가명으로 보았다. 후스가 조설근이 실존 인물이었다고 발표했을 때 세상 사람들은 놀라움을 금치 못했다. 조설근은 강희제와 깊은 관련이 있는 조인(曹寅)의 손자로 남경의 강녕직조(江寧織造)에서 태어났다. 직조는 황실 직속의 비단 제조 공장이지만 동시에 황제의 사적인 업무를 대리하며 남방지역의 민심과 동태를 살피는 일도 맡은 직책이었다. 직조는 강녕(금릉, 지금의 남경)과 소주, 항주 지역에 설치되어 있었으며 모두 강희제의 유모를 지낸 가문으로 임명하여 상호간에 긴밀한 협력관계를 유지하도록 했다. 강희제 사후 옹정제(雍正帝) 초기에 가문이 몰락하자 어린 조설근은 가족을 따라 북경으로 돌아와 살았다. 만년에 북경 교외 서산(西山) 아래로 이주하여 빈궁하게 살며 『홍루몽』을 창작하다가 완성하지 못하고 48세 무렵에 죽었다. 소설 원문에서 자신을 조설근으로 표기했지만, 본명은 조점(曹霑)이고 자를 몽완(夢阮)이라 했고 호를 근포(芹圃), 근계(芹溪)로 썼으며 설근도 호의 하나로 본다. 가깝게 교류한 돈성(敦誠)과 돈민(敦敏)의 시에서도 조설근의 호가 보인다. 조설근 가문의 역사적 사료가 조금씩 나올 때마다 『홍루몽』에 대한 세인의 흥미는 더욱 높아졌다.

셋째, 『홍루몽』은 황실과 관련이 있는 귀족 가문의 이야기를 다루고 있어 청대 후기에도 이미 창작 모델을 두고 여러 가지 주장이 나오기 시작했다. 하지만 민간 문인들의 일부 주장에 큰 사회적 반향이 일지는 않았다. 민국 초기 『홍루몽』의 위상이 점차 높아지고 있을 때, 숨겨진 뜻을 찾으려는 색은파 저술이 여럿 나왔다. 특히 북경대학 차이위안페이[蔡元培] 총장의 『석두기색은』은 그의 정치적, 문화적 위상으로 더욱 주목을 받았고, 그가 조설근 자전설을 주장한 후스와 벌인 격렬한 홍학 논쟁은 학계와 전국의 지식인들이 문학에 깊은 관심을 기울이는 결정적인 계기가 되었다. 당시 후스의 과학적 논증에 의해 색은파 주장이 일견 패퇴한 듯했으나, 여전히 지식인 사이에서는 매력적인 고찰의 대상으로 여겨진다. 1960~1970년대 홍콩과 대만에서 판충구이[潘重規]가 차이위안페이에 이어 다시 반청복명(反淸復明)설을 주장한 것이나 2000년대에 북경에서 류신우[劉心武]가 진가경의 유래를 추정하여 주창한 진학(秦學) 등이 바로 새롭게 대두된 색은파인데, 이로 인해 『홍루몽』은 독자들의 비상한 관심을 다시 끌게 되었다.

넷째, 중국 현대 정치사를 보면 문예와 정치 사이에 상당히 깊은 관련이 있음을 알 수 있다. 문학과 예술이 민간의 여론을 주도할 수 있다는 점에서 오히려 당연한 결과이기도 하겠지만, 마오쩌둥[毛澤東]은 자신이 즐겨 읽고 애호하는 고전문학을 정치 권력의 장악이나 투쟁에 적극 활용하려고 했다. 1954년 위핑보의 '홍루몽연구 사건'은 분명 마오쩌둥의 뜻에 의해 젊은 청년 학자의 연구를 앞세워 문예계에 보편화된 후스의 영향력을 제거하기 위한 정치 운동이었다. 홍루 비판운동은 문화대혁명 기간에 극한에 이르렀고 거의 모든 지식인들에게 고정된 시각을 강요하였다. 『홍루몽』을 중국 전역의 각계각층에 보급하도록 하는 데는 일조를 하였으나, 이 작품의 문학성이나 예술성을 올바른 시각에서 감상하지 못하도록 심각한 악영향을 끼쳤음은 부인할 수 없다.

다섯째, 『홍루몽』을 소재로 한 문예 작품은 이미 19세기 말 청대 후기부터 양산되었다. 각종 판본의 간행과 더불어 삽화가 포함되었고, 단독으로도 개기(改琦)의 정교한 화책이나 손온(孫溫)의 방대한 전본 화책이 만들어졌다. 민국 이후에는 영화가 만들어지고 수시로 연극이 공연되었다. 개혁 개방 이후 CCTV 36부작 드라마(1987)와 베이징 올림픽 이후 나온 BTV

50부작 드라마(2010)는 원작의 전모를 영상으로 제작하여 시청자들에게 깊은 인상을 심어 주어 널리 인기를 끌었다. 이는 궁극적으로 『홍루몽』 독자와 애호가를 더욱 양산했다. 근년에는 CCTV에서 「조설근과 홍루몽」의 제목으로 6부작의 다큐멘터리(2021)를 만들어 새롭게 주목받기도 했다. 이 밖에도 『홍루몽』 인물의 조각이나 작품 속 시사의 전각과 같은 예술작품을 만들어 꾸준히 『홍루몽』 애호가들을 즐겁게 하고 있는데, 이러한 현상은 독자층의 꾸준한 증가와 상호작용을 한다. 현재 중국의 거의 모든 주요 출판사에서 『홍루몽』을 간행하고 전국의 거의 모든 가정에 한 질 이상의 『홍루몽』을 소장하고 있다고 가정할 때, 그 방대한 규모는 가히 상상하기 어렵다.

지난 백 년간 문학비평파는 『홍루몽』의 뛰어난 문학성과 예술성을 밝혀내 작품의 성가(聲價)를 높였고, 고증파와 색은파는 작품의 배경과 작가의 창작과정에 관한 다양한 고찰과 독특한 해석으로 폭넓은 독자의 주목을 받았다.

현대 중국의 홍학 열기는 남다른 데가 있다. 단순히 작품의 문학적·예술적 경지에 대한 순수한 문화인의 열기를 넘어 다분히 정치적이고 사회적인 운동의 회오리에 쓸려 들어간 점을 간과할 수 없다. 문제는 이웃 나라인 한국에서 이러한 점을 어떻게 바라보고 평가할 것인가에 달려 있다. 정치권력에 이용된 문학 작품을 다시 문학과 예술의 영역에서 올곧은 시선으로 재평가하고 새롭게 바라보아야 한다. 문학을 정치투쟁의 영역에 끌어들인 당시의 위정자를 비난하거나 재평가할 수는 있지만, 그로 인해 문학 작품 자체의 공정한 평가마저 영향받을 필요는 없다. 그러한 고통의 상처는 사라질 수 없겠지만 그것으로 인해 오늘날 우리가 외국 문학으로서 바라보려는 『홍루몽』의 올바른 분석에는 흔들림이 없어야 한다.

결국 『홍루몽』의 위상은 누가 인위적으로 만들어 놓은 게 아니라 바로 그 자체가 품고 있는 덕성과 지혜에 의해 형성된 가장 자연스러운 평가다.

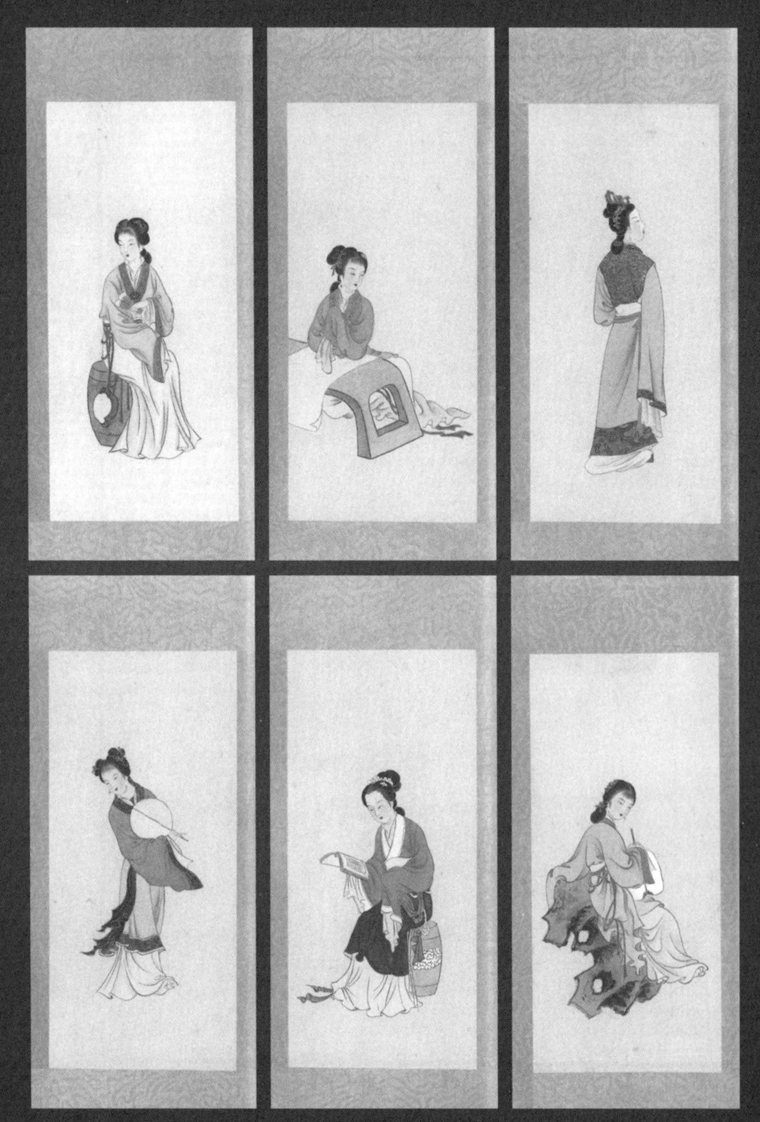

작가 미상, 금릉십이차(金陵十二釵), 청대 추정, 카네기 맬런 대학 소장

개기(改琦), 통령보옥 강주선초(『홍루몽도영』), 1879

제1장

홍루몽 어떤 소설인가: 참회의 기록

1. 무엇을 말하고 싶은가

『홍루몽』이란 도대체 무엇을 말하려고 쓴 소설일까? 바로 이 소설의 주제에 대한 질문인데, 역대 연구자들이 이에 대해 오랜 기간 심사숙고하였지만 결론은 다양했다. 표면적으로만 본다면 다음의 몇 가지 방법으로 주제를 추정할 수 있다. 우선 작자 스스로 전체적인 내용에 걸맞게 붙였을 것으로 추정되는 작품의 제목을 풀어 보는 일이다. 『홍루몽』이란 제목도 일단 '붉은 누각의 꿈'으로 풀 수 있으니, 귀족 여성들의 부귀영화와 흥망의 과정을 그린 소설로 볼 수 있다. 하지만 이 책의 초기 필사본에선 제목을 '홍루몽'이라고 쓰지 않고 '석두기'라고 썼다. 작가 생전에는 책의 제목이 '홍루몽'이 아니었다는 얘기다. 뿐만 아니라 이 책 서두에 밝힌 작품의 성립 과정에는 여러 인물과 함께 다음의 여러 제목이 함께 등장하고 있다.

> 공공도인(空空道人)이란 사람이 대황산 무계애 청경봉 아래를 지나다 이 거대한 바위에 구구절절한 사연이 선명하게 적혀 있음을 보게 되었다. … 홍진세계로 나가 이합비환과 염량세태를 모두 맛보고 나서 돌아온 돌의 이야기임을 알게 되었다. … 공공도인이 석두를 향해 따져 물었다. … 마침내 처음부터 끝까지 베껴 세상에 널리 전하고자 하였다. … 이로부터 공공도인은 … 스스로 이름을 바꾸어 정승(情僧)이라 하고 『석두기』를 『정승록』이라고 부르게 되었다. 오옥봉(吳玉峰)에 이르러 『홍루몽』으로 이름 붙였으며 동로(東魯) 공매계(孔梅溪)가 다시 이 책을 『풍월보감』이라 제목을 달았다. 훗날 조설근(曹雪芹)이 도홍헌에서 십 년간 열람하면서 다섯 차례나 덧붙이

고 목록을 만들고 장회를 나누어 책 이름을 『금릉십이 차[1]』라고 하였다. (제1회)[2]

이러한 과정을 보면 이 작품의 형성 과정이 간단치 않았음을 직감하게 된다. 직접적으로 관여한 인물도 무려 다섯이다. 인간 세상에 환생하였던 자신의 이야기를 바위에 적어 놓은 석두, 그것을 베껴 낸 공공도인, 그가 이름을 바꾸어 부른 정승, 그리고 독립적으로 각각 등장한 오옥봉과 공매계, 마지막으로 십 년에 걸쳐 보완하고 목록을 만들고 장회를 나눈 조설근이다. 책 이름도 다섯이 등장한다. 석두기, 정승록, 홍루몽, 풍월보감, 금릉십이차가 그것이다. 이들 각각에는 모두 나름대로 사연이 깃들어 있다.

『석두기(石頭記)』는 돌의 이야기 혹은 돌에 기록된 이야기다. 여와가 하늘을 때우고 남은 돌 하나를 대황산에 버렸는데

---

1 차(釵, chai, 비녀)는 차와 채의 발음이 있으나 본고에서는 차로 통일한다.

2 번역문은 최용철·고민희 옮김, 『홍루몽』(나남, 2009)에서 인용하며, 필요한 경우 일부 수정했다.

영성이 통한 그 돌이 범심을 일으켰고, 일승일도의 도움으로 인간 세상에 환생하여 온갖 부귀영화를 누리다가 동시에 사랑의 고통과 이별의 아픔을 겪고 다시 돌이 되었다는 이야기다. 이는 돌이 주인공이므로 돌에서 옥으로 환생하였다가 다시 돌이 된 가보옥의 일대기다. 물론 그와 동시에 단순히 돌에 새겨져 있는 글이란 뜻이기도 하다. 공공도인이 거대한 바위에서 그 내용을 옮겨 적어 세상에 전하게 되었으니 돌에 기록되었던 이야기다. 첫 회에서 공공도인과 석두의 대화가 상당한 편폭으로 전개된다.

『정승록(情僧錄)』은 정승의 기록이다. 정승은 사랑의 스님이다. 달콤한 사랑에 빠진 스님이거나 사랑의 미망으로부터 깨우친 스님으로 볼 수 있는데 소설에서는 가보옥을 지칭한다. 임대옥의 죽음 이후에 과거 시험에서의 합격이라는 헛된 명예를 뒤로 남긴 채 홀연히 출가하여 붉은 가사를 입은 중이 된다. 마지막으로 부친에게 작별을 고하는 큰절을 올리고 일승일도를 따라 흰눈이 쌓인 광야로 떠나면서 소설은 마무리된다. 그러므로 정승록은 곧 가보옥의 이야기란 의미가 된다.

『홍루몽(紅樓夢)』은 붉은 누각의 꿈이다. 홍루는 부귀한 여성의 거처인 규중을 상징하며 아름답고 정겨운 지상 낙원 대관원에서의 행복한 삶이 무너지고 뿔뿔이 흩어지면서 산산조각이 나는 허망한 꿈을 의미한다. 대관원에서 함께 영화를 누리던 자매들이나 시녀들이 불행한 삶을 마감하거나 출가하여 스님이 되거나 멀리 떠나 버리는 쇠락의 장면은, 곧 낙원의 종말을 의미하며 청춘의 소멸을 뜻한다. 이 제목은 가슴 깊이 저려 오는 회한의 참회록이란 의미로도 부연 설명될 수 있다. 가보옥이 꿈속의 태허환경에서 경환선녀의 안내로 들었던 「홍루몽곡」에서 구체적인 이름이 나오지만, 대관원에서 노닐던 여성들의 불행한 운명을 상징하는 이 제목은 물론 더 넓게는 가보옥이 몸담고 있는 가문의 흥망성쇠를 형상화시킨 제목이기도 하다.

『풍월보감(風月寶鑑)』은 남녀 간에 얽힌 정에 관해 귀감이 되는 거울이란 뜻이며, 소설 속에 직접 등장하는 거울의 이름이기도 하다. 태허환경의 경환선녀가 손수 만들었다 하며 거울 손잡이에 이름이 새겨져 있다. 왕희봉의 미모를 흠모하여 제 분수를 모르고 짝사랑하던 가서는 권력의 핵심에 있던 왕희봉의 마수에 걸려 빠져나오지 못하고 결국 목숨을 잃는다. 풍월보감의 뒷면을 보라던 도사의 말을 어기고 앞면에 비친 미녀에 빠져 결국 절명한다. 뒷면에는 죽음의 상징인 해골이 있었지만 치정에 집착한 그는 깨달음을 얻지 못한다. 이 책의 여러 곳에 '풍월보감'의 본 내용이라고 할 만한 이야기가 있으며, 이 책의 초기 제목이 '풍월보감'일 때 포함되었던 사건으로 여겨진다.

『금릉십이차(金陵十二釵)』는 금릉(지금의 남경)에 사는 열두 명의 여자 이야기란 의미다. 가보옥이 꿈속에서 태허환경에 노닐 때 경환선녀의 안내를 받아 박명사에서 금릉십이차 정책, 부책, 우부책 등을 구경하는 대목에 나온 이름인데 책의 제목으로 활용되었다. 각각 열두 명의 인물에 대한 운명을 그린 그림과 예언시가 적혀 있는데 실제로 보옥이 본 것은 정책 열두 명, 부책 한 명, 우부책 두 명 등이다. 그중 여자 주인공 설보차와 임대옥은 한 장의 그림과 한 수의 시에 함께 묘사되어 가보옥에게 있어서 우열을 가릴 수 없는 핵심 인물임을 드러냈다. 또한 금릉의 여자라고 통칭했지만, 임대옥은 소주 출신으로 양주에서 살았고 묘옥도 소주 출신이었다. 또 부책의 향릉은 소주에 살던 진사은의 딸 진영련이다. 이들의 출신이 금릉은 아니지만 강남 지역을 통틀어 지칭한 것일 수도 있고, 가씨 가문의 원적지가 금릉이므로 이를 대표하여 지칭한 것일 수도 있다.

어쨌든 이 다섯 개의 제목 중에서 실제로 책 표지에 제목으로 전해진 것은 '석두기'와 '홍루몽'이다. 그런데 '석두기'는 초기 필사본에 주로 쓰였고, '홍루몽'은 후기 간행본에 활용되었다. 따라서 '석두기'는 연구자들에게 익숙하지만, 일반 독자에겐 '홍루몽'으로 알려졌다.

사실 앞서 인용문에서 "오옥봉에 이르러 홍루몽으로 이름붙였다"라고 한 대목은 다른 필사본에는 보이지 않고 가장 이른 시기의 『갑술본(甲戌本)』에만 들어 있는데 정위원(程偉元)과 고악(高鶚)이 120회본의 목활자본을 간행할 때 이 제목을 사용하여 거의 모든 판본은 '홍루몽'으로 표제를 삼았다.

『갑술본』의 상기 인용문 뒤에는 "지연재[3]가 갑술년에 필사하고 교열하며 재평(再評)을 가할 때 여전히 '석두기'라는 제목

3 지연재(脂硯齋)는 조설근의 가까운 친지로서 창작 초기부터 비평을 담당하여 필사본에 이름을 남겼지만 실제 본명은 지금까지 밝혀지지 않았다.

을 썼다"라고 했다. 지금 『갑술본』의 공식 명칭은 '지연재중평 석두기'다. 제목에서 비평가의 이름과 서명을 동시에 기록했다. 이 필사본의 권두에는 다른 곳에 없는 「범례」가 있는데 제목을 「홍루몽 지의(旨義)」라고 하였고 앞서 나온 제목을 나열하며 풀이를 하고 있다. 지의는 곧 창작 의도인 주제와도 상통하는 말이다. 역시 작품 제목을 통해 창작의 의도를 살펴보고자 한 것이다.

> 홍루몽의 창작 의도. 이 책의 제목은 지극히 많지만 '홍루몽'이 그 전체를 총괄하는 이름이다. 또 '풍월보감'이라고도 하는데 남녀가 풍월의 정으로 함부로 경거망동하지 않도록 경계한 것이며 이밖에 '석두기'라고 하는 것은 스스로 돌에 기록된 것임을 비유한 것이다. 이 세 가지 이름은 모두 책 속에 그 유래가 있다. … 또 '금릉십이차'라고도 불리니 그 이름을 고찰하면 … 금릉십이차의 장부가 있으며 또 십이곡에서도 이를 고찰할 수는 있을 것이다. (『갑술본』권두)

결국 다섯 가지 제목은 이 책의 주인공인 가보옥과 금릉십이차를 비롯한 주요 여성 인물의 사랑과 운명을 반영하였고 가문의 흥망성쇠와 물거품처럼 사라진 부귀영화의 허망한 꿈 같은 핵심적 내용을 담고 있다고 할 수 있다. 또한 가문의 몰락을 재촉하는 풍월사건에 대한 회한과 반성의 뜻도 담겨 있는 일종의 인생 참회록과 같은 작품이다.

사실 작자 스스로 곳곳에서 이러한 창작 의도와 주제를 밝혀 『홍루몽』이 무엇을 말하고자 하는지는 더욱 자명하다. 제1회에서 공공도인이 바위에 새겨진 이 글을 읽고 세상에 전하려고 할 때의 생각을 빌려 작자는 소설의 주제와 창작 원칙을 이렇게 밝힌다.

> 이 책의 주제는 정(情)을 말하고 있으나, 사실 그대로를 그려 내고 있을 뿐, 결코 망령되게 거짓 이야기를 만들어내지는 않았으며 … 세상사에도 전혀 간섭하는 바가 없는 까닭에 마침내 처음부터 끝까지 베껴 널리 전하고자 하였다. (제1회)

『홍루몽』의 주제가 정이라고 하는 것은 대지담정(大旨談情)의 네 글자에서 분명히 드러나고 있다. 작가는 기본적으로 가보옥의 사랑과 이별을 말하고자 했다. 또한 여기에 덧보태어 다양한 인물들의 다양한 사랑의 형태를 드러내면서 진솔하고 지극한 정과 추악하고 음란한 정을 모두 다루고 가문의 흥성과 쇠망의 과정을 함께 보여 주고자 했다. 그 꿈같이 사라진 청춘의 시간을 회고하며 한없는 회한에 젖는 참회록의 성격을 띠고자 했다.

이 소설은 기존의 다른 작품과 달리 작가 자신의 목소리를 드러내는 곳이 여러 군데 있다. 첫머리에 나오는 작자의 말은 다음과 같다.

> 일찍이 한 차례 꿈을 꾸고 나서 진짜 일을 숨기고 통령의 이야기를 빌려 이 『석두기』한 권을 지었다. 그래서 진사은[4]이라는 이름을 썼다. … 지금 이 풍진세상에서

---

4 진사은(甄士隱)의 진(甄, Zhen)은 한국의 성씨에서 견으로 읽지만 『홍루몽』에서는 가우촌(賈雨村)과의 대비에서 진(眞)과 가(假)의 성격을 보여 주므로 진으로 표기한다.

한 가지 일도 이루지 못하고 녹록한 인생을 살면서 홀연 지난날 알고 지낸 여자들을 하나씩 생각하고 가만히 따져 보니 그들의 행동거지와 식견이 모두 나보다 월등하게 뛰어났음을 알 수 있었다. 나는 수염 난 대장부로서 어찌하여 치마 두른 여자들만도 못했을까 하고 생각하니 실로 부끄럽고도 남음이 있었다. … 오늘날까지 한 가지 재주도 익히지 못하고 반평생을 방탕하게 살아오며 허송세월한 죄를 한 편의 책으로 엮어 세상 사람들에게 들려주고자 하는 마음이 생겨났다. … 그래서 가우촌이란 사람을 등장시킨 것이다. (제1회)

이 구절의 뒤에는 곧이어 "몽이니 환이니 여러 가지 말이 나오는데, 이는 실로 독자의 눈을 깨우치고자 하는 것이며 또한 이 책의 주된 의미라도 하겠다"라고 덧붙이고 있다. 이상은 작자의 창작 동기와 창작 의도를 명확하게 보여 주는 대목이다. 작가 자신은 반평생의 세월을 헛되이 보낸 것에 대해

진보옥과 가보옥의 경우도 같다.

후회하며 당시 함께 지냈던 재능과 덕성을 갖춘 여성들을 기리고자 하는 마음에서 그들의 행적을 글로 써서 남기려 했다. 몽환은 꿈과 환상인데 이 책에서 항상 뒤섞여서 나오는 키워드이기도 하다. 작가는 지나간 세월을 몽환의 시간으로 간주하고 있다.

이처럼 명확한 선언이 있었음에도 불구하고 여전히 많은 이들이 작가의 또 다른 의도와 숨은 의미가 있다고 보는 이유는 무엇일까? 그것은 작가가 여전히 비밀스런 코드를 숨겨 두고, 독자들이 눈치채지 못할 것을 우려하여 언뜻언뜻 그 한 가닥의 단서를 보여 주고 있기 때문이다. 그 핵심은 진짜와 가짜로 대표되는 진실 공방이다. 첫 회의 회목(回目, 장회의 제목)에서 작가는 곧 진사은(甄士隱, Zhen Shiyin)과 가우촌(賈雨村, Jia Yucun)이란 인물을 등장시켜 상반된 인생 행로를 걷는 엇갈린 운명을 보여 준다. 작가는 창작의 방법으로 이 두 인물을 설정하고 진짜 일을 숨겼다는 뜻[眞事隱, zhenshiyin]의 진사은을 통해 이야기의 서두를 꺼내고, 거짓된 허구의 말(이야기)은 남겨 둔다는 뜻[假語存, jiayucun]의 가우촌을 통해 소설을 전개한 것이다. 좀 더 부연한다면 무엇인가 본래 의도하는 뜻을 숨겨 둔

채 허구적 소설의 이야기를 드러낸 것이다.

태허환경의 패방 양편 기둥에 적힌 주련(柱聯) 또한 작가가 특별히 만들어 낸 의미심장한 구절인데 제1회 진사은의 환상에 눈에 띄었고 제5회 가보옥의 꿈속에 한번 더 비춰진다.

> 가짜가 진짜 되면 진짜 또한 가짜요 假作眞時眞亦假
> 무가 유가 되면 유 또한 무가 된다 無爲有處有還無
>
> (제1회/ 제5회)

이렇게 되고 보니 앞서 작자가 직접 "진짜 일은 숨겨 버리고"라고 한 말이 좀 더 의미심장하게 들리고 '과연 작가가 숨긴 것은 무엇이고 말하고자 한 것은 무엇일까'에 관심을 기울이는 사람들이 많아졌다. 특히 작가가 청나라 당시 삼엄한 문자옥(文字獄, 필화사건)의 위험 속에서 노골적으로 드러내기 어려운 정치적 견해를 숨겨 두었다고 해석하는 사람도 생겼다. 그렇지 않다면 작가가 왜 거듭하여 "(이 책은) 세상사에도 전혀 간섭하는 바가 없다"라고 강조하고 "(소설 내용이) 규중의 일을 밝히는 것일 뿐"이라고만 힘주어 말하는 것이겠냐고 반문한다.

그래서 역대 홍학가들은 작자가 도대체 무엇을 숨기려고 했는지 찾아보려는 노력을 기울이고 다양한 의견을 표출했다. 숨겨진 것을 찾으려 한다는 뜻에서 이러한 행위를 색은(索隱)이라 했고 이들을 일컬어 색은파라 불렀다.

색은파에서 나오는 견해는 매우 다양하여 한마디로 정리하기 어렵지만, 대개 가보옥의 형상이 역사 속의 어떤 인물을 모델로 삼았는지 문제와 작가가 소설의 인물과 사건을 통해 어떤 의도를 감추어 두려고 했는지 문제로 압축된다. 전자에는 청초의 납란성덕(納蘭性德)[5] 등의 인물이 거론되었고, 후자에는 반청복명(反淸復明) 운동의 주장이 제기된 바 있다.

하지만 소설 속에서 작가가 직접 써 놓은 구절을 굳이 확대 해석하지 않고 액면 그대로 소박하게 풀이하면 좀 더 단순하게 정리된다. 작가는 대갓집 귀공자로 태어나 부귀영화를 누리며 소녀들과 천진무구한 청춘을 보냈다. 하지만 세파에 시달리며 주변 인물들이 불행하게 떠나가고 가문의 몰락으로

---

5 납란성덕은 만주 귀족으로 대학사 명주(明珠)의 아들이며 섬세한 감정으로 사(詞)를 지었고 부귀영화를 누리다가 요절하여 주인공 가보옥의 모델로 인식되었다.

자신도 처참한 지경에 이르러 꿈같은 지난날을 참회하며 이 소설을 지었다.

『홍루몽』의 핵심 내용이 가없는 사랑을 노래한 이야기임을 보여 주는 구절은 태허환경 얼해정천(孽海情天) 궁문의 양쪽 기둥에 적혀 있는 다음의 주련이다.

> 두텁고도 높은 천지만큼이나 厚地高天
>
> 아, 고금의 사랑은 다할 날이 없구나 堪嘆古今情不盡
>
> 어리석게 사랑에 빠진 남녀가 痴男怨女
>
> 풍월로 맺은 빚은 갚을 수가 없구나 可憐風月債難償
>
> (제5회)

『홍루몽』은 중국 소설에서 진정으로 순수한 사랑의 세계와 가문 내의 복잡한 치정의 문제를 진솔하고 진지하게 다루고 있는 가장 대표적인 작품으로 '사랑의 성서'라고도 일컬어진다. 작가가 실제로 뼈저리게 경험하고 느낀 감성의 세계를 기반으로 지어진 작품으로 보는 것이 가장 타당하다. 오늘날 조설근의 가문과 생애 관련 자료가 속속 밝혀지고 있는 가운데 귀족 가문 흥망의 역사와 대가족의 다양한 구성원에 관한 이야기를 바탕으로 천재적인 소설가로서 재능을 한껏 발휘하여 창작해 낸 것이 바로 『홍루몽』이다.

2. 참회하는 인생과 눈물

『홍루몽』 첫 대목은 신화적 이야기로 서두를 연다. "옛날 여와씨(女媧氏)가 돌을 달구어 하늘을 때울 때의 이야기다"라고 말문을 연 작가는 유창하고 능청스런 말솜씨로 주인공 가보옥의 유래를 풀어낸다. 여와는 거대한 바위를 불에 달구어 무너진 하늘을 때워 나갔다. 하늘이 무너졌다고 하는 것은 홍수 신화의 기본 설정이다. 여와는 태초에 진흙으로 인류를 창조하였고 또 홍수로 도탄에 빠진 인류를 구원하였다. 남녀가 맺어지도록 중매를 하여 스스로 결합하여 후손을 이어 가도록 사랑을 가르친 위대한 대모신(大母神)이기도 했다. 중국 신화에서 최초이며 가장 오래된 신이었다. 여와는 보천에 달구어 낸 오색의 돌을 삼만 육천오백 개를 쓰고 임무를 완수했다. 그런데 하필 돌 하나가 남았다. 대황산 무계애 청경봉에 버려진 이 거대한 돌은 하늘을 기울 수 있는 보천의 기회를 잃고 시름에 빠져, 밤낮으로 한탄하고 원망하며 비통한 마음으로 스스로를 부끄럽게 여기고 있었다. 마침 지나던 스님과 도사가 이 돌 아래에 앉아 한담을 나누다가 홍진세계의 부귀영화에 대한 말을 늘어놓고 있었다. 조용히 듣고 있던 돌은 문득 범심이 일어났다. 이미 단련을 통해 영성을 가진 돌은 인간의 말을 토하여 스님과 도사에게 자신을 데리고 인간 세상에 내려가 부귀영화를 한번 누리게 해 달라고 졸랐다. 두 선사는 인간 세상에는 좋은 일만 있는 게 아니라고 하면서 극구 말렸다. 세상에는 미중부족(美中不足), 호사다마(好事多魔), 낙극비생(樂極悲生), 만경귀공(萬境歸空)과 같은 불행하고 허망한 결말이 있음을 경고한 것이다. 하지만 마음에 불이 붙은 돌에게 그런 말이 귀에 들어올 리 없었다. 무에서 유가 생기듯이 그에게 새로운 욕망이 불같이 일어난 것이다. 스님과 도사는 돌의 마음에 불꽃이 일어난 것을 억지로 말릴 수는 없음을 깨닫고, 한 가지 다짐을 받은 후에 그를 데려가 환생시켜 주기로 했다. 거대한 바위를 영롱한 구슬로 만들어 주지만, 세상에서 인연의 겁이 끝나는 날 다시 제 모습으로 바뀌어 대황산으로 돌아오게 된다는 것을 분명히 알고 다짐을 받으려 했다. 마침내 돌은 영롱한 옥이 되어 일승일도를 따라 환생했다. 여와가 남긴 돌[女媧遺石]이 환생하여 가보옥의 입속에서 나온 통령보옥(通靈寶玉)이 된 것이다.

한편, 또 하나의 신화적 이야기가 진사은이 목격한 일승일도의 대화 속에서 연출된다. 서방 영하의 강가 삼생석 곁에 강주초(絳珠草, 강주선초)라는 초목이 있었다. 이때 적하궁의 신영시자(神瑛侍者)가 매일 감로수를 뿌려 주어 강주초는 영원한 생명을 얻게 되었고, 천지의 정기를 받아 마침내 초목의 자태를 벗고 아리따운 여자의 몸이 되었다. 이에 종일 이한천 밖에서 노닐고 밀청과를 따 먹고 관수해를 마시며 지냈다. 다만 감로수의 은혜를 갚지 못하여 깊은 한이 맺혀 있었는데, 어느 날 신영시자가 범심을 일으켜 홍진세계로 내려갔다는 말을 들었다. 강주초는 경환선녀에게 감로수의 은혜를 평생의 눈물로 갚겠다며 인간 세상으로 내려가게 해 달라고 간청했다. 그렇게 환생한 인물이 바로 임대옥이다. 이른바 눈물로 은혜를 갚는다는 환루설(還淚說)의 유래이기도 하다.

여와유석이 옥으로 변신하여 환생하는 과정에서 어떻게

태허환경의 신영시자가 되었는지는 불분명하지만, 두 가지 신화 이야기를 함께 엮어 내면서 억지로 연계시키지 않고 모호하게 남겨 독자의 상상력에 맡기려는 것도 작가의 독특한 기법이다.

주인공 가보옥은 여와유석으로부터 나온 것으로 돌에서 옥이 된 것인데 가보옥의 전생은 돌이요, 이승에서는 옥이라는 설정이다. 돌은 자연의 상태이고 선천적이며 원초적이다. 옥은 인공으로 다듬어 낸 것으로 후천적이며 문명의 흔적이다. 가보옥은 입에 옥을 물고 태어나서 보옥으로 이름 지었고, 입에서 나온 옥은 따로 통령옥 혹은 통령보옥이라 불리며 영험한 기능을 지닌 보물로 인식된다. 여와가 버린 돌, 여와유석은 대황산의 돌이었고, 신영시자는 태허환경 적하궁의 인물이었다. 신영(神瑛)은 신령스런 옥돌이며 적하(赤瑕)는 붉은색 옥의 티다. 모두 이미 돌에서 옥으로 변한 후 강주초와의 만남은 여전히 전생의 일로 여겨 돌과 초목의 인연, 목석지연으로 지칭된다.

가보옥은 스스로 범심을 일으켜 홍진세계로 내려왔지만, 임대옥은 감로수의 은혜를 갚기 위해 따라서 세상으로 왔다.

전생의 태허환경에서 신영시자와 강주선초의 만남은 목석의 인연으로 독자들에게 제시될 뿐이며 정작 당사자들은 명료하게 인식하지 못한다. 다만 그 흔적을 남겨 첫 만남의 장면에서 단서를 보여 준다.

가보옥은 일승일도에 의해 환생하여 창명융성한 나라, 화류번화의 지방, 시례잠영의 가문, 온유부귀의 고을에 태어나게 된다. 본문에서 이렇게 수식했지만 그곳은 중국 장안대도(실제로는 북경)의 가씨 가문 영국부를 말하는 것이다. 가보옥은 이 가문의 사 대째 차남계열로 이어져 내려온 후손인데 형이 요절하자 가문의 후계자로 촉망받으며, 남달리 오색영롱한 통령옥을 물고 태어났다는 점에서 특히 할머니 가모(즉 사 태군)의 각별한 총애를 받았다.

임대옥은 어머니가 사망한 이후 부친 임여해가 혼자 양육하기 어려워 경성에 있는 외할머니 댁으로 보내진다. 마침 가정교사 가우촌이 복직을 하기 위해 경성으로 가는 길에 그녀를 데려간다. 『홍루몽』의 구조상, 제2회에서 전반적인 인물 구성을 소개한 후에, 제3회에서 구체적인 개별 인물로 가씨 집안에 첫 등장하여 가보옥과 만나는 사람이 바로 임대옥이다. 임대옥은 명실상부한 이 책의 여주인공이다. 대옥의 눈을 통해 보이는 서울 장안(북경)의 거리는 생략했지만, 영국부의 건물과 방안의 배치와 인물의 첫인상은 상당히 구체적으로 묘사했다. 작가는 이 책의 주인공 두 사람이 만나는 역사적 순간을 대서특필하기 위해 뜸을 들이며 몇 차례나 순서를 뒤로 미루어 둔다. 녕국부[6]와 영국부의 정문에 쓰인 '칙조녕국부'와 '칙조영국부'에 대한 관심은 이곳을 처음 방문하는 외손녀딸의 호기심 어린 눈에서야 비로소 그려진다. 그리고 정문을 에돌아 골목의 수화문 앞에 대기하고 있던 할멈들이 대옥을 맞아들이고, 중앙의 대청에 들어서 백발의 할머니가 대옥을 품에 감싸고 대성통곡을 하는 장면으로 이어진다. 외할머니 가모는 주변에 있는 인물을 일일이 소개하여 한꺼번에 두 외숙모를 보고 큰 올케 이환을 보며 영춘, 탐춘, 석춘의 세 자매를 만난다. 임대옥의 눈에 드러난 그들의 모습은 사실 소

6 가씨 가문은 개국공신인 녕국공(寧國公)과 영국공(榮國公)으로부터 시작된다. 맞춤법상 영국(寧國)으로 표기해야 하나 영국(榮國)과의 변별을 위해 『홍루몽』에서는 부득이 녕국으로 표기한다.

설의 독자도 처음 만나는 것이니만큼 작가는 정성을 다해 디테일하게 그린다. 그리고 멀리 웃음소리부터 들리며 호들갑스럽게 등장하는 작은 올케 왕희봉은 과연 소설의 중심인물답게 나타나는 품격부터 달랐다. 작가는 그 와중에서도 시선을 살짝 돌려 왕 부인과 왕희봉의 일상 업무의 대화 장면을 비춰 이 집안의 실제 생활의 면면을 잠깐 보여 주기도 한다. 임대옥이 태어나서 처음으로 외가에 왔으니 외숙부에게 인사를 드리는 것 또한 빼놓을 수 없는 중요한 의례였다. 대옥은 형 부인을 따라 가사를 만나러 갔지만 가사는 엉뚱한 핑계를 대며 나중에 보자고 했고, 왕 부인을 따라 가정의 거처로 가서 영희당의 모습을 놓치지 않고 기록해 둔다. 가정 역시 이날 재계하러 출타 중이라 보지 못했지만, 왕 부인은 미리 가보옥에 대한 사전 인식을 심어 준다. 혼세마왕으로 불리는 화근덩어리 아들에게 가까이 접근하지 않는 게 좋겠다고 말하며 은근히 경고한다. 아직 두 주인공이 만나기도 전에 임대옥은 가보옥에 대해 이러한 얘기를 미리 듣게 된다. 그리고 다시 돌아와 가모와 식구들이 둘러앉아 식사한다. 임대옥은 외갓집에 들어와 주요 인물을 모두 만나고 나서야 가장 중요한 가보옥과의 첫 대면이 이루어지게 된다. 극의 절정 장면에 이른 것이다. “보옥 도련님이 돌아오셨습니다!”라고 외치는 시녀의 말에 대옥은 마음속으로 이렇게 생각한다.

> 이 보옥이란 사람은 도대체 얼마나 무지하고 우악스럽게 생기고 멍청하고 짓궂은 인물일까. 마음속에 그런 생각을 하는 순간 시녀가 아뢰는 소리가 미처 끝나지도 않았는데 벌써 한 젊은 공자가 방안에 들어와 있었다.
>
> (제3회)

방금 왕 부인으로부터 혼세마왕의 화근덩어리라고 들었던 보옥이 들어온다고 하니까 그런 선입견이 생겨난 것이다. 마침내 보옥의 모습이 나타났을 때 작가는 대옥의 눈에 비친 보옥의 전신 모습을 머리끝에서 발끝까지 세세하게 묘사한다. 얼굴 모습, 얼굴빛, 귀밑머리, 얼굴과 눈빛, 목에 걸린 아름다운 구슬까지 그려진다. 대옥은 그를 보자마자 놀라운 경험을 한다. “참으로 이상하기도 하지. 어디선가 만나 본 것처럼 어쩌면 이다지도 낯이 익을까.”

하지만 두 사람의 직접 대면과 대화는 아직 좀 더 기다려야 했다. 할머니는 보옥에게 먼저 어머니한테 가서 인사드리고 오라고 했기 때문이다. 소설의 진행은 실제 귀족 가문의 생활 현장을 그대로 여실하게 옮겨 놓은 듯 그려진다. 아무리 보옥과 대옥의 만남이 중요하고 그 장면이 출현하기를 독자들이 안달하며 기다린다고 해도 필요한 예의범절의 절차는 지켜야 하는 것이 대갓집의 규칙이기 때문이다. 이어서 다시 나타난 가보옥은 그새 옷을 갈아입은 상태였다. 작가가 한번 더 가보옥의 새로 단장한 모습을 그려 내고자 하기 위해서였다. 심지어 후인이 지었다고 하는 「서강월사」를 한편 인용하기까지 하였으니, 시쳇말로 뜸을 들여도 너무 들인다고 할 만큼 두 사람의 만남의 장면에 대해 공을 들인다. 할머니가 "손님이 오셨는데 벌써 옷을 갈아입었단 말이냐? 어서 네 사촌누이한테 인사나 하려무나"라고 했을 때야 비로소 두 사람의 운명적 만남은 시작되었다. 사촌은 고종사촌을 줄여 말한 것이다. 이번에는 보옥의 눈에 비친 대옥의 모습이 운문의 형식으로 그려진다.

찡그린 듯 아닌 듯 푸른 연기 걸린 듯한 굽은 두 눈썹, 기뻐하는 듯 아닌 듯 정을 담뿍 머금은 두 눈빛, 슬픔 어린 두 뺨에서 우아한 자태가 피어나고, 나약한 병든 몸에서 아리따운 풍류가 흐른다. 눈물 자국은 점점이 찍혀 있고, 기침 소리 희미하게 나오는데, 멈춰 설 때는 예쁜 꽃송이 물 위에 비친 듯하고 움직일 때는 가는 버들가지 바람에 흔들리듯 하네. 총명한 마음은 비간(比干)보다 한 수 더하고, 병약한 교태는 서시(西施)를 뛰어넘어라. (제3회)

아름답고 우아한 대옥의 모습을 그려 낸 것인데 '찡그린 듯 아닌 듯, 기뻐하는 듯 아닌 듯'의 수사는 또 얼마나 신비로운 묘사인가. 대옥의 모습을 그리는데, 우선 눈썹부터 그린다. 대옥의 대(黛) 자는 눈썹 그리는 먹이다. 보옥의 눈으로 한눈에 본 것이지만 대옥의 모든 특징이 다 들어 있다. 거기다 보옥은 노골적으로 한술 더 떠서 말을 내뱉는다. "이 누이동생은 전에 만나 본 적이 있어요!" 할머니가 그건 말도 안 되는 소리라고 하니까 보옥은 약간 물러서며 "지금 보니까 아주 낯이 익어요. 마음속에선 전에 알고 지내던 사이같이 느껴지는 걸요"라고 대답한다. 할머니는 친손자와 외손녀가 사이좋게 지내기를 바라는 마음에서 그거 잘됐다고 부추긴다. 앞서 보옥의 어머니 왕 부인이 애를 써서 경고하던 일이 이 순간 모두 물거품이 되고 말았다.

보옥과 대옥의 만남이 이렇게만 끝난 것은 아니다. 이름과 자를 물어보더니 자가 없다고 하자 곧 빈빈(顰顰)이라고 지어준다. 곁에서 듣던 탐춘이 그 유래를 묻자 아무렇게나 고서를 들이대며 이름에 눈썹 그리는 대 자를 쓰니 미간을 찡그리는 특징에서 빈 자를 취했다고 했다. 이는 분명 심장병으로 미간을 찌푸리는 서시(西施)의 전고(典故)에서 온 것이다. 앞서 묘사에서도 이미 노골적으로 서시에 비유한 구절이 들어 있다.

여기서 보옥과 대옥의 첫 만남에 결정적인 장면이 연출된다. 보옥은 갑자기 대옥에게 대뜸 "누이도 옥을 갖고 있어?"라고 묻는다. 다들 무슨 소리인가 의아해하고 있을 때 대옥은 말뜻을 알아차리고 "난 그런 옥이 없어요. 그런 옥은 아주 귀하고 드문 것인데 아무나 가질 수가 있나요?"라고 말했다. 보옥은 갑자기 발작증이 도져서 통령옥을 잡아 떼어 내동댕이치며 소리쳤다. “이 따위가 뭐가 귀하고 드문 물건이라고 그래?” 대옥이 뒷말을 하지 않았으면 몰라도 그렇게 말한 이상 보옥으로서는 수치심을 느끼지 않을 수 없었다. 할머니가 끌어안고 달래자 보옥은 눈물범벅이 되어 울면서 집안의 다른 자매들에게도 없고 지금 새로 온 선녀 같은 대옥에게도 없다고 하니 아무짝에도 쓸모없는 거라고 소리쳤다. 보옥으로서는 자신만이 남달리 독특한 물건을 갖고 있다는 점이 뭔가 불편하고 불공평하게 느껴졌던 것이다. 할머니는 임시방편으로 대옥에게도 그런 옥이 있었지만 제 어머니가 돌아가실 때 순장의 예를 다하기 위해 함께 묻어 주었다는 거짓말로 보옥을 달래면서 한바탕의 난리는 겨우 끝이 났다. 하지만 대옥으로서는 외가에 온 첫날 보옥과의 만남에서 그런 사달이 난 것에 큰 충격을 받게 되었다. 만일 그 옥이 깨지기라도 했다면 그게 자신의 책임이 아니었겠냐고 생각하며 눈물을 흘렸다. 왕부인의 경고가 있었음에도 대옥과 보옥은 기시감이 들어 서로에게 끌리게 되었지만 옥의 유무에 대한 결정적 차이로 인해 풀리지 않는 갈등은 시작되었다. 특히 머지않아 통령옥과 짝이 되는 금쇄를 가진 설보차의 등장은 대옥의 불안감을 더욱 증폭시키고 보옥과의 심리적 실랑이를 끝없이 이어 가도록 한다. 대옥은 총명하고 재주가 뛰어났지만 선천적으로 병약한 몸과 부모를 모두 여의고[7] 외가에 의탁한 불행한 처지를 비관하였고, 가보옥의 마음을 온전하게 믿지 못하는 불안함으로 인해 거의 눈물이 마를 날이 없었다. 강주선초가 감로수의 은혜를 평생의 눈물로 갚겠다는 환루설의 이야기가 그렇게 증명된다. 이에 대해 보옥은 끝까지 대옥의 마음을 풀어주려고 온갖 노력을 다 기울였으나 허사에 그친다. 특히 자신의 의지와 상관없이 설보차와 혼례식을 올리는 바람에 대옥이 죽음에 이르렀다는 사실을 확인하고 크게 절망한다. 강주선초와 신영시자의 인연은 전생에서 목석인연이었을 뿐이며 결코 이승에서 맺어지는 인연은 아니었다.

작가는 분명 이 한 쌍의 남녀가 이 책의 주인공이 되어 깊이 사랑했지만 이루어지지 못한 안타까운 사연을 중심 줄거

---

7 임대옥의 상경은 본래 모친 사망 후 일시적인 외가 방문의 의도로 시작되었지만 얼마 후(제14회)에 부친 임여해도 사망하자 돌아갈 곳이 없어 외가에 장기적으로 얹혀살게 되었다.

리로 삼았으며, 생사이별의 불행한 운명 앞에 속수무책인 인간의 나약하기 그지없는 사랑을 그리고자 했다.

3. 안타까운 운명에 동정

『홍루몽』의 첫 부분 5회는 전체 이야기의 서론에 해당된다. 작가는 제1회에서 여와유석과 강주선초의 이야기를 시작으로 진사은과 가우촌으로 하여금 장편 이야기의 도화선으로 배치했다. 제2회에서 작가는 주요 무대가 되는 가씨 가문의 인적 구성의 얼개를 냉자흥의 입을 빌려 들려 준다. 냉자흥은 작중 인물이지만 방관자로서 냉정하게 살핀다는 의미를 지닌 명명이다. 제3회에서는 임대옥의 상경을 통해 가씨 집안의 주요 인물을 출연시키며 이때 주인공 가보옥과 임대옥의 첫 대면의 순간을 상세히 그려 낸다. 그리고 이어서 제4회에는 가우촌의 엉터리 재판으로 법망에서 빠져나온 설반 가족의 일원으로 함께 상경한 설보차를 정식으로 등장시킨다. 이제 핵심 인물이 다 모여들었기 때문에, 제5회에서는 가보옥의 꿈에서 태허환경의 유람이 펼쳐지고 그곳에서 보이는 금릉십이차 정책, 부책, 우부책 인물의 운명이 그려진 그림과 예언시가 공개된다. 뿐만 아니라 곧이어 경환선녀에 의해 소개된 '홍루몽곡' 열두 가락은 주요 인물의 운명은 물론 이 책의 핵심적인 주제가 무엇인가 하는 점까지 가늠할 수 있게 한다. 이제 본격적으로 주요 등장인물의 면면이 그들의 현실 모습과 함께 그들의 미래 운명까지 함께 드러내어 독자들의 비상한 관심을 끌게 되는 것이다.

금릉십이차의 층차는 열두 명씩 세 단계로 나누어져 총 서른여섯 명으로 구성되어 있다. 경환선녀는 금릉성에서 재주와 덕성이 뛰어난 여자들만 선별한 것이라고 설명했다. 우수한 소설작가는 도식적인 묘사를 꺼리므로, 여기서도 순서를 뒤바꾸어 보옥의 손에 잡히는 대로 우부책의 두 명, 부책의 한 명 그리고 정책의 열두 명 인물을 소개하고 있다. 시녀인 청문과 습인은 우부책에 들어 있고 선비의 딸이었던 향릉은 부책의 인물로 나온다. 정책의 첫 번째 그림은 두 그루의 마른 나무 가지에 허리띠가 걸려 있고, 나무 아래 눈 덮인 땅에는 금비녀가 꽂혀 있었다. 그리고 예언시는 이러했다.

베틀 멈춰 격려한 부덕이 안타깝고	可嘆停機德
버들 솜 노래 부른 재주가 가련하다	堪憐詠絮才
옥허리띠는 숲속에 걸려 있고	玉帶林中掛
금비녀는 눈 속에 묻혀 버렸다	金簪雪裡埋

(제5회)

금릉십이차의 다른 인물의 예언을 밝히는 시화(詩畵)는 모두 한 사람을 묘사한 것이지만, 유독 첫 번째의 이것만은 두 사람의 운명을 함께 그린 것이다. 그림과 시에서 모두 보여주듯이 마른나무 두 그루는 임대옥의 임(林) 자이며 허리띠 대는 대옥의 대와 동음이다. 굳이 마른나무로 그린 것은 임대옥의 죽음을 의미한다. 대옥의 장점은 시를 지을 수 있는 뛰어난 재주다. 버들 솜 노래 부른 재주는 진(晉)의 사도온(謝道韞)의 전고를 쓴 것이다. 하얀 눈 내리는 모습을 바람에 흩날리는 버들 솜에 비유한 시를 지어 칭송을 받았다. 눈 덮인 땅의 눈[雪]은 설(薛)씨를 나타내고 금비녀는 보차의 차(釵)를 드러낸다. 규수의 머리에 꽂혀 있어야 할 금비녀가 눈에 떨어져 있음은 설보차의 쓸쓸한 결말을 상징한다. 보차의 장점은 넉넉하고 푸근한 덕성이다. 베틀 멈춰 격려한 부덕은 동한(東漢) 시대 악양자(樂羊子) 아내의 전고를 쓴 것이다. 중도에 학업을 포기하고 돌아온 남편에게 베틀을 멈추고 그동안 짜고 있던 베를 잘라 보이며 면학을 격려했다고 한다.

작가가 정책의 첫 시화에 임대옥과 설보차를 함께 언급한 것은 두 사람의 위상이 우열을 가리기 어려울 만큼 중요하기 때문이다. 그림은 위에서 아래로 묘사하느라 대옥-보차의 순으로 그렸고, 시의 배열에서도 은연중 그러한 의식을 반영하여 보차-대옥-대옥-보차의 순으로 기록했다. 청말의 홍루 애호가들은 임대옥과 설보차의 우열론으로 논쟁이 일어나 주먹다짐까지 하는 일이 벌어졌다고 하지만, 보차와 대옥은 사실상 이상적인 여성의 양면으로 여기며 차대합일론(釵黛合一論)도 엄연히 존재한다.

소설 속에서 작가가 대옥과 보차의 우열을 나누지 않고 재주와 덕성을 합친 이상적인 여성으로서의 형상을 진가경에게서 보이고 있다. 태허환경에서 「홍루몽곡」 열두 가락을 들려주고 나서 경환선녀는 보옥을 수놓은 휘장의 향기로운 방으로 데려갔다.

더욱 놀랍게도 그곳엔 진작부터 웬 여자가 한 사람 들어와 있었다. 눈부시게 요염한 얼굴이 설보차 같기도 하고 하늘하늘 고운 자태는 또한 임대옥과도 비슷했다.

(제5회)

경환선녀는 보옥에게 의음의 깊은 뜻을 상세히 밝혀 준 후에 이름을 겸미(兼美)라 하고 자를 가경(可卿)이라 부르는 누이동생을 보옥의 배필로 맺어 주었다. 겸미란 두 가지 아름다움을 모두 아우르고 있다는 의미다. 대옥의 재주와 보차의 덕성을 모두 갖춘 인물은 꿈속에서 만난 가경일 뿐이었다. 현실세계에서는 그 아름다움이 대옥과 보차에게 나누어져 있었던 것이다. 가보옥은 진가경 규방에서 낮잠을 자다 꿈에 태허환경에 들어가 경환선녀에게서 운우지정의 가르침을 받아 가경과 부부로 맺어 천상의 화원을 함께 노닐었고 미진에 빠져 야차와 물귀신에 잡힐 뻔하다가 소리를 지르며 깨어난다. 진가경은 불과 제13회에서 사망하게 되는데 한밤에 죽음 소식을 전해 들은 보옥은 벌떡 일어나 가슴속에 심한 통증을 느끼며 왈칵 입안 가득 피를 토한다. 가보옥에게 있어 진가경은 드러낼 수 없는 남다른 감정을 가진 여자였다.

「홍루몽곡」의 서곡[引子]에도 “금과 옥을 그리워하고 애도하는 홍루몽곡을 연출한다[演出這懷金悼玉的紅樓夢]”라는 구절이 있는데 금과 옥은 구체적으로 설보차와 임대옥을 지칭하며 일반적으로는 젊은 여성을 대표한다. 후기 판본에서 비금도옥(悲金悼玉)으로 바꾸었지만 죽은 대옥을 애도하고 홀로 남은 보차를 슬퍼한다는 내용으로 근본적인 차이는 없다. 결국 주인공의 입장을 대변하는 작가로서는 평생토록 사랑했지만 생사이별로 갈라진 정인 임대옥에 대한 깊은 애도의 뜻을 드러내고자 했다. 또한 보옥은 평소 존경과 흠모의 마음을 지녔지만 생각에 없던 혼례를 올린 후에 집을 떠났기에, 쓸쓸하고 여생을 살아야 했던 아내 설보차에게도 진한 연민의 정을 보여주고자 했다. 작가로서는 이 두 여성의 우열을 가릴 수 없으며 불행하고 안타까운 운명에 대해 무한한 동정을 드러낼 뿐이었다.

4. 사대 가문의 흥망성쇠

『홍루몽』의 주요 무대는 가씨 가문이다. 가씨네 원적지는 금릉이며 그곳에는 가씨와 인척을 맺은 사씨, 왕씨 그리고 설씨가 있다. 그래서 이 네 가문은 서로 긴밀하게 얽혀 있으면서 서로 이끌어 주고 도와주는 관계를 유지한다. 사실 가·사·왕·설(賈史王薛) 네 가문은 가씨 집안을 중심으로 볼 때 모두 중요한 외척이다. 특히 주인공 가보옥의 입장에서 보면 할머니는 사씨이고 어머니는 왕씨이며 훗날 자신의 아내는 설씨가 되는 것이다.

『홍루몽』의 서사에는 물론 작가의 전지적 관점의 서술도 들어 있으나 기본적으로 가보옥 혹은 그가 입에 물고 태어난 통령옥이 직접 보고 겪은 사연을 중심으로 세밀하게 그려지고 있다. 따라서 가씨 가문의 외척이라고 하더라도 큰댁(녕국부)의 우씨나, 큰어머니 형씨, 혹은 형수인 이씨는 포함되지 않았다. 더욱이 보옥에게 있어서 가장 중요한 인물인 임대옥의 임씨도 주요 가문에 들어 있지 않은 것은 그녀가 끝내 보옥의 아내가 되지 못했으며 실제 임여해의 가문이 소슬하여 영향을 끼칠 만한 인물이 없었기 때문이다. 이러한 구도에서 본다면 귀족 가문끼리의 상호보완이나 협력관계를 기준으로 할 때 보옥의 아내로서 임대옥보다는 설보차가 훨씬 더 유리한 고려의 대상임은 자명하다.

『홍루몽』 서사의 기본구도를 밝히는 일은 방대한 이야기 속으로 독자를 인도하는 중요한 순서다. 제2회에서 가우촌을 만난 냉자홍이 그 중개인의 역할을 한다. 방관자의 입장임을 감안하여 냉정하게 평가하며 서술하지만, 그가 가씨 가문의 전반적인 내력이나 규모를 객관적으로 밝힐 수 있는 배경은 그 자신이 왕 부인의 배방인 임지효댁의 사위이기 때문이다. 작가가 굳이 자신의 전지적 관점으로 그려 내지 않고 작중 인물의 입을 통해서 하나씩 가문의 대외적 규모를 밝히고 잘 알려지지 않은 비밀스러운 작은 사연까지 드러내도록 하는 것은 창작의 기법이기도 하지만 인물에 대한 현실적인 평가를 당시 현장의 다른 인물의 입을 통해 드러내어 더욱 실감 나게 하기 위함이다.

냉자홍이 꺼낸 화두에 가우촌이 강한 호기심을 표하고 따라서 독자들도 그들의 대화에 깊숙이 개입하며 이야기 속으로 진입하게 된다. 이야기는 관직에서 물러나 재야에 떠돌면서 지금 양주에서 임대옥의 가정교사로 있는 가우촌이 오랫만에 바깥나들이를 하다가 지통사에서 귀 멀고 눈 멀고 이 빠진 노승을 만난 이후, 우연히 주막에 들어갔다가 경성에서 온 냉자홍을 만나는 것으로 시작한다. 두 사람이 경성에 있을 때 어떻게 알게 된 사이인지는 밝히지 않고 곧바로 대화를 시작하는데 "요즘 서울(도성)에 무슨 새로운 소식이라도 있습니까" 하는 말로 가씨 집안의 사연이 시작된다. 가보옥의 등장을 위한 배경이 펼쳐지는 것이다.

그러고 보면 이에 앞서 가우촌이 진사은의 덕으로 경성에 가서 진사로 급제하고 지방관으로 임용되었다가 지나친 탐욕으로 인한 탄핵으로 파직을 당하고, 여유롭게 천하 명승을 유람하다가 양주에 이르러 임여해의 집에 머물게 되었다는 사연이 먼저 펼쳐지는데, 이는 가보옥보다 임대옥이 먼저 등장하는 격이 된다.

어쨌든, 냉자홍은 가우촌의 형식적인 인삿말에 응하여 "선생의 종가댁에 조그만 이변이 일어나긴 했지요"라고 운을 떼고, 가씨 가문의 윤곽이 드러난다. 냉자홍은 순전히 이러한 소개를 위해 만들어진 엑스트라 인물이지만 그래도 그 자신의 이야기가 전후 맥락을 갖추고 있어 작은 등장인물 모두에게 피와 살을 만들어 넣은 작가의 세심함이 드러난다. 냉자흥에 의해 소개된 가씨 가문의 기본 틀은 다음과 같이 정리된다.

> 동한 시대 가복(賈復)의 지파 중에서 경성에 있는 녕국부와 영국부는 본래 금릉의 명문거족이었다. 지금은 비록 당대의 영화에 미치지는 못해도, 여전히 번화롭지만, 자손들이 점점 기대에 못 미쳐 가문의 영광을 제대로 잇지 못하고 있다. 큰댁인 녕국공 가연(賈演)의 작위는 가대화(賈代化)로 이어지고, 다시 첫째 아들 가부(賈敷)가 요절하고 둘째 아들 가경(賈敬)으로 전해졌는데, 도교에 빠져 성 밖의 도관으로 출가하여 현재 가진(賈珍)이 물려받고 있다. 가진의 아들 가용(賈蓉)이 있다. 작은댁인 영국공 가원(賈源)의 작위는 가대선(賈代善)으로 이어졌는데 그 부인이 금릉의 사씨(史氏)다. 슬하에 장남은 가사(賈赦)이고 차남은 가정(賈政)인데, 작위는 가사가 물려

받았고 아들 가련(賈璉)이 있다. 차남 가정은 과거시험을 준비했지만 황제가 공신의 후손을 우대하여 음관으로 관직을 받아 원외랑이 되었다. 큰아들 가주(賈珠)는 유복자 가란(賈蘭)을 남기고 일찍 죽었으며 그 후 차남이 태어났는데, 입에 영롱한 옥을 물고 있어서 보옥(寶玉)이라고 지었다. (제2회 요약)

이렇게 녕국부와 영국부 가씨 가문의 오대에 걸친 계보를 보여 준다. 공작의 지위는 개국공신으로서 최고의 영예를 받은 것인데 치열한 전투에서 갖은 고생을 하며 주인을 살려 낸 초대(焦大)의 사연을 제7회에서 얼핏 보여 준다. 앞서 냉자흥이 가문에 이변이 있다고 한 것은 바로 차남 계열의 끝머리에 나타난 가보옥의 출생을 두고 말한 것이다.

냉자흥은 보옥이 어려서부터 보여 주는 남다른 언행에 세속적인 평을 보여 주지만, 가우촌은 보옥의 출생에 대해 좀 더 진지한 관점을 제시한다. 역사상 보옥과 같은 제삼의 인물 유형이 엄연히 존재해 왔음을 역설하고 있다. 말 끝에 가우촌은 금릉의 진씨댁 아이(진보옥)를 거론하여 가보옥과 동일한 언행을 하는 또 하나의 유형을 제시한다. 가보옥과 진보옥은 제56회에서 꿈을 통해 잠시 만나지만, 성년이 되면서 성격의 차이를 보이고 다른 인생관과 가치관을 갖게 되어 소설의 후반부 제115회에 두 사람이 직접 대면한 이후 노골적으로 구분된다.

냉자홍의 가문 소개는 이번에 네 소저로 이어진다. 첫 소저는 가정의 딸인 원춘(元春)으로 재주와 덕성으로 궁중에 뽑혀 들어가 지금 여사가 되어 있다. 둘째 소저는 가사의 첩 소생인 영춘(迎春)이고, 셋째 소저는 가정의 첩 소생인 탐춘(探春)이며, 넷째 소저는 가진의 친누이인 석춘(惜春)이다. 가우촌은 그 이름을 듣자마자 명문대가의 귀족 집에서 딸들의 이름에 봄춘 자를 쓴 이름의 촌스러움을 지적했다. 하지만 그것은 첫째 소저인 원춘이 정월 초하루에 태어났기 때문에 자연스레 붙여진 이름이며 누이들의 이름은 그에 따른 돌림자 사용이라는 것이다. 그들의 앞세대는 여성도 남자 형제의 이름처럼 지었으니 가사, 가정의 누이동생이 가민(賈敏)이라고 했다. 그제야 가우촌은 자신의 학생 임대옥이 민 자를 피휘하고 있다는 사실을 상기하며 임대옥이 가보옥의 고종사촌임을 밝힌다. 윗대의 자매도 넷이었다고 하나 다른 이의 이름은 밝히지 않았다.

이어서 가정의 첩 소생 아들 가환(賈環)을 언급하고, 가련의 아내가 가정의 부인 왕씨의 친정 조카임을 밝히면서 빼어난 미모에 언변이 뛰어나고 행사에 기민한 성격임을 강조하는데, 그녀가 바로 소설의 또 다른 주인공인 왕희봉(王熙鳳)이다.

이렇게 제2회에서 가씨 가문의 계보와 주요 인물을 소개한 이후에 제3회에서 임대옥의 상경장면을 통해 영국부의 주요 인물과의 실질적인 대면을 연출한다. 우선 외할머니 사 태군, 외숙모인 형 부인과 왕 부인, 올케인 이환과 왕희봉, 자매인 영춘, 탐춘, 석춘, 그리고 마지막으로 외사촌 오빠인 가보옥과의 운명적인 첫 만남을 감동적으로 그린다.

이처럼 가씨 가문의 상황을 그린 이후, 제4회에서는 다시 가우촌과 아전의 대화를 통해 금릉의 사대 가문의 기본 윤곽을 제시하고 그들의 끈끈한 연결관계를 한마디로 정의한다. 가우촌은 이때 설반의 살인 사건 판결로 인해 골치 아파하는 중이었는데, 설씨네가 자신의 복직에 도움을 준 가정의 집안과 인척간이며 서로 돕는 긴밀한 관계임을 전해 듣고 자연스례 인정을 베풀어 두루뭉술하게 판결한다.

사대 가문의 순서를 보면 소설의 중심 무대인 가씨 가문을 위시하여 주인공 가보옥의 할머니 사 태군의 사씨네, 어머니 왕 부인의 왕씨네, 그리고 훗날 아내가 되는 설보차의 설씨네를 나열하고 있다. 금릉의 사대 가문이라 했지만 모두 인척으로 연결된 가문이며 삼대에 걸친 외척의 집안이다. 가보옥을 중심으로 하고 있으므로 녕국부 가진의 처가인 우씨, 영국부 가사의 처가인 형씨는 포함되지 않았고 가보옥의 평생 연인 임대옥의 임씨도 역시 에피소드로만 언급되고 있을 뿐이다.

가문의 흥망성쇠는 기본적으로 가씨 가문을 중심으로 구체적으로 묘사하고 있으며, 나머지 세 가문의 경우에는 관련 인물을 중심으로 단편적으로 보여 준다. 사씨는 주로 사상운의 등장으로 한때의 영광과 쇠락의 상황을 보여 주고, 왕씨는 왕 부인의 오라버니인 왕자등이 경영절도사를 지내고 구성통제로 승진하는 소식이 알려지기도 한다. 하지만, 소설의 말미에 왕희봉의 친정 동생 왕인은 못된 자들과 왕희봉의 딸 교저를 팔아먹으려고 획책하는 일에 끼어들어 추한 모습을 남기고 있다. 설씨네 후손으로 마음씨 착한 설과는 가난해도 진솔한 형수연과 결혼하고 가족을 위해 도움을 주지만, 설 부인의 외아들이며 설보차의 오빠인 설반은 처음 등장에서부터 살인 사건에 연루된다. 후에는 독살스러운 아내 하금계와의 갈등으로 내내 속을 썩이다가 타지에 가서 또 살인 사건에 연루되는 어려움에 빠져 설씨 가문의 쇠락을 부추긴다. 다행히 석방되어 귀환하고 하금계가 스스로의 잘못으로 음독하여 죽은 후 향릉을 정실로 앉혀 진정 국면에 들어가지만 가문의 형세는 이미 꺾인 상태였다.

『홍루몽』은 기본적으로 가씨 가문의 흥망성쇠를 다루고 있으므로 직접적이고 노골적으로 가문의 몰락 과정을 보여 준다. 흥망의 과정은 도식적이지 않아서 흥성의 과정에 쇠망의 기미를 보여 주고 있으며 희비곡선은 언제나 동시에 진행된다. 제13회 진가경의 장례는 가장 화려하고 성대하게 치러졌지만 왕희봉의 꿈에 현몽한 진가경은 가문의 몰락을 대비하여 준비하도록 경고하면서 또한 새로운 흥성의 조짐을 은연중 내비치기도 한다. 또한 가문의 몰락이 가시화되는 금의군의 수색 이후에도 황제의 은총으로 잡혀갔던 가사와 가진이 풀려나고 삭탈된 작위를 복원시키는 등 부분적으로 회복의 기운을 보여 주는 곡선을 드러내고 있는 것이 역시 하나의 특징이다. 후반부 내용이 조설근의 원작이 아니라는 입장에서는 부정되고 있지만, 현재까지 남아 전해지는 120회본의 『홍루몽』을 기본 전재로 소설의 줄거리를 분석하려는 입장에서는 이 점을 간과할 수 없다.

제2장

홍루몽의 사랑과 운명: 보옥과 대옥

1. 전생의 목석인연

『홍루몽』은 사랑의 본질을 꿰뚫어 보고자 하는 소설이다. 사랑이란 여러 가지의 함의를 지니고 있지만 기본적으로 사람과 사람 사이의 감성적 소통을 통해 깊은 관심과 따뜻한 배려, 뜨거운 열정을 보여 주는 행위다. 『홍루몽』에서는 정(情)이란 글자로 표현되는데, 가족 간의 친정(親情), 남녀 간의 애정(愛情) 그리고 친구 사이의 우정(友情)을 모두 포함하고 있는 넓은 의미의 정이다. 심지어 사물에 대해 따뜻하게 배려하는 마음까지도 포함된다.

소설에서는 그중에서 주인공 가보옥, 임대옥, 설보차 사이의 얽히고설킨 사랑의 감정이 중심 줄거리를 이룬다. 가보옥과 임대옥은 전생의 인연으로 맺어진 사이이고, 가보옥과 설보차는 이승에서의 인연으로 맺어진다. 다분히 도식적이지만 우리가 예상하는 것처럼 그렇게 단순하게 끝을 맺지는 않는다. 전생의 단계인 태허환경에서 신영시자와 강주선초로 만난 두 사람은 목석의 인연으로 비유되지만, 이승에서는 안타까움만 연발하며 서로의 마음 깊은 곳을 확인하지 못해 애만 태우다가 임대옥은 죽고 가보옥은 훗날 출가하여 중이 되는 것으로 마무리된다. 전생에 인연이 있었다면 이승에 와서 맺어져야 하는 것이 기존의 방식이었지만, 그들의 사랑은 뜻대로 이루어지지 못하고 만다. 하나의 파격이다. 이승에서의 인연은 금과 옥을 가지고 있다는 점에서 대외적으로 널리 공인된 사실이기도 하였지만, 정작 당사자인 가보옥은 이를 인정하지 않고 설보차도 겉으로는 드러내지 않는다. 설보차의 어머니인 설 부인이 비교적 노골적으로 이 말을 드러내 퍼뜨리는 역할을 한다. 후에 왕희봉의 주도적인 기획으로 왕 부인의 용인과 할머니의 허락하에 가보옥의 의지와 상관없이 두 사람은 혼례를 치르고 부부가 된다. 하지만 사랑의 결실에 이르지 못하고 가보옥이 홀연 세상을 버리고 떠나니 결국 설보차는 또 한 명의 불행한 여성으로 남는다. 그렇다면 이승의 인연이란 것도 불행의 씨앗이었을 뿐이니, 전통 방식에서는 이 또한 하나의 파격이다. 작가는 장편의 스토리에서 이 세 사람만을 그리지는 않는다. 가보옥을 둘러싸고 등장하는 여러 여성 인물 중에서 핵심적으로 임대옥과 설보차에 집중하고 빈번하게 언급하고는 있지만 단순한 재자가인 소설처럼 도식적인 삼각관계나 두 여성의 대결 국면으로 사태를 단일화시키지는 않는다. 『홍루몽』에서는 이를 훨씬 더 복잡하고 미묘하게 그린다. 실상 세상만사와 인정세태가 그렇게 칼로 무 자르듯 단순하고 단편적이며 단선적으로 진행되는 것이 아님은 자명하다. 이러한 실상을 최대한 반영하고 인간을 둘러싼 복잡한 환경과 인간의 내면에 자리 잡은 미묘한 심리를 최대한 여실하게 그리려고 노력한 작품이 바로 『홍루몽』이다. 따라서 보옥과 대옥과 보차의 관계를 그냥 쉽게 삼각관계라고 규정짓는 것도 어폐가 있지만 편의상 전생의 목석인연(木石姻緣)과 이승의 금옥인연(金玉姻緣)으로 나누어 보는 것이 핵심을 파악하는 지름길이기도 하다. 그런 인연이 끝내 이루어지지 못한 것을 어떻게 설명할 수 있다는 것일까. 그것은 바로 운명이란 것이다. 사랑과 운명은 불가분의 관계다. 사랑이 이루어지든, 이루지 못하게 되었든 그것은 이미 인력으로 어찌할 수 없는 운명으로 얽힌 관계다. 작가는 불행한 운명으로 타고난 미인박명의 인물들에게 무한한 연민과 동정을 보내는 동시에 주인공 가보옥의 출가를 통해 작가 자신의 청춘을 되돌아보며 참회하는 기록으로서 이 작품을 남기고 있다.

호기심은 인간의 본성이다. 이야기가 시작되려면 일상의 삶에서 보기 드물고 경험하기 어려운 괴이하고 기이한 일이 발생해야 한다. 우리나라 고대와 삼국 시대 역사를 담은 『삼국유사』에서는 첫머리 「기이편(紀異篇)」에서 옛 신화와 전설을 풍부하게 전하고 있다. 공자가 괴력난신(怪力亂神)을 말하지 않았다는 이유로 훗날의 유생들은 소설적 상상력의 세계에 가까이하는 것을 꺼렸다. 하지만 고대의 역사를 보면 제왕이 일어나려고 할 때 하늘의 명을 따르고 예언을 받아, 그가 보통 사람과는 다르다는 점이 언제나 부각되었다. 영웅의 탄생에 신비로운 권위와 특유의 아우라가 만들어진다.

중국에서는 무지개가 둘러싸서 복희(伏羲)를 낳았고, 용이 감응하여 염제(炎帝)를 낳았으며 백제의 아들과 통정하여 소호(少昊)를 낳았고, 제비의 알을 삼켜 설(契)을 낳았으며 거인의 발자국을 밟고 기(棄)를 낳았다고 했다. 우리나라에서도 단군(檀君)은 하늘에서 내려온 환웅과 곰으로부터 환생한 웅녀 사이에서 태어났다. 고구려의 주몽(朱蒙)은 천제의 아들 해모수와 하백의 딸 유화 사이에서 알의 형태로 태어났고, 신라의 박혁거세(朴赫居世)도 알에서 태어났다. 이른바 천강설화와 난생설화의 표본이다. 모두 신비롭고 기이하지만 시조의 탄생 이야기이므로 사서의 첫머리를 장식하고 있다.

여기서 굳이 고대의 신비로운 탄생 설화를 이야기하는 것은 홍루 이야기의 서두를 끌어내기 위해서다. 『홍루몽』의 주인공 가보옥은 이름 그대로 옥과 관련이 있다. 보옥이 태어날 때 입속에 오색영롱한 옥을 물고 나왔다는 것이다. 지극히 사실적이고 현실적이어야 할 18세기 근세 장편 소설의 기본 구도가 이처럼 황당한 전제를 깔고 시작하는 것에는 작가의 특별한 의도가 있다. 낭만적 신비적 분위기를 함께 섞어 문학성과 예술성을 높이려는 것이다.

『홍루몽』의 서두에는 두 가지의 신화적 이야기를 담고 있다. '여와유석(女媧遺石)'과 '관개강주(灌漑絳珠)'가 그것이다. 우선 여와가 하늘을 때우다가 버린 돌의 이야기를 보자.

여와의 보천(補天) 이야기는 오래된 신화다. 작가는 여기에서 보천의 목적으로 마련되었다가 땅에 버려진 하나의 돌이 환생하는 이야기로 발전시킨다. 기발한 발상이다. 하늘을 때우는 돌의 숫자도 십 년치 날짜에 해당하는 삼만 육천오백 개인데 거기에 하나를 더하여 남게 된다. 남은 돌은 대황산 무계애에 떨어진다. 대황산은 『산해경』에서 이미 나오는 산 이름이지만 이야기가 황당무계함을 드러낸다. 하지만 작가는 웃음기 없는 진지한 어조로 꼼꼼하게 이 버려진 돌의 이야기를 전개한다. 그냥 지상의 돌과 달리 보천을 위해 여와의 단련을 거친 돌은 이미 영성을 얻어서 인간의 생각과 언어 능력을 갖추고 있었다. 보천이란 전통 시기에 천자를 보필한다고 풀이할 수 있고 따라서 충분한 능력을 갖춘 인재이지만 세상에 쓰이지 못하고 재야에 버려진 회재불우(懷才不遇)의 운명을 지닌 인물이라는 풀이까지 가능하다.

이 거대한 여와유석은 일승일도(一僧一道)의 도움으로 통령보옥으로 변신하였고 아이의 이름은 그대로 보옥으로 지어졌다. 가보옥의 탄생 신화다. 하늘에 올라가려던 돌이 땅에서 옥이 되었고 그것은 가보옥의 입에 물려 세상에 나와 통령보옥의 이름으로 존재한다. 특별한 영성을 지녀 남다르고 신비한 능력도 갖게 된다.

다음에는 태허환경에서 신영시자가 강주초에게 물을 주어 길렀다는 이야기를 보자. 앞서 일승일도에 의해 환생 과정을 거치던 중 통령보옥은 지상에 나오기 전에 잠시 태허환경에서 신영시자의 신분으로 있었다. 두 이야기의 전후 연결 과정은 작가도 모호하게 처리하여 구체적으로 이어지지는 않는다. 신영시자는 강주초에게 감로수를 주어 영생을 얻게 하였지만, 인간세계로 내려갔다. 이에 강주초 또한 은혜를 갚고자 경환선고에게 인간세계로의 환생을 간청했다.

이 이야기는 가보옥과 임대옥의 인연이 전생으로부터 이어지고 있다는 목석인연의 유래다. 신영시자의 원형이 여와유석이었고 강주선초는 초목에 해당하니 목석의 인연이라고 하는 것이다. 가보옥은 앞서 통령옥의 신분이었지만 태허환경에서는 신영시자(神瑛侍者)가 되었는데 신영은 신비로운 옥돌이니 다름 아닌 통령옥의 또 다른 이름이다. 강주선초(絳珠仙草)는 풀의 이름이지만 강주 또한 붉은 구슬의 뜻이니 옥의 이미지이고 또한 피눈물의 형상이다. 눈물로 은혜를 갚는다고 하여 환루설이란 이름을 붙인 이야기는 홍루 신화 두 축 중 하나다.

이렇게 전생에 목석의 인연으로 맺어진 두 사람은 이승에서 외사촌과 고종사촌 오누이의 신분으로 제3회에 첫 만남을 갖게 된다.

가보옥은 금릉의 본향을 떠나 경성에 있는 가족과 함께 살며 특히 할머니의 총애를 받고 있다. 왕 부인의 둘째 아들이지만 첫째 아들이 요절하여 외아들의 위치에 있다. 임대옥은 모친이 병사하자 외할머니가 어미 잃은 외손녀를 데려오도록 하여 서울로 상경하게 된다. 보옥과 대옥의 만남은 극적으로 묘사된다. 작가는 대옥의 상경을 계기로 가씨 집안의 건물과 주요 인물을 차례로 독자들에게 선보인다. 칙조녕국부와 칙조영국부의 정문 편액이며 문 옆의 위엄 있는 돌사자, 대옥의 가마가 드나드는 골목 안으로 난 수화문, 외부의 남자 하인들에 이어 내부의 여자 하인들로 교체되는 가마꾼과 안채 건물의 배치와 도열한 시녀들이 그려진다. 그리고 차례로 외할머니 가모, 외숙모 형 부인과 왕 부인, 외사촌 영춘과 탐춘, 석춘의 세 자매, 올케 이환과 왕희봉 등을 보여 준다. 이때 핵심 인물인 왕희봉의 등장에는 특별한 이미지를 더하고 매운 고추라는 별명까지 언급된다. 두 분의 외숙부에 인사를 드리려 가사(賈赦)와 가정(賈政)의 저택을 방문하지만 만나지 못하고 왕 부인으로부터 보옥에 대한 사전 인식을 주입받는다. 왕 부인은 보옥을 혼세마왕으로 칭했고 엉뚱한 언행을 일삼고 있으니 아예 가까이할 생각을 말라고 경고 아닌 경고를 했다. 대옥은 평소 어머니로부터 외가에 옥을 물고 태어난 오빠가 있다는 들었던 터이므로 호기심은 커졌고 외숙모가 걱정하는 일에 대해서는 대수롭지 않게 넘겼다. 결국 왕 부인은 처음부터 보옥과 대옥의 관계를 걱정하고 있던 것이다.

나한테는 전생의 무슨 업보로 태어났는지 화근덩어리 아들 하나 있는데 집에서는 모두 혼세마왕(混世魔王)이라고 부른단다. … 너는 앞으로 그 녀석을 본 척도 하지

말고 멀리하여라. (제3회)

그리고 다시 돌아온 대청, 할머니와 자매들이 모두 모여 있는 가운데 마침내 보옥이 나타났다. 이날따라 무슨 볼일로 보옥만 늦게야 돌아왔지만, 역시 두 주인공의 역사적인 만남을 가장 극적으로 보여 주기 위한 작가의 의도적인 안배였다. 작가는 두 사람의 모습을 각각 인상적으로 그려 낸다. 그들 각자도 각각 생각이 있었다. 대옥은 마음속으로 보옥의 모습이 어디선가 본 듯함에 놀라워하지만, 두 사람의 기시감은 비로소 독자들에게 목석인연의 전생 이야기를 상기시켜 준다. 보옥은 대옥의 이름을 묻고 즉석에서 빈빈(顰顰)이란 자를 지어 주고 유래까지 밝힌다. 그리고 극적인 장면이 연출된다. 대옥에게도 옥이 있느냐고 물은 것인데 없다고 하자 갑자기 발작하듯이 소리치며 목에 차고 있던 통령옥을 잡아떼어 땅바닥에 내동댕이치고 말았다.

이따위가 뭐가 귀하고 드문 물건이라고 그래! 사람의 높고 낮음도 고를 줄 모르면서 무슨 신통력이 있다고

통령(通靈)이라고 하냔 말이야! (제3회)

가보옥은 현세에서 통령옥으로부터 벗어날 수 없는 존재였다. 그것은 명줄처럼 타고난 운명이었으며 또한 신비로운 힘을 가지고 있었다. 보옥은 통령옥 덕분에 마 도파의 해코지로부터 벗어날 수 있었다. 하지만 통령옥은 목석인연의 대옥과는 인연이 없는 물건이었다. 그것은 목석의 인연을 다시 맺으려는데 가장 강력한 방해요인으로 자리 잡고 있었다. 보옥이 처음부터 대옥에게 이러한 옥이 없다는 데 강한 불만을 제기한 것은 선녀같이 아름다운 누이와의 장래가 순탄치 않을 것임을 감지했기 때문일 것이다.

그날 밤 대옥은 잠을 이루지 못하며 괴로워했다. 보옥의 놀랍고 기이한 언행 때문이었다. 첫 만남이었는데 자신으로 인해 통령옥이 깨지기라도 했다면 정말 어찌했을까 싶었다. 보옥의 시녀 습인이 와서 달래며 통령옥을 보여 주겠다고 했지만 대옥은 나중에 보자고 하며 잠자리에 들었다. 통령옥에 쓰인 글자는 대옥과는 인연이 없었다. 그것은 머지않아 설보차의 금쇄와 함께 드러날 운명이었다. 대옥은 후에 두고두고 금옥의 인연에 대해 민감하게 반응하며 보옥과의 속마음 주고받기에 어려움을 겪는다. 어쩌면 목석인연으로서 태생적인 한계였으니 그것이 바로 이승에서 이루어질 수 없던 사랑의 실체였다.

보옥과 대옥의 사랑은 통령옥의 존재 여부와 상관없이 그래도 꾸준히 변화 발전을 지속한다. 제19회에서 오붓하고 행복한 장면을 보여 주지만 제29회에서는 혼삿말이나 패물로 인해 심한 다툼을 벌이기도 한다. 제33회에서 보옥은 장옥함과 금천아의 일로 인하여 아버지 가정으로부터 모진 매를 맞고 난 후 몸져누웠다. 그때 보옥을 문병하러 간 대옥은 말없이 훌쩍거리며 눈물만 흘린다. 제34회에서 작가는 보옥과 대옥의 남다른 감정을 잘 그려 낸다. 문병하러 간 사람이 여럿이었지만 보차와 대옥의 방식과 태도는 사뭇 달랐다. 보옥은 보차에게서 나름대로 위안을 받기는 하지만, 그보다도 말없이 훌쩍거리다 사라진 대옥에게 가슴속 못다 한 말을 대신하여 손수건 두 장을 보낸다. 대옥은 보내온 두 장의 헌 손수건을 받아 들고 보옥의 속마음을 짐작하고 그 위에 애틋한 사랑의 시를 적어 둔다. 이 순간만큼은 누가 뭐라 해도 보옥과 대옥의 마음이 하나로 합쳐진 소중한 시간이다.

하지만 전생에 맺은 목석의 인연으로는 이승에서 완벽하게 다시 맺어지기에 어려움이 따랐다. 대옥은 양주에서 어머니를 여의고 어려서 외가에 의탁한 이후 보옥과 격의 없이 즐겁게 지냈지만 머지않아 보옥의 이종사촌인 설보차가 등장하면서 사람들의 이목이 쏠리고 사사건건 대비가 되어 신경이 더욱 날카로워졌다. 보차는 아버지를 일찍 여의었지만 어머니와 오빠가 함께 살고 있으며 재산이 넉넉하여, 남에게 아쉬운 소리를 할 필요가 없었고 천성이 여유롭고 관대하여 사람들의 호감을 사고 있었다. 여러모로 대옥과 비교가 되었다.

작가는 의도적으로 대옥과 보차의 출연을 동시에 진행하거나 혹은 앞뒤로 엇갈리게 하여, 균형감 있게 묘사하려고 노력했다. 제27회에는 적취정에서 보차가 나비를 잡으러 쫓아가는 장면에 이어 대옥이 꽃잎을 묻으며 눈물 흘리는 장면을 그렸다. 제34회 보옥의 문병에서도 보차에 이어 대옥이 나타나도록 안배하였다. 심지어 제97회 보차가 보옥과 혼례를 올리는 같은 시각에 대옥은 시고를 불태우며 쓸쓸히 절명하는 모습을 그려 극적인 대비를 보여 준다.

2. 이승의 금옥인연

설씨 가족의 등장은 제4회 가우촌의 설반 사건 심리를 통해서 간접적으로 보여 주지만, 작가의 주된 목적은 임대옥에 이어 설보차를 공식적으로 등장시키려는 것이었다. 하지만 작가는 동일한 기법의 반복을 피해 음양의 방식으로 처리한다. 대옥은 노골적이고 직접적으로 보여 주는 데 반해 보차의 출현은 은밀하고 간접적인 형식을 취하고 있다.

물론 어머니를 여의고 상경한 대옥은 외할머니에게 의탁하려 온 것이고, 오빠 설반과 어머니를 따라 상경한 보차는 잠시 이모인 왕 부인네 집에 머물기 위해 온 것이니 배경이 같을 수 없고 묘사도 간접적이다. 망나니 같은 설반을 조금이라도 단속하기 위해 설 부인은 영국부에 머물고자 했고, 가정과 왕 부인은 비어 있던 이향원을 내주었다. 하지만 경제적으로 독립적이었고, 이향원은 외부와도 자유롭게 통할 수 있는 공간이었으니 대옥과는 처지가 달랐다. 제4회에 보차의 이름이 나오지만 보옥과의 만남 장면은 없다. 만약 그러했다면 대옥의 첫 장면과 중복되어 식상하게 되었을 것이기 때문이다. 정작 구체적으로 보옥과 보차가 한자리에 앉아 얘기를 나누는 대목은 제8회에 나온다. 두 사람이 각자의 목에 걸고 있는 통령옥과 금쇄를 떼어 내 함께 살펴보고 새겨진 글자를 읽는 장면이다.

통영옥과 관련해 여러 사건이 있었지만, 여태 독자에게도 그 모습을 선보이지 못했다. 이제 대옥과는 이승에서 인연이 없고 금을 가진 보차와의 인연을 강조하기 위하여 두 사람이 만난 자리에서 통령옥과 금쇄의 구체적인 모양과 새겨진 글자를 공개했다. 보차가 몸이 불편하다는 소식에 어느 겨울날 이향원으로 방문한 보옥은 설 부인의 환대를 받고 보차와 단둘이 환담을 나누다 보차에게 통령옥을 보여 주고 시녀 앵아의 귀띔으로 보차의 금쇄도 보게 된다.

보차의 눈으로 본 통령옥은 "크기는 참새 알만 한데 노을같이 은은히 빛나고 우유처럼 맑고 부드러우며 오색영롱한 무늬가 감도는" 구슬이었다. 보차가 가진 금쇄는 "보석이 영롱하고 황금빛 찬란한 영락"인데 자물쇠처럼 만든 목걸이였다. 여기에도 전서체로 글자가 쓰여 있었다. 어려서 어떤 스님(나두창 화상)이 지어 준 구절이라고 했다. 통령옥과 금쇄에 쓰인 글자는 각각 여덟 자로 서로 대구를 이루고 있었다.

> 잃지도 말고 잊지도 마라 莫失莫忘
> 신선 같은 천수를 언제나 누리리라 仙壽恒昌
>
> 떠나지 말고 버리지 마라 不離不棄
> 꽃과 같은 나이를 영원히 누리리라 芳齡永繼
>
> (제8회)

금쇄에는 달리 더 이상의 글자가 없지만 통령옥에는 뒷면에 이 옥의 세 가지 영험한 효험을 기록하고 있으니 "첫째 재앙을 막고, 둘째 질병을 고치고, 셋째 길흉화복을 안다"가 그것이다.

보옥의 통령옥과 보차의 금쇄는 두 사람이 이승에서 깊은 인연을 맺게 될 것임을 상징적으로 보여 주는데 그것이 바로 '금옥양연(金玉良緣, 금과 옥의 좋은 인연)'이라는 것이다. 금과 옥이라는 대비는 구슬 옥을 쓴 보옥과 비녀 차를 쓴 보차의 이름에서부터 이미 드러난다.

금옥인연은 이후 사람들의 입에 오르내리며 차츰 보편적인 인식으로 사람들에게 각인되었다. 보옥은 심각하게 의식하지 않았고 보차는 겉으로 내색하지 않았으나, 그런 얘기가 나올 때마다 대옥의 불안한 마음만 더욱 부추겨 속을 태웠고 마침내 보옥에게 이유를 밝힐 수 없는 짜증으로 드러나 두 사람의 말다툼과 토라짐의 근본 원인이 되었다. 금옥인연을 노골적으로 발설한 이는 설반의 말에 따르면 보차의 어머니 설부인이다. 본래 설반의 상경 목적에는 누이 보차를 궁중의 여관으로 입궁시키려는 뜻이 있었다. 당시 금상 폐하는 재덕을 갖춘 비빈을 간택하는 것 외에 명문가의 딸을 관청에 등록하도록 하고 개중에서 공주나 군주의 좋은 글벗이 될만한 사람을 뽑아 재인이나 찬선의 여관 벼슬을 준다고 명을 내렸기 때문이다. 설씨 집안의 본래 의도는 보차도 가씨 집안의 원춘처럼 궁중에 들여보내 출세시키려는 것이다. 이제 그 기회를 제대로 잡지 못하자 설 부인은 딸 보차의 장래를 구상하며 이종사촌인 가보옥과의 인연을 생각해 본 것인데, 마침 금옥인연이라는 절호의 기회를 놓치지 않으려고 했다.

설보차는 살결이 곱고 행실이 조용하고 예의범절이 단아

하여 상하를 막론하고 사람들의 칭송을 받았다. 태허환경의 예언시에는 여성으로서 갖춰야 할 덕성을 고루 가지고 있다는 의미에서 "가탄정기덕(可歎停機德)"이라고 쓰여 있다. 이는 앞장에서도 언급했듯이 공부를 중단하고 돌아온 남편을 타이르기 위해 베를 짜다가 잘라 내어 끊었다고 하는 한나라 악양자(樂羊子)의 고사를 활용한 것이다, 따라서 설보차는 부덕(婦德)을 대표한다.

보옥은 비록 보차와 좋은 관계로 지냈지만, 그래도 속마음은 언제나 대옥에게 두고 있었다. 남자는 과거시험을 치르고 부귀공명을 따서 출세해야 한다는 보차의 일관된 인생관을 마땅치 않게 여겼기 때문이었다.

그러나 보옥의 장래를 걱정하는 가족이나 주변 인물의 입장에서 설보차는 가장 이상적인 신붓감이었다. 특히 영국부의 안살림을 도맡고 있는 왕 부인과 함께 조카며느리이자 친정 조카딸인 왕희봉으로서는 같은 왕씨 자매의 딸인 보차가 어느 모로 보나 예민한 성격에 허약한 몸을 가진 대옥보다는 훨씬 나은 대상이었다. 가문의 장래나 가족 구성원 간의 화합을 염두에 두더라도 보옥의 사적인 우호감을 이유로 대옥을 신부로 정하기는 어려웠다. 결국 결정적인 순간에 '신부 바꿔치기'라는 비상 수단을 쓰며 결혼 당사자인 보옥의 입장과 감정을 철저하게 무시했다. 보옥의 비극은 결국 구조적인 결함이기도 했다. 이때 가족 내에서 가장 크게 작용했던 심리적 기제는 바로 금옥인연이라는 오래된 부적같은 주문이었을 것이다.

3. 대옥의 불안 심리

임대옥의 행복한 순간은 언제였을까. 이론상으로 보면 아무 근심 걱정없이 천진난만하게 보옥과 함께 어울려 즐겁게 지냈던 그 시기, 영국부에 설보차가 아직 나타나지 않았을 때까지의 짧은 그 얼마 동안이었을 것이다. 설보차가 나타나기 이전에 보옥과 대옥의 사이는 각별히 친밀하였다.

> 낮에는 함께 다니고 밤이면 동시에 잠자리에 들었다. 두 사람은 오가는 말이 정겹고 생각이 잘 맞아서 조금도 어긋남이 없었다. (제5회)

선녀 같은 임대옥이 여러 시녀와 함께 지내면서 차츰 예민하고 날카로운 성격을 보여 주고 있을 때, 원만하고 부드러운 설보차가 나타나자 사람들은 대뜸 두 사람의 용모와 성품과 마음 씀씀이를 비교하며 우열을 논했다. 다들 설보차의 단아한 품위와 아름다운 용모가 대옥보다 낫다고 했다. 대옥의 고고한 태도와는 달리, 보차는 싹싹하고 활달하여 무슨 일이나 지체에 맞게 처신하고 형편을 봐 가며 행동했다. 시녀들이 대옥보다 보차를 더 좋아하니 대옥은 속으로 은근히 시샘이 났고 그만큼 불만스러웠으나, 보차는 그런 눈치를 전혀 모르고 있었다. 보옥은 누이나 형제를 대할 때 특별히 누구를 멀리하거나 가까이하는 일이 없이 똑같이 대했다.

그렇다고는 하지만 대옥과는 같은 처소에 함께 거처하는 형편이라 다른 누이들보다 한결 허물없는 사이가 되었다. 이른바 양소무시(兩小無猜)라는 말처럼 보옥과 대옥은 본래 천진난만하여 서로 허물없이 어울리는 관계였다. 그러나 허물없으니 더욱 친숙하고, 더욱 친숙하니 잘한다고 한 일이 도리어 불만을 사거나 오해를 낳았다. 때로는 하찮은 일로 옥신각신하게 되고 사이가 벌어지는 일도 있었다. 따지고 보면 그것은 대옥의 마음에 이미 불편함이 자리 잡기 시작했기 때문이다. 보옥이 허물없는 사이라고 믿고 함부로 한 말에도 대옥은 의심과 오해를 일으켰다. 이는 모두 보차의 출현 이후에 일어난 새로운 변화였다. 대옥은 보옥과 전생에 맺은 목석의 인연이 있었지만, 그것은 이승으로 이어진 인연이 아니었다. 자신과는 상관없이 따로 금옥의 인연이란 말이 생겨나고 또 그것을 증거로 보여 주는 통령옥과 금쇄의 존재가 드러난 이상, 대옥의 불안과 초초함은 일생을 관통하는 마음속 불치병이 되었다.

제19회에 보옥과 대옥의 일생에서 잊을 수 없는 애틋하고 즐거운 한 장면이 펼쳐진다. 회목은 「한밤의 화습인 절절한 사랑으로 충고하고[情切切良宵花解語], 한낮의 임대옥 애틋하게 마음을 드러냈네[意綿綿靜日玉生香]」인데 앞부분은 화습인이 충성스런 마음을 듬뿍 담아 보옥에게 충고를 하는 내용이고 뒷부분은 임대옥이 낮잠을 자다 찾아온 보옥을 옆자리에 눕도록 하고 제가 베던 베개를 건네주는 장면이 연출된다. 보옥과 대옥은 얼굴을 마주하고 나란히 누웠다. 훗날 두고두고 그리워해야 할 순간이었다. 보옥의 볼에 묻은 연지 자국을 대옥은 손수건을 꺼내 닦아 준다. 보옥은 대옥의 소매 속에서 피어나는 향내를 맡았다. 대옥이 보차의 냉향환을 염두에 두고 빈정거리자 보옥은 왜 공연한 트집이냐면서 두 손에 입김을 호호 불다가 별안간 대옥의 겨드랑이 밑을 간지럽힌다. 대옥은 웃음을 참지 못하며 다시는 안 그러겠다고 하면서도 헝클어진 귀밑머리를 매만진 뒤에는 다시 웃음과 함께 농담인 듯 진담인 듯 금옥의 인연을 빗대어 보옥을 자극한다.

> 어리석구나, 어리석구나! 그대에겐 옥이 있고 누구에겐 금이 있어 짝이 되듯, 지금 누구에겐 차가운 향이 있다 하니 그대에겐 마땅히 따뜻한 향이 있어야 짝이 되느니라! (제19회)

대옥의 마음속에는 이미 오래전부터 바로 설보차의 존재가 깊숙이 자리 잡고 있었던 것이며 금쇄나 냉향환 등의 존재는 항상 초미의 관심사였던 것이다. 보차는 금쇄를 보여 주고 보옥의 질문에 냉향환을 언급하였지만 사실 앞서 제7회에서 이미 구체적으로 그 제조 방법을 소개한 바 있다. 대옥이 느끼는 상대적 박탈감이란 보차에게는 있는 것이 자신에게는 없다는 것이다. 보차의 집안에는 넉넉한 재산과 더불어 모친과 오라버니가 있지만 대옥에게는 모두 결핍되었으니 객관적으로 동등한 상대가 되지 못했다. 다른 사람들이나 시녀들에게도 넉넉한 마음 씀씀이를 보일 수 있는 보차의 여유는 바로 그런 배경에서 나온다. 무엇보다 보차에게는 황금 목걸이 금쇄가 있다. 옥을 가진 사람과 짝을 이룰 것이라는 예언 아닌 예언까지 간직한 그런 보배다. 대옥에게는 그것이 없다. 보옥과 첫 만남에서 "누이도 옥을 가지고 있어?"라고 질문을 받았을 때처럼 아무것도 가진 게 없는 대옥은 상대적 상실감과 박탈감을 억누를 수 없다.

대옥의 몸에서 나는 향내는 무엇일까? 대옥은 부정하였지만 보옥은 분명 그녀의 소매 속에 코를 들이대며 보통 향주머니에서 나는 것이 아닌 특이한 이향(異香)을 맡았다. 대옥은 냉향에 빗대어 보옥에게 온향이 있느냐고 물었지만, 대옥의 몸에서 나는 향내야말로 온향이라 할 수 있다. 보차의 냉향과 대옥의 온향이 대비가 된다. 근원을 찾아보면 대옥이 어려서부터 그치지 않고 복용하는 인삼양영환(人蔘養榮丸)에서 유래한다고 하겠다. 인삼은 가씨 집안에서 흥망성쇠의 기미를 보여 주는 상징같은 존재지만 붉은 열매와 인체의 모습을 닮은 형상만으로 보면 대옥의 전생이었던 태허환경 강주선초의 원형이기도 하다. 붉은 구슬이 달린 신선의 풀은 곧 인삼의 이미지다.

보옥은 대옥이 얼굴에 손수건을 덮고 누워 아무런 대꾸를 보이지 않자 대옥이 혹시 잠들까 염려하여 호기심을 끌어 보려고 흥미로운 이야기를 꾸며 낸다. 양주 땅 임자동의 쥐 요정이 향우(香芋)라고 불리는 토란을 훔쳐 내는 이야기인데 새앙쥐가 변신하여 향우가 되고 향우는 곧 같은 발음의 향옥(香玉)을 지칭하니 그것은 다름 아닌 향기로운 대옥을 말한다. 회목의 상하 구절이 대비되어 멋진 대구를 이룬다. 시간은 밤과 낮이고 주인공의 성씨와 이름을 넣어 만든 화해어와 옥생향이 곧 습인의 충고와 대옥의 향기임을 잘 말해 준다. 그 순간의 감정은 그야말로 가슴 절절하게 면면히 흐르는 사랑스러운 마음이다.

보옥과 대옥이 감정적으로 크게 부딪치며 갈등을 빚게 되는 일은 할머니 가모를 비롯하여 온 가족이 복을 빌러 도교 사원 청허관을 다녀오면서 일어났다. 제29회에서 청허관의 늙은 장 도사는 보옥을 끌어안으며 예전 영국공 어르신과 빼닮았다고 칭송하며 엉뚱하게 보옥의 배필로 알맞을 것이라며 어느 댁 규수를 언급했다. 이는 듣고 있던 대옥의 심사를 뒤틀리게 하고 보옥의 마음을 불편하게 했다. 가모는 손자를 너무 일찍 혼인시키면 안 된다는 어느 스님의 말을 전하며 앞으로도 좋은 배필감을 잘 봐 달라고 부탁한다고 말한다. 장 도사는 보옥의 통령옥을 쟁반에 받아 안으로 가져가 다른 도사들에게 구경시켜 주고 내오면서 금옥으로 만든 여러 가지 패물을 선물로 가져왔다. 그중에 금기린이 있었다. 가모가 어디선가 비슷한 걸 보았다고 하자 보차가 사상운에게 좀 작은 것이 있다고 대답했다. 민감하게 이 상황을 지켜보던 대옥이 보옥과 탐춘의 대화에 끼어들어 기어코 보차를 빈정대는 말을 뱉었다. "보차 언니는 다른 것에 대해선 잘 모르겠지만 사람 몸에 지니고 다니는 패물에 대해서만은 아주 세심한 관심을 쏟죠." 보차는 고개를 돌려 못 들은 척하고 보옥은 상운에게도 있다는 말에 금기린을 얼른 집어 감추려 하였으나 남들이 볼까 차마 품속에는 못 넣고 손안에 가만히 쥐고 눈치를 살필 뿐이었다. 하필이면 그때 대옥이 빤히 쳐다보고 있다가 고개를 끄덕이며 한숨을 내쉬는 것 같았다. 보옥은 무안하여 얼굴이 화끈거렸고 손에 쥐었던 금기린을 슬며시 내밀며 멋쩍게 웃었다. 재미있게 생겼으니 집에 가져가 줄을 달아 주겠다고 했지만, 대옥은 시큰둥하게 반응했다. 보옥은 정 싫다면 자기가 갖는 수밖에 없겠다며 그제야 품에 넣었다, 패물로 인한 세 사람의 모습이 세밀하게 그려졌다.

보옥은 돌아온 이후 장 도사가 뭔데 제멋대로 남의 혼삿말을 꺼냈냐고 화를 내며 성질을 부렸고, 대옥은 뒤틀린 심사에 더위까지 먹어 자리에 누워 이튿날에는 다시 청허관에 가지 않았다. 대옥을 문병 간 보옥은 각자 마음속에 꺼림직한 생각이 남아 있었다. 평범한 몇 마디 말을 주고받다가 차츰 생각이 깊어지고 복잡해지더니 끝내 말다툼에 이르게 되었다.

보옥은 대옥을 원망하며 안색이 변하고 고개를 떨구었다.
"남들이야 내 마음을 몰라준다 해도 그만이지만 어떻게 대옥 누이마저 내 마음을 모르고 이토록 나를 조롱하고 싶을까."
두 사람 사이에 오가는 말은 점점 사이가 벌어졌다. 대옥은 순간 말을 잘못했다고 느꼈지만 당황하고 부끄러워 파르르

떨면서 소리쳤다. "나도 잘 알아. 장 도사가 어제 혼인 말을 꺼냈을 때 오빠는 그 좋은 인연이 막힐까 봐 조마조마하여 속으로 화를 냈던 거 아냐? 그리고 나한테 와서 지금 성질만 부리고 있는 거잖아!" 생각과는 달리 말은 이렇게 거칠게 내뱉어졌다. 보옥과 대옥은 자신의 속마음을 제대로 전하지 못하고 엉뚱한 말로 점점 심각한 언쟁을 벌이고 또 그 상황을 견디지 못해 제 가슴을 쳤다.

작가는 이때 두 사람의 심리 상태를 구체적이고 세밀하게 기록했다. 훌륭한 심리소설의 전형으로 볼만하다. 보옥은 대옥을 누구보다도 높이 평가하고 중히 여기며 일찌감치 마음을 정했으나 다만 말로 드러내지 않았을 뿐이었다. 그래도 대옥이 자신의 속마음을 충분히 알고 있다고 생각했다. 하지만 대옥이 매번 금옥이니 패물이니 하는 말에 민감하게 반응하고 보옥을 궁지에 몰아넣고 있으니 오히려 원망스러울 뿐이었다. 대옥은 대옥대로 보옥이 굳이 그렇게 홍분하여 화를 내는 게 이상하다고 생각했다.

내가 설사 금옥이니, 뭐니, 얘기를 꺼냈더라도 오빠

는 그저 아무렇지도 않은 듯이 들은 척 만척하면 그게 바로 나를 중히 여기는 것인데 오빠는 전혀 그럴 생각이 없는 것이 분명해. 내가 그저 금옥의 일을 단 한 차례 꺼내기만 해도 오빠는 왜 그렇게 화내며 흥분하는 거지. 그게 다 오빠의 마음속에는 언제나 금과 옥을 생각하고 있다는 것이 아니고 뭐야. (제29회)

대옥도 사실 보옥이 자기를 가장 아끼고 있다는 믿음을 갖고는 있지만, 여전히 금옥인연의 풍문이 널리 전해지고 새로운 금기린까지 출현하는 마당이니 불안하고 초조한 생각을 떨칠 수가 없었다. 오늘날처럼 노골적으로 사랑의 마음을 확인할 수 없는 시대이므로 짐짓 거짓으로 떠보고 마음에 없는 말로 튕기다가 언쟁은 점점 심각한 상황으로 치닫게 되었다.

보옥은 마침내 참을 수 없는 지경이 되어 통령옥을 잡아떼어 내 땅바닥에 내동댕이쳤다. 대옥과 첫 만남 때도 그랬는데 다시 그런 지경이 된 것이었다. 한번 내려쳐도 옥이 깨지지 않자 내리쳐 박살을 내려고 무언가를 찾아다니며 난리를 쳤다. 대옥은 벌써 얼굴에 눈물이 범벅되어 말 못 하는 물건을 왜 박살 내려고 그러느냐고, 차라리 자기를 먼저 죽이라고 악을 썼다. 시녀 자견이 달려오고 이홍원에서 습인이 달려와 겨우 수습은 했지만, 상황은 난감하게 되었다. 습인이 보옥을 나무라며 통령옥에 달린 술을 봐서라도 옥을 깨면 안 된다고 하자 돌연 대옥은 그걸 빼앗아 가위로 술을 반쯤 자르고 말았다. 술을 만들어 준 것이 대옥이었기 때문인데, 말끝에 쓸데없는 말까지 덧붙이고 말았다. "누군가 새로 해 줄 사람이 있을 테니 뭐가 걱정이야!" 보옥도 지지 않고 대꾸했다. "그래 맘대로 잘라 버려. 난 그거 다신 차지 않을 테니까."

두 사람의 싸움은 왕 부인과 가모에게까지 보고가 되었고 어른들이 달려와 겨우 수습되었다. 다음 날 두 사람은 각각 자기가 좀 더 참았어야 했는데 그러지 못했다고 절절하게 후회하면서 눈물을 흘렸다. 할머니는 "전생의 원수가 아니라면 이승에서 만나지도 않는다"라는 속담으로 두 사람을 비유하면서 손자와 외손녀의 말썽에 속상해했다.

대옥의 불안은 태생적인 결함에서 온 것이었고 보옥은 꿈속의 잠꼬대에서조차 목석의 인연을 따르겠다고 했지만, 전생의 인연은 이승에서 이루어지지 못하고 사그라지는 운명으로 전개되었다.

4. 끝내 운명이었나

가보옥의 핵심적인 두 시녀는 습인과 청문이다. 두 인물은 성격이나 역할이 거의 설보차와 임대옥을 대신할 만큼 유사한 면이 있어 그림자 인물로도 여긴다. 그중에서 청문은 태허환경 박명사의 예언시에 첫 번째로 나온 인물이다. 자신의 개성과 운명을 가지고 있으면서도 대옥의 운명을 예견하는 역할을 하고 있어 주목된다. 그 마지막 구절은 "다정한 도령의 마음만 헛되었구나[多情公子空牽念]"인데 대옥 역시 보옥과는 끝내 맺어지지 못했으니 말이다.

청문의 죽음은 허망하게 왔다. 대관원 수색을 전후하여 청문을 못마땅히 여기는 어멈들이 왕 부인에게 험담을 했고 불시에 호출당한 청문도 왕 부인의 의구심을 부채질할 뿐이어서 수색 이후에 단행된 조치 속에 병든 청문을 쫓아내라는 명이 포함되었다. 보옥으로서는 불가항력이었다. 다만 몰래 대문을 빠져나와 청문이 있는 초라한 거처를 찾아가 마지막으로 만났을 뿐이다. 속옷을 바꿔 입고 손톱을 남겨 주는 일도 두 사람의 특별한 관계를 보여 준다. 청문은 "헛된 이름만 얻게 된 마당"에 차라리 공개적으로 속옷을 바꿔 입었다고 말하라고 했다. 이홍원 시녀 중에서 보옥과 일찍부터 은밀한 관계를 가진 인물은 습인이었지만, 오히려 왕 부인은 습인이 온순하고 진중하여 보옥을 맡길 만하다고 여겼다. 왕 부인은 자신의 봉급에서 덜어 내 습인에게 돈을 덧붙여 주기까지 했다. 습인의 장점이 비록 많지만, 은밀히 왕 부인에게 보옥의 장래를 걱정하고 자매나 시녀들과의 풍기문란을 걱정하며 하소연했다는 점은 그녀의 음흉한 단점으로 평가된다. 마치 설보차가 나비를 잡다가 하녀들에게 대옥에게 불리하도록 말하고 자신은 빠진 매미 허물 벗기의 수법과도 같이 본다. 솔직하고 활달한 성격으로 불의를 보면 달려들고 성질을 부리며 부채 찢는 소리를 즐기기도 했지만, 보옥과는 깨끗한 관계였던 청문이 오히려 가장 최악의 죄명인 풍기문란으로 쫓겨나야 했던 점은 다분히 풍자적이다. 딱히 같은 것은 아니지만 대옥에 대한 무관심과 죽음도 청문의 억울함과 일맥상통하는 억울함이 있는 것은 아닐까.

청문이 죽어서 부용꽃이 되었다는 소리를 전해 들은 보옥은 정성 들여 「부용여아뢰(芙蓉女兒誄)」라는 제문을 지어 연못가 부용꽃 앞에서 눈물을 쏟으며 제사를 지낸다. 굴원의 이소체[8]를 닮은 고상하고 전아한 제문이다. 보옥 스스로 탁옥(濁玉)이라 자칭하여 "이홍원의 탁옥은 군화의 꽃술과 빙교의 명주와 심방의 샘물과 풍로의 차를 마련하여 삼가 바치옵니다"로 시작하는 이 제문은 구구절절 수많은 전고를 담아 천상 선녀로 떠난 청문의 넋을 위로하였다. 제문을 다 읽고 일어서는 순간 꽃나무 사이에서 뜻밖에 대옥이 나타나 "조아비[9]와 더불어 영원히 전해질 신비한 제문"이라고 칭송하고 두 사람은 제문 구절에 대해 여러 논의를 이어 갔다.

"붉은 휘장 속에서는 귀공자의 정이 깊었더니 황토 무덤을 대하고 보니 소녀의 운명이 각박하여라"의 구절을 대옥은 "붉

---

8 전국 시대 초나라의 굴원(屈原)이 지은 「이소(離騷)」는 모함을 받아 억울하게 쫓겨난 후의 근심과 슬픔을 호소하는 장편의 서사시다. 내용도 쫓겨난 청문의 상황과 유사하고 문체도 「이소」에서 쓴 어조사 혜(兮) 자 등을 많이 써서 『홍루몽』의 작자가 의도적으로 모방하고 있음을 보여 준다.

9 조아비(曹娥碑)는 동한 때 조아의 효행을 칭송하여 세운 비석으로 그 비문이 뛰어나 역대 문인들에게 회자되었고 모든 제문의 모범이 되었다.

은 망사 창틀 아래 귀공자는 다정해라"로 바꾸는 게 어떠한가 건의했는데, 보옥은 아예 "붉은 망사 창틀 아래 아가씨는 다정했네, 황토 무덤 속 시녀의 운명이 각박하여라"로 고치더니 다시 이 구절을 다음과 같이 완전히 다르게 바꾸었다.

> 붉은 망사 창문 아래 나는 본래 인연 없고, 황토 무덤 속 그대의 운명 어찌 그리 각박한가? (제79회)

보옥은 무심하게 말했지만 이 구절을 듣는 대옥은 순간 얼굴빛이 변했다. 붉은 망사는 대옥과 보옥이 사는 거처의 창문에 바른 하영사(霞影紗)를 가리킨다. 제문은 부용꽃이 되었다는 청문을 위해 지어졌지만 결국 마지막에는 보옥과 전생의 인연을 이어 가지 못하고 황토 무덤으로 떠나게 될 대옥의 운명을 미리 보여 주는 것이며 구구절절 정성 들여 짓고 읊어 낸 제문은 결국 대옥을 위해 지은 제문이 된 셈이었다. 정작 대옥이 죽었을 때 보옥은 제문 한 줄도 지어 바치지 못했고 쓴 차 한 잔을 제물로 올리지 못했으니 더욱 안타까운 일이다. 작가도 그 안타까움을 미리 청문에 대한 제문으로 표현하였던 것이다.

대옥의 죽음은 작품 후반부의 절정에 해당된다. 일찍이 신홍학 연구자들은 후40회가 작가의 생전에 필사 유통되지 않았다는 이유를 들어 이를 조설근의 원작으로 보지 않으려고 했다. 하지만 역대 수많은 애독자들은 제97회 대옥의 절명 순간을 읽으며 눈물을 흘리지 않은 자가 없었으니 작가가 남긴 최고 명문의 한 장면이라 하지 않을 수 없다.

대옥의 죽음에 앞서 불길한 조짐은 여러 부분에서 조금씩 나타난다. 제94회에 홀연히 겨울에 해당화가 피고, 갑자기 보옥의 통령옥이 사라진다. 통령옥의 뒷면에 "재앙을 막고, 질병을 고치고, 길흉화복을 안다"라고 써 있으니 작가도 그것이 화가 닥칠 것을 미리 알고 스스로 피했다고 했다. 결국 가씨 가문을 대외적으로 지켜 주는 든든한 버팀목이었던 원춘 귀비가 세상을 뜨고 통령옥을 잃은 보옥은 정신을 잃어 혼미한 상태가 되었다. 온종일 몸을 일으켜 움직일 생각도 없이 그저 멍하니 앉아 얼빠진 소리만 하고 있을 뿐이었다. 대옥은 통령옥이 없어졌다는 소리를 듣고 일시 기쁜 마음이 들기도 했다. "정말 금과 옥의 인연이 있다면 어떻게 옥을 잃어버릴 수 있겠어? 어쩌면 나 때문에 그들의 금옥인연이 갈라지게 된 건지도 몰라"라고 생각했지만 때아닌 해당화가 꽃이 피어 불길한 징조가 아닐까 다시 근심 어린 얼굴이 되었다. 이때 탐춘은 일련의 기이한 일이 곧 가운이 기울어질 징조로 여기고 걱정했다. 보차는 바로 이 무렵 양가의 논의가 시작되어 보옥과의 혼사 일이 곧 결정될 단계에 있었으므로 보옥을 찾아 문병할 생각은 하지 않았다.

가모는 아들 가정이 외지로 부임하기 전에 보옥의 혼사를 치르고자 했고, 보옥의 병을 액땜하려는 뜻으로도 적극 혼사를 추진했다. 신수점에 나오기를 금을 가진 사람과 혼인하면 액을 막을 수 있다고 하니 자연스레 보차를 신부로 정하여 설 부인과는 논의를 마친 상태였다. 사실 이때는 보옥의 친누나 원춘 귀비의 장례 기간이고 보차의 친오빠 설반이 옥중에 있었으니 정황상 시급하게 혼례를 치를 형편은 아니었다. 가정이 임지로 떠날 날도 임박해 있었다. 그러나 가모는 보옥의 병을 고칠 수 있는 유일한 처방으로 여겨 다소 법도를 어겨서라도 혼사를 치르기로 하고 신속하게 진행시켰다. 가모는 여러 차례 금과 옥의 만남이라는 프레임을 내세우며 소소한 의

례의 틀을 생략하도록 했다. 가정은 속으로 내키지는 않았지만 노모의 뜻에 따르며 나머지 일 처리는 왕 부인과 왕희봉에게 맡겼다. 보옥은 인사불성으로 자신의 인륜지대사에 대해 전혀 듣지 못했지만, 습인은 돌아가는 사태를 정확하게 파악하고 자기의 뜻과 같은지라 내심 크게 기뻐했다. 다만 보옥이 목숨보다 아끼는 사람이 대옥이며 언젠가 자기를 대옥으로 착각하고 깊은 마음을 하소연한 적도 있었던지라 만약 대옥을 제쳐 두고 보차와 혼인하면 세 사람의 엇갈린 운명이 어찌 될 것인지 은근히 걱정했다. 보옥의 병에 액땜이 된다고 했지만 오히려 목숨을 잃게 하지는 않을까, 세 사람을 모두 죽이는 일이 되지 않을까 걱정이 앞섰다.

습인의 생각처럼 세 사람이 죽는 일이 생기지는 않았지만, 하나는 죽고 하나는 출가하고 하나는 독수공방하게 되어 세 사람 모두 불행한 결말을 맞게 된 것은 사실이다. 보옥의 마음이 이미 철석같이 대옥에게 가 있는 이상 공개적으로 보차와의 혼례를 치르기 어렵다고 판단한 가모와 왕 부인은 왕희봉의 미봉책을 받아들여 보옥에게 겉으로는 신부가 대옥이라고 속이고 실제로 보차를 신부로 내세운다는 황당한 작전을 추진한다.

신부가 될 뻔한 대옥이 급전직하 황천길의 불귀객으로 떨어지게 되는 과정이 시작된 것이다. 비밀은 철저하게 유지되어 시녀들을 입단속 하였고 병들어 누워 있는 대옥의 소상관 시녀들에게는 아예 귀에 들어가지 않도록 단단히 입을 막았다.

그러나 엉뚱하게도 이번 사건의 빌미도 역시 가모의 시녀 사대저(바보 아가씨)로부터 시작되었다. 이 귀족 가문의 최고 정점에 있는 할머니 사 태군의 휘하에 똑똑하고 우수한 시녀가 얼마든지 많을 텐데 작가는 하필 이런 멍청이 바보 같은 시녀를 설정하여 사건의 단서를 제공하고 있다. 그 발상이 우습지만 이 사대저는 앞서 대관원에서 춘화를 수놓은 염낭주머니(수춘낭)를 주워 보다가 형 부인에게 발각되어 한밤중의 대관원 수색이라는 평지풍파를 일으키기도 한 장본인이다.

대옥은 우연히 전에 꽃무덤을 만들던 심방교를 지나다 울고 있는 사대저를 만나 우는 까닭을 묻던 중 "보옥 도련님이 보차 아가씨를 색시로 삼는다"는 말을 전해 듣게 된다. 사대저는 가모가 왕 부인과 함께 보옥의 혼사를 논의하던 일을 들어서 알고 있었던 것인데 정작 당사자인 대옥에게 발설해서는 안 된다는 금기에 대해선 모르는 바보였던 것이다.

그 말을 들은 대옥의 가슴속은 마치 기름, 간장, 설탕, 식초를 한군데 쏟아 놓은 것처럼 달고 쓰고 시고 짜서 도무지 무슨 맛인지 형용할 수조차 없었다. 대옥은 정신이 아득해져 휘청거리며 가는 방향을 잃고 자리를 맴돌다가 가모의 처소에 몸져누워 있는 보옥을 찾아갔다.

두 사람은 모두 멍한 얼굴로 마주 앉아 선문답 같은 말을 주고받았다. "오라버니는 왜 병이 나셨나요?", "난 대옥 누이 때문에 병이 났어." 그리고 두 사람은 더 이상 아무 말 없이 바라보며 바보같이 웃기만 했다. 시녀인 자견만이 두 사람 모두 제정신이 아님을 알아차리고 대옥을 부축하여 소상관으로 돌아왔다. 집에 돌아오자 대옥은 앞으로 고꾸라지면서 왈칵 피를 쏟았다. 대옥의 심적 충격은 그만큼 컸다. 보옥과 대옥은 아리송한 한마디 말과 바보같은 웃음 속에 마주 바라본 장면이 마지막 만남이었다.

제97회는 대옥과 보차의 엇갈린 운명이 나타난 순간이었다. 보차가 붉은 보자기를 뒤집어쓰고 정신이 혼미한 보옥과 인륜대사인 혼례를 치르고 있을 때 대옥은 소상관에서 사랑의 마음을 적은 시 원고를 화롯불에 태우고 피를 토하며 죽어갔다. 어려서부터 그렇게 애지중지 귀여워해 주시던 외할머니도 대옥의 마음 병이 보옥에 의해 생긴 것임을 알고는 냉정하게 뿌리쳤다. 다른 병이라면 천만금이 들더라도 고쳐 주려 하겠지만 그런 병은 치료할 수도 없을뿐더러 고쳐 줄 생각도 없다고 잘라 말했다. 가문의 장래와 병든 손자의 액땜을 위해 금옥인연이라는 절대적인 믿음으로 보옥과 보차의 혼사를 추진하는 마당에 사사로운 마음으로 주고받은 정을 인정할 까닭이 없었다. 사사로운 정 때문에 병이 났다고 하는 말을 듣고 가모는 대옥에 대한 평소의 총애가 온통 식어 버리는 듯했다.

왕희봉은 보옥에게 병이 나으면 결혼을 시키겠다고 말하고 거짓으로 신부가 대옥이라고 알려 주자 보옥은 갑자기 정신이 멀쩡하게 돌아와 대옥을 만나 얼른 알려 줘야겠다고 한다. 희봉은 대옥도 이미 알고 있으며 지금 찾아가도 부끄러워서 만나 주지 않을 것이라며 말렸다. 보옥은 또 "나는 단지 하나의 마음을 가지고 있었는데 그걸 저번에 대옥 누이에게 줘

버렸어. 이제 내게 시집오게 되면 그걸 도로 가지고 올 테니까 다시 내 뱃속으로 들어오게 될 거야"라고 말했다. 이것은 여전히 대옥에 대한 보옥의 굳은 마음을 말하는 것이지만 이미 죽음으로 향하고 있는 대옥에게는 아무런 영향도 끼치지 못했다. 신부 바꿔치기의 거짓 놀음 때문에 이렇게 황급하게 진행된 혼례에 단 한 차례의 인륜대사를 맡기고 자신의 주장이나 생각이나 느낌을 한 마디도 피력하지 못한 채 정해진 각본에 따라 연출해야 했던 보차의 입장도 난감하고 애처로웠다. 하지만 대옥의 죽음을 대신하거나 위로할 수는 없었다.

소상관에서는 자견 혼자 애가 타서 대옥의 병을 시중들었고 혼례식에 보옥의 눈을 잠시 속이기 위해 양주에서부터 데리고 온 시녀 설안이 신부 들러리로 차출되었다. 화롯불에 던진 손수건은 보옥이 매를 맞고 대옥이 문병을 다녀가자 청문에게 들려 보낸 것이다. 대옥은 그때 보옥의 속마음을 이해하고 사랑의 감정을 시로 지어 손수건에 적어 둔 것인데 이제 세상을 하직하면서 어리석은 마음도 끊어 버리려고 불 속에 던져 버린 것이다.

집안의 잔치를 앞두고 대옥을 문병하러 오는 사람은 없었다. 이제 대옥의 목숨이 경각에 달려 있자 자견은 대관원에서 과부로 살고 있는 이환을 생각해 내곤 서둘러 시녀를 보내 불러왔다. 이환은 대옥의 임종을 위해 수의를 내다 입히고 이불을 덮어 주었다. 마침 그때 왕희봉의 명으로 신부 들러리로 자견을 보내 달라고 했지만 자견은 눈물범벅이 되어 대옥을 떠나려 하지 않았고 이환은 대신 설안을 내보냈다. 고향에서 데려온 설안은 주인 아가씨의 임종을 못 보고 남의 잔치에 신부 들러리가 되었다. 보옥은 오히려 설안의 얼굴을 보고 신부가 대옥이라면 자견이 들러리로 왔을 터라고 생각하다가 자견은 본래 가모의 시녀로서 가씨 집안사람이고 고향에서 데려온 아이는 설안이니 이제 시집오는 마당에 마땅히 설안이 들러리로 오는 게 옳겠다고 나름대로 생각하고 있었다. 하지만 이 모든 것이 대옥의 죽음을 막는 데는 소용이 없는 일이었다. 예식이 끝난 후 침상에 앉아 있는 신부의 머리에서 붉은 보자기를 제치고 보차의 얼굴을 마주하자 보옥은 놀라 다시 정신이 혼미해졌다. 대옥은 절명하여 숨을 거두는 순간 "보옥이, 보옥이! 어쩌면 그렇게도…"라고 말을 잇지 못했고 몸은 차츰 식어 갔다. 같은 순간 침상에 쓰러진 보옥은 인사불성이 되었다.

그렇게 혼미해진 보옥은 자리에 쓰러져 깊은 혼수상태에 빠졌다. 얼마쯤 지나 의식을 차렸을 때 보옥은 습인에게 따져 물었다. "내 기억에 아버님께서 대옥 누이와 짝지어 주신다고 했는데, 대옥 누이는 어찌하여 보차 누나한테 쫓겨났는가?" 또 "어차피 대옥 누이도 죽을 것이고 나도 이제 살아날 가망이 없으니 … 아예 빈방 하나를 치워 일찌감치 나와 대옥 누이를 한방에다 옮겨 주는 게 좋겠다"라고 말하기도 했다. 하지만 아직 대옥이 죽은 줄은 모르고 있었다. 보다 못한 보차는 마침내 진실을 말했다. "당신이 요 며칠 의식을 잃고 있는 동안 대옥이는 이미 세상을 뜨고 말았어요!" 그 말에 보옥은 통곡하며 쓰러졌다. 그리고 황천길에서 만난 사람으로부터 대옥이 이미 태허환경으로 돌아갔다는 말을 듣고 가슴에 돌을 맞은 후에야 깨어나 정신이 제대로 돌아왔다. 대옥은 이미 죽었고 곁에서 보차는 정성으로 보살펴 주니 차츰 마음도 안정을 되찾았다. 그러면서 금옥인연이란 것도 결국 운명이라는 생각도 했다.

보옥의 생각만이 아니라 작중 인물 누구도 이승의 금옥인연에 대해서는 대체로 인정하지만, 이승에서 사랑을 이루지 못하고 평생 눈물만 흘리다가 태허환경의 선녀가 된 대옥의 운명이 목석의 인연이었음은 작가와 독자들만 아는 사실이리라.

개기(改琦), 가보옥(『홍루몽도영』), 1879

제3장

사대 가문의 흥망성쇠: 가문과 외척

1. 호관부의 사대 가문

『홍루몽』은 사대 가문의 흥망과 성쇠의 과정으로 보여 주는 대하드라마로 자주 소개된다. 사대 가문이라고 했지만, 우리나라 고전 문학의 가문소설처럼 네 가문의 사연을 동시에 보여 주는 것은 아니다. 가씨 집안이 중심이고 외척 삼대의 가문을 자연스럽게 관련시키고 있다. 또 세대를 이어 가며 순차적으로 그리는 가문소설의 특징과도 조금 다르다. 시종일관 가보옥을 중심으로 그의 성장과 가문의 변화를 묘사하는 것이며 다만 선조의 가계를 조금 펼쳐 보였을 뿐이다. 가씨 가문도 녕국공과 영국공 형제의 두 집안을 함께 보여 주지만, 어디까지나 중심은 둘째 아들 계보로 내려오는 보옥에게 있으므로 한 편의 가정소설로도 볼 수 있다.

사대 가문의 상황을 일목요연하게 밝히는 대목은 제4회 가우촌의 재판 때 아전의 손에서 나온 이른바 호관부(護官符)다. 호관부를 보고 가우촌은 엉터리 재판을 하며 벼슬자리를 보전한다. 진사은은 첫 회 끝에서 「호료가주」를 부르며 도사를 따라 출가하여 내내 나타나지 않다가 마지막 회에 다시 등장하여 이야기를 마무리 짓는 신비로운 인물이다. 그에 비하여 가우촌은 소설의 전개상 필요한 전환점마다 등장하는, 출세 지향적이고 기회주의적인 속된 인물이다. 그는 소주 호로묘[10]에 기거하며 과거시험을 준비하다가 이웃의 선비 진사은의 도움을 받아 상경하여 과거에 급제했다. 지방관이 되었지

10 호로묘(葫蘆廟)는 절에 들어가는 입구가 좁아 조롱박[葫蘆] 모양이라고 붙여진 이름이다. 진사은이 출가하며 부른 호료가(好了歌)와 발음이 유사하여 상호 연상 효과를 낸다.

만 탐관오리의 죄명으로 탄핵을 받아 벼슬자리에서 물러나 양주 임여해의 집에서 가정교사를 하고 있었다. 이때 냉자흥으로부터 경성의 가씨 집안 이야기를 듣게 된다. 전국에 사면령이 내렸음을 알고 상경하려던 중 임여해의 부탁을 받고 어머니를 여읜 대옥을 외가에 데려다 준다. 그 기회에 가정의 추천으로 다시 금릉의 지방관으로 부임하여 첫 공무로 살인사건의 재판을 맡게 되었다. 가우촌은 새로 복직한 입장에서 엄정하게 판결할 요량으로 사건의 전모를 알고 살인자 설반을 즉각 체포하려고 했다.

그때 곁에 서 있던 아전이 눈짓을 주며 잠시 명을 보류시키고 따로 뒷방으로 가서 사건에 얽힌 뒷이야기를 상세히 보고한다. 금릉의 유명한 파락호 설반이 하녀 하나를 사들였는데 마침 그녀를 먼저 사서 혼례를 치르려던 풍연이란 사람이 항의하며 달려들었다. 세상 무서운 줄 모르는 설반은 하인을 동원하여 풍연을 때려 죽이도록 하고 유유히 하녀를 데리고 가족과 함께 서울로 떠났다. 가우촌이 거기까지의 말만 듣고는 그런 불한당 같은 살인자를 살려 둘 수 없다고 했을 때 아전이 꺼내 바친 것이 바로 호관부다. 글자대로 그것은 벼슬자리를 보전하는 부적이다. 이 설씨는 금릉의 사대 가문에 속하며 가·사·왕·설(賈史王薛) 네 가문은 흥하면 함께 흥하고 망하면 함께 망한다는 정신으로 똘똘 뭉쳐 있어 그 권세가 하늘을 찌를 듯한데 어찌 달걀로 바위 치기와 같은 짓을 감행하려느냐고 힐문했다.

사실 이 아전은 가우촌이 출세하기 전 소주 호로묘에 기거할 때 함께 있었던 사미승이었으며 호로묘가 불타고 없어지자 흘러와 관청의 아전이 되었다고 했다. 그리고 설반이 빼앗아 간 하녀는 다름 아닌 가우촌의 은인이었던 진사은의 외동딸 진영련인데 세 살 때 등불놀이에 나갔다가 유괴된 인물이다. 유괴범은 아이를 타지에서 기르고 나이가 들자 금릉으로 데려 나와 풍연과 설반에게 각각 이중으로 팔아먹고 도망쳤다. 가우촌은 사연을 듣고 여러 가지 고민에 빠졌다. 죽은 풍연으로선 억울하지만 그를 대신하여 소송을 건 사람도 돈푼이나 바라고 하는 짓이므로 설씨 쪽에서 돈을 물어 주도록 했다. 그리고 무당을 시켜 살인자 설반이 도망치다가 원귀에 걸려 죽었다고 둘러대도록 하여 사건을 어물어물 마무리 지었다. 호로묘의 사미승 뜻대로 처리했다고 하여 소설 회목에서 호로안(葫蘆案)으로 표현했는데, 아무렇게나 엉터리라는 뜻의 호리호도(糊裡糊塗)의 발음을 딴 말이다. 호관부는 부적의 하나로 노래의 형식인데 구체적 작위와 직책은 주석으로 붙어 있다. 민간의 부적이므로 아주 노골적이고 쉬운 비유의 구절이다. 네 가문의 부귀를 비유한 노래는 이러하다.

가씨(賈氏)는 거짓이 아니라	賈不假
백옥으로 집을 짓고 금으로 말을 만든다네	白玉爲堂金作馬
(녕국공과 영국공의 후예)	

아방궁 삼백 리도	阿房宮三百里
금릉의 사씨(史氏)가 살기엔 좁은 곳이라네	住不下金陵一個史
(보령후 상서령 사공의 후예)	

동해 용궁에 백옥상이 필요하면	東海缺少白玉床
금릉의 왕씨(王氏)에게 청하러 온다네	龍王來請金陵王
(도태위통제현백 왕공의 후예)	

풍년에는 큰 눈[雪, 薛氏]이 오나니 豐年好大雪
진주와 황금을 흙이나 쇠처럼 쓴다네 珍珠如土金如鐵
(자미사인 설공의 후예)

(제4회)

가·사·왕·설 네 가문의 유래를 밝히며 대단한 권세와 위엄을 갖추고 있는 귀족임을 보여 준다. 또한 "이 네 집안은 서로 인척으로 맺어져 있어 하나가 안되면 다 같이 안되고 하나가 잘 되면 다 같이 잘되어 서로 돕고 감싸며 보살펴 줍니다"라고 아전의 입을 통해 설명하고 있다.

가·사·왕·설의 순서는 가보옥의 입장에서 할머니, 어머니, 아내의 외척 순으로 온 것이지만 실제 작위의 높이에서도 그러한 순서라고 할 수 있고, 가구의 규모에서도 각각 스무 가구, 열여덟 가구, 열두 가구, 여덟 가구의 순서로 차등이 있다. 중국에서 주나라 이래 오등의 작위 단계가 있었다. 공후백자남(公侯伯子男)이 그것인데 시대마다 위상이 다르지만, 전통 시대에는 오래 유지되었다.

가씨는 개국공신으로 형제가 함께 오등 작위에서 가장 고

귀한 공작의 작위를 받았다. 주인공의 가문이라서가 아니라 실제로 네 가문 중에서 가장 큰 귀족이라고 할 수 있다. 이에 비해 사씨는 후작의 작위를 받았고 왕씨는 도태위통제의 무관으로 현백의 작위를 갖고 있었다. 하지만 도태위는 작가의 허구다. 본래 태위는 무관의 최고직이며 도통제는 군 최고의 통수권 직함이었다. 현백은 개국현백으로 백작의 작위였고 현을 봉하였으므로 그리 칭했다. 설씨는 자미사인의 후손으로 내무부 자금으로 황실에 조달업무를 담당하는 상인, 즉 황상이다. 자미사인은 당송 대 중서사인의 별칭으로 일설에 자작(子爵)과 동급이었다고 한다. 자미는 황제를 상징하고 사인은 내무부의 업무를 처리하는 직책이었다. 중서사인의 직위는 낮아도 황실의 측근이라는 점이 강조되었다. 결국 작가는 '공후백자남'의 순서로 나열하고자 의도하면서 관직의 고칭이나 이칭을 써서 그럴듯하게 수식한 것이다.

『홍루몽』의 기둥 줄거리는 두 가지로 압축된다. 하나는 가보옥과 임대옥의 사랑의 갈등과 생사이별 및 가보옥과 설보차와의 혼인과 출가의 쓸쓸한 결말을 보여 주는 줄거리다. 이때 가보옥은 명실공히 주인공으로서 수미를 관통하며 임대옥과 설보차는 여자 주인공으로서 이야기를 함께 끌어가는 인물이다. 또 하나의 줄거리는 왕희봉을 중심으로 분에 넘치는 권세를 부리고 끝내 실패로 전락하는 과정, 나아가 가씨 집안을 비롯한 귀족 가문의 흥망성쇠를 그리는 이야기 줄거리다. 이 두 줄거리는 『홍루몽』의 중심을 관통하여 수백 명의 등장인물과 수많은 사건을 종횡으로 교차하면서 면면히 흘러 대하드라마로서 장편 이야기를 이룬다. 따라서 『홍루몽』이 어떤 소설이냐고 하면 '진정한 사랑의 갈등과 흘러간 청춘의 아픔을 노래한 대서사시이자 가문의 흥망성쇠를 회한의 심정으로 기록한 참회록'이라고 할 수 있다.

호관부를 보면 이 사대 가문의 권세가 대단하고 부귀영화의 정도가 일반의 상상을 초월하고 있다는 느낌이다. 가우촌은 겉으로 별거 아닌 듯이 대꾸했지만 결국 사미승의 아이디어를 따르지 않을 수 없었다. 호관부란 지방관이 부임하면 쉽게 알 수 있도록 적어 놓은 현지의 권세 가문 명단이다. 신임 관리는 이를 통해 권세 있는 가문 간의 긴밀한 관계를 파악하여 적절하게 대응한다. 만일 현지 토호의 심기를 잘못 건드리면 벼슬자리마저 제대로 부지할 수 없다. 실제로 이와 비슷한 것이 있었다고 해도 호관부라는 명칭은 작가의 창작이다. 비평가 지연재도 "전에 들어 본 적이 없는 기이하기 짝이 없는 명칭"이라고 지적한 바 있다.

살인 사건의 내막에 얽힌 인물을 들어 보니 가우촌으로서는 함부로 판결할 수 없는 찜찜함이 있었다. 설반이 데려간 하녀가 자신의 은인이었던 진사은의 외동딸이라 했고, 살인자 설반의 이모부가 바로 자신의 복직을 주선해 준 가정(賈政)이라고 했기 때문이다. 그는 앞서 탐관오리의 낙인이 찍혀 파직당했다가 어렵사리 복직되었으므로, 이제 올곧은 정의감으로 청렴한 관리가 되겠다고 다짐했다. 하지만 첫 단추마저 호관부 한 장으로 인해 허망하게 무너지고, 벼슬자리를 지키기 위해 권세에 아부하고 이해득실을 따지는 속물스러운 벼슬아치로 전락하고 말았다. 급기야 그는 점점 악랄한 탐관의 전형으로 성장하여 가사(賈赦)의 청탁을 받고 힘없는 양민을 무고하여 함정에 빠뜨려 죽음으로 몰아 골동 부채를 빼앗는 짓까지 서슴없이 저질렀다.

현대 중국의 문화대혁명 시기(1966-1976)에는 제4회의 호관부가 가장 중요한 핵심 키워드로 간주되었다. 『홍루몽』을 반봉건주의 정치역사소설로 인식하고 가보옥을 봉건 질서에 반항하는 혁명가로 평가했기 때문이다. 정치 권력의 기득권자와 투쟁하는 인민대중의 노력과 하급 시녀의 인권을 위해 애쓰는 가보옥의 반항 정신이 『홍루몽』의 중심 사상이라고 내세우던 때였다. 물론 오늘날 그러한 시각이 통용되는 것은 아니지만 청춘남녀의 애틋한 사랑과 가슴 저린 이별의 문제를 다루고 있는 『홍루몽』에서 언뜻언뜻 보이는 『관장현형기』[11] 같은 사회고발의 장면은 신선하면서도 당시의 시대적 반영이라는 점에는 동감하게 된다.

『홍루몽』은 단순히 사랑의 비애나 청춘의 소실에 대한 무한한 연민으로만 점철된 청소년 애정 소설의 범위를 벗어나 훨씬 더 큰 세상사에 폭넓은 관심을 기울이고 있다. 이는 절름발이 도사가 읊은 「호료가」와 진사은이 덧붙여 지은 「호료가주」를 통해서도 확인할 수 있다. 그것은 세상의 공명, 재물, 처첩, 자손에 대해 집착하다 쇠락과 패망에 이르는 사람들에

11 『관장현형기(官場現形記)』는 청말 이백원의 견책소설이다. 당시의 사회적 병폐와 탐관오리의 부정부패를 노골적으로 폭로하고 매도한 작품이다.

게 깨달음을 주기 위한 작가의 충정에서 나온 노래다. 이 또한 『홍루몽』의 주제와 관련 있다고 볼 수 있다. 도사의 노래는 단순하지만, 사람의 폐부를 찌르는 촌철살인의 경구다. 첫 소절만 보자.

세상 사람 모두 신선 좋은 줄은 알아도	世人都曉神仙好
오직 이름 내는 공명만은 잊지 못하네	惟有功名忘不了
고금의 장수와 재상은 지금 어디 있나	古今將相在何方
황량한 무덤 위엔 들풀만 덮여 있다네	荒塚一堆草沒了

(제1회)

도사의 노래는 첫 구절에 좋을 호(好) 자, 둘째와 넷째 구절에 끝날 료(了) 자가 배치되어 노래를 들은 진사은은 호와 료만 들린다고 말했다. 도사는 그렇게 들었다면 잘 들은 것이라며 세상만사 좋은 일은 언젠가 끝나게 마련이고, 좋게 하고자 한다면 결국 끝내야 한다는 이치를 강조하며 그래서 노래 제목이 「호료가」라고 했다.

「호료가」는 첫 소설에서 공명을 말하고 이어서 금은(金銀,

재물), 교처(嬌妻, 아내), 아손(兒孫, 자손)을 차례로 거론했다. 재물을 모으느라 평생 동동거려도 손에 잡힐 만하면 눈을 감게 되고, 아내는 내가 죽고 나면 남의 손을 잡고 떠나가고, 자손은 부모가 생각하는 그런 효자를 보기 드물다고 갈파한다. 결국 이는 인간이 태어나서 죽을 때까지 공명과 재물과 처자식을 위해 안달복달하며 살지만 모두 부질없는 일임을 깨달으라는 경고다. 『홍루몽』에는 이상 네 가지의 어딘가에 저촉되어 인생을 망치고 패가망신하는 인물이 숱하게 나타난다. 하지만 은둔하는 선비로서 욕심 없이 살았던 진사은은 도대체 그중에 무엇에 걸렸던 것일까. 그는 부귀공명에 연연하며 매달리진 않았지만, 오십 줄에 늦둥이로 생긴 외동딸 진영련을 애지중지 키우는 것만이 인생의 중대사였다. 하지만 귀여워하던 아이가 중추절 등불놀이에 나갔다가 순식간에 없어진 후 식음을 전폐하고 가슴앓이를 했다. 게다가 엎친 데 덮친 격으로 호로묘의 화재로 인해 집을 잃고 처가에 얹혀살며 세상인심의 쓴맛까지 맛보게 되어 세상에 회의적인 생각을 품게 되었다. 진사은은 어느 날 길에 나섰다가 도사가 부르던 「호료가」를 듣고 문득 깨달음을 얻어 자신이 거기에 주를 덧붙여 부르고 도사를 따라 출가했다. 「호료가」보다는 비교적 어려운 구절이라 의역을 통해 대강의 뜻을 알아본다.

누추하고 텅빈 대청엔 탁자 그득 홀이 있었고
황량한 폐허는 그 옛날에 노래하고 춤추던 곳
기둥과 서까래엔 거미줄이 가득 쳐지고
청실홍실 비단 망사 창가엔 쑥대 풀 우거졌네
기름기 자르르 향내 진하다 말할 때 언제인데
어이하여 귀밑머리엔 하이얀 서리가 내려왔나
어제는 황토무덤 백골 묻더니 오늘은 붉은 휘장 아래 원앙이 되랴
상자 가득 금은보화 쌓였더니 일순간 길거리 걸인 되었네
죽은 사람 명 짧다고 탄식하더니 돌아와 자기 장례 치를 줄이야
자식 잘 가르친다 소문나도 훗날 강도될 줄 누가 알았나
귀한 사위 골라 딸 시집보내 홍등가 기녀 될 줄 생각 못 했네
벼슬자리 낮다고 투덜대다가 쇠고랑에 큰 칼을 차고

어제는 해진 솜옷 가련하더니 오늘은 망포 자락 길게 끌리네
요란한 연극 무대 그대 노래 끝나면 내가 다시 등장하고
타향을 되레 고향으로 여긴다네
황당하구나 결국엔 남의 시집가는 옷 만드는 꼴이라니

(제1회)

도사가 부른 「호료가」는 단순하고 명료하지만 진사은이 덧붙인 「호료가주」는 상당히 구체적이고 조금은 어지럽다. 흥망과 성패를 엇갈리게 펼치고, 신부를 맞고 장례 치르는 일을 번갈아 언급하고, 부귀와 빈천, 기쁨과 슬픔을 수시로 바꾸며 그리고 있기 때문이다. 『갑술본』에서 지연재는 이곳에 집중적으로 주필(朱筆)로 비평을 달아 놓았다.

「호료가」와 「호료가주」에서 보여 주는 『홍루몽』의 주제는 더욱 광범위하다. 공명과 재물, 처첩이나 자손을 향한 인간의 맹목적 추구에 대한 반성을 강조하며 집착과 탐욕을 버리고 담백한 인생을 추구하는 출가인의 삶을 모델로 제시하고 있다. 여러 제목 중에서 부귀영화의 꿈이라고 할 수 있는 '홍루

몽'이나, 사랑의 짧음과 허망함을 깨달은 출가인의 기록이라 고 할 수 있는 '정승록'이 이에 해당하지 않을까 생각한다.

2. 얽히고설킨 친인척

가씨는 개국공신으로 공작의 작위를 받은 귀족이다. 주인공 가보옥에 이르면 벌써 사 대째 내려온 백년 가문이니 자연 친인척이 즐비할 수밖에 없다. 제1대의 외척은 언급하지 않았지만, 제2대 가대선(賈代善)의 부인은 금릉의 사씨로 현재 생존 중인 집안의 어른인 사 태군, 곧 가모로 불리는 보옥의 할머니다. 제3대 가사와 가정의 부인은 각각 형씨와 왕씨인데, 그 중 왕 부인이 금릉 왕씨로 바로 보옥의 모친이다. 왕 부인의 여동생이 설 부인인데, 설보차의 모친이고 설보차는 보옥의 아내가 된다. 그리 보면 보옥을 중심으로 삼대에 걸친 외척이 각각 사씨, 왕씨, 설씨이며 금릉의 귀족 가문이다.

사 태군은 가씨 문중에서 가장 나이가 많고, 영국공의 작위를 받은 가사와 현재 공부 원외랑의 벼슬을 살고 있는 가정의 모친이다. 그는 집안의 가장 큰 어른으로서 존경과 영예를 누리고 있지만, 사씨 가문의 인물은 사상운 한 명이 나올 뿐이다. 사상운은 사 태군의 친정 조카 손녀딸이다. 일찍이 부모를 여의고 숙부의 집에서 자라나 넉넉지 못한 생활이지만 성격은 명랑하고 호방하며 긍정적이다. 사상운은 어려서 보옥과 더불어 지내기도 하였고, 커서 간혹 놀러 오면 대관원에서 대옥이나 보차 등과 잘 어울리며 늘 즐거운 분위기를 자아낸다. 사상운은 대옥과 더불어 대관원에서 시 짓기 모임을 할 때 사씨 가문의 옛 정자 침하각의 이름을 따서 침하구우(枕霞舊友)라고 별호를 지었다. 작가는 사씨네 옛 가문의 이야기를 이 정도의 흔적만 남겼다. 사씨 가문은 지나간 영광의 가문이다. 사 태군의 위상으로 그 위엄을 지킬 뿐이지만 현실적으로 활약하지 않는 가문이다.

왕씨는 지금 가장 왕성하게 활약하는 가문이다. 가씨 집안에서도 가모는 둘째 며느리 왕 부인에게 가내의 일을 맡겼으며, 왕 부인은 또 조카며느리이자 친정 조카딸인 왕희봉에게 실질적 권한을 부여하여 매사를 처리하도록 했다. 자연히 가씨 집안에서는 왕씨가 득세하고 있는 형국이지만, 그녀들의 친정인 왕씨 가문도 승승장구해 왕자등이 경영절도사에서 구성통제로 승진하는 희소식이 전해진다. 이 소설의 중심은 항상 가씨 가문에 있고 초점은 보옥을 중심으로 돌아가고 있으므로 왕씨네 일을 직접 묘사하는 경우는 드물지만, 왕씨네 집안에서 일어나는 좋은 소식은 왕 부인이나 왕희봉에게 더없이 좋은 일이었다. 왕 부인은 가모의 차남인 가정의 정실부인이고 귀비가 된 원춘의 모친이며 또 가주와 보옥을 낳은 생모다. 가주가 스무 살 무렵에 요절하였지만, 며느리 이환이 손자 가란을 잘 키우고 있어 든든했다. 무엇보다 통령옥을 물고 태어난 귀공자 보옥을 낳았으니 자랑스러울 만하였다. 왕 부인은 성격이 온화하고 부처님처럼 자비로워 상하 누구라도 잘 대했다. 다만 귀한 아들 보옥을 꼬드겨 나쁜 길에 들도록 하려는 여우 같은 무리에게는 극도의 혐오감을 갖고 있었다. 또한 그러한 말에는 귀가 얇아 결국 금천아와 청문 등을 내쫓고 죽음에 이르게 하였으니 그것은 왕 부인 성품이 보여 주는 하나의 모순이다.

집안에서 왕 부인에게 스트레스를 줄 수 있는 인물은 시어머니 가모이지만, 가모는 왕 부인을 신뢰하고, 왕 부인은 가모를 극진히 모시며, 실무는 왕희봉이 요령껏 처리하므로 서로 부딪칠 일은 극히 적었다. 시아주버니 가사는 영국공의 작위를 물려받았지만, 인물의 됨됨이나 성품이 번듯하지 못해 위상에 어울리지 않게 아랫사람의 구설수에 오르곤 한다. 가정도 형님의 언행에 직접 간여하기 어려운 마당인데 하물며 왕 부인이 나설 리 없다. 하지만 가사의 부인 형씨의 입장에서는 집안의 중심이 왕 부인과 왕희봉에게 집중되고 자신이 비주류가 되는 상황에 나름대로 불만이 있다. 가사의 아들 가련이 형 부인의 친생자가 아니기 때문에 형 부인은 재취로 들어온 인물이며 친정 가문도 그다지 이름난 귀족은 아니었기에 가모의 신임을 받기가 어려웠을 것이다. 형 부인이 당당하고 옹골차지 못하여 남편의 비행이나 비리를 과감하게 바로잡지 못하고 끌려다니는 것도 역시 시어머니 가모로서는 불만이었다. 아들이라지만 가사에 대한 가모의 태도는 냉랭하기 짝이 없다. 추석날 밤잔치에서 우스갯말을 할 때도 가사는 하필 병든 노모의 갈비뼈에 침을 놓는다는 엉터리 의사 얘기를 하면서 세상 부모 가운데 기울어진 마음 가진 사람이 훨씬 많다는 말을 덧붙여 분위기를 썰렁하게 한 적이 있다(제75회). 물론 가사 자신의 문제가 더 컸다. 첩을 숱하게 두고 있으며 심지어 데리고 있던 추동을 아들 가련의 첩으로 내려 주는 등 부자지간의 인륜도 안중에 없었다. 또 하필이면 가모의 옆에서 수족처럼 돌보아 주고 있는 원앙을 첩으로 데리고 있고 싶어서 아내 형 부인을 내세워 공작을 벌이게 했다. 어려운 상황을 인지했으면 진즉 포기했어야 했는데, 물정 모르는 형 부인은 며느리 왕희봉을 통해 먼저 청을 넣도록 하고 원앙의 친정 올케도 응원군으로 동원한다. 왕희봉은 얼른 꾀를 내어 몸을 빼냈지만, 결국 원앙이 가모 앞에 엎드려 눈물을 쏟으며 가위로 삼단 같은 머리칼을 자르겠다고 하며, 절대 첩으로 가지 않겠다고 소란을 피운 다음에야 막을 내린다. 그 일로 가사의 위상은 물론 땅바닥에 떨어졌지만, 그런 일을 돕겠다고 나선 형 부인은 형편없는 사람으로 낙인찍히며 시어머니 가모로부터 직접적인 핀잔을 들어야 했다. 형 부인으로서는 적극 나서서 도와주지 않은 며느리 왕희봉이 더욱 미웠고 덩달아 왕희봉을 끼고 도는 왕 부인에게도 적의를 보였다.

형 부인은 대관원에서 바보 아가씨 사대저가 주운 춘화도를 수놓은 향주머니를 받아서 이를 기회로 집안일을 도맡고 있는 왕 부인과 왕희봉의 책임을 추궁하고자 했다. 물건을 받아 본 왕 부인은 당장 왕희봉을 불러 추궁하였고 이윽고 대관원 야간수색이라는 전무후무한 극약처방을 내리게 되었다. 결국 형 부인의 배방인 왕선보댁의 친정 손녀 사기가 반우안과 서로 왕래하며 사귄 일이 들통나 쫓겨나고, 이때 모함을 받은 청문도 함께 쫓겨나 죽음에 이르는 등 지상 낙원 대관원의 몰락 조짐이 드러난다.

형수연은 형 부인의 친정 조카로 대관원에 들어와 영춘의 거처에 함께 기거한다. 일찍이 묘옥과 왕래한 경험이 있어 보옥에게 묘옥의 성격 특징을 귀띔하기도 한다. 그녀는 형 부인의 진정한 관심과 사랑을 받지 못하여 쪼들린 생활을 하지만, 성격이 온화하고 진중하며 시서(詩書)를 알고 예의범절에도 밝았다. 후에 설 부인의 마음에 들어 설과와 혼인하게 된다.

왕희봉은 왕 부인의 친정 조카이면서 시집에서는 조카며느리이기도 하다. 영국부의 장남은 가사이지만 가모는 작은 아들 가정 부부에게 집안일을 맡기고 있는데 실질적인 집행은 다시 가사의 아들인 가련 부부에게 일임하고 있다. 가정의 큰아들은 요절하였고 과부가 된 며느리는 남들 앞에 나서기 싫어했으니 자연히 가련 부부에게 맡긴 꼴이 되었지만 마침 왕희봉이 왕 부인의 조카딸이라 더욱 잘 맞았다. 이러한 구도에 가모가 나름대로 만족한 것은 왕희봉에게 뛰어난 말재주와 노인을 모시는 남다른 요령이 있었기 때문이었다.

왕희봉은 젊은 나이였지만 귀족 가문인 왕씨 집안에서 견문을 익혔고 타고난 용모와 언변으로 웬만한 큰일을 당해도 겁내지 않았다. 소설 속에서 그녀에게 주어진 첫째의 큰 임무는 녕국부에 건너가 진가경의 장례를 순조롭게 치르는 일이었다. 가진은 며느리의 죽음에 눈물바다가 되도록 슬퍼하면서 돈을 얼마든지 써도 좋으니 최고 수준으로 장례를 준비하라고 명했다. 그리고 특별히 왕희봉을 지목하여 안살림의 총책을 맡아 주도록 청했다. 왕 부인은 왕희봉이 큰일을 겪어보지 못해 남의 일을 그르칠까 걱정이라고 머뭇거렸지만, 왕희봉 자신은 적극적으로 일을 맡아보고 싶어 했다. 『홍루몽』에는 초반에 진가경, 중반에 가경, 후반에 가모 등 세 차례의 큰 장례 의식이 있었지만 젊은 며느리 진가경의 장례식이 가장 화려하고 거창하게 진행되었다. 작가는 왕희봉의 욕망이 장례식의 진행과 더불어 점점 커져 겁 없이 권세를 남용하여 남의 돈을 횡령하는 일까지 감행하는 과정을 그린다. 가문의 몰락 과정에서 유력한 부정행위 증거로 확보되는 고리대금도 왕희봉에 의해 시작되었고, 그는 점차 권력을 이용한 각종 이권에도 개입한다.

가모의 손자며느리는 이환(李紈)과 왕희봉이다. 훗날 소설 후반부에 설보차가 추가된다. 왕희봉은 남편인 가련과 더불어 집 안팎의 대소사를 거의 맡아서 처리하는 가장 직접적인 권력의 실세다. 가주(賈珠)의 요절 이후 조용히 물러나 사는 이환은 유복자 아들을 키우며 집안일에는 일절 참여하지 않고 대관원에 머물며 시 짓기 모임에 좌장으로 참여할 뿐이다.

이환은 보옥의 형수다. 이환은 국자감 좨주를 지낸 이수중(李守中)의 딸답게 학자적 분위기를 띠며 부덕을 갖추고 있다. 소설 중반에는 그녀의 사촌 여동생 이문(李紋)과 이기(李綺)가 찾아와 대관원의 모임이 한때 활기를 띠기도 했다. 이 가문의 딸들은 침선의 의미로 실사(絲) 자를 돌림자로 쓰고 있다. 이문과 이기가 대관원에 등장했을 때, 보옥은 그들의 매끈한 몸매와 아름다운 모습에 매료된다. 그들의 미모에 놀란 보옥은 감탄을 연발하면서 자신을 우물 안 개구리로 비유하고 '세상에는 아름다운 사람이 이렇게 많은가', '두 사람은 하늘에서 내려온 천인과 같아 사람 위의 사람'이라고 탄식했다. 훗날 이기는 과거 급제한 진보옥과 혼인한다.

녕국부에서 항렬이 가장 높은 가경(賈敬)은 도를 닦겠다고 성 밖의 도관으로 나가 작위는 아들 가진에게 물려주었다. 가진(賈珍)은 녕국부를 책임지지만 영국부의 살림을 맡은 가련(賈璉)과 상의하여 가문의 일을 함께 처리한다. 하지만 위인이 경박하고 음란하여 가문의 부흥에는 관심이 없고 부친의 부재를 기회로 막중한 권세를 제멋대로 부리며 마음대로 행동하여 가문의 쇠락을 재촉한다. 집안의 큰 문제는 대부분 녕국부에서 일어난다. 진가경의 장례 기간에 왕희봉의 권력남용과 뇌물수수가 자행되었고, 진종과 지능아의 사련이 일어났다. 가경의 장례 때에는 우씨 자매의 풍파가 발생한다. 추석 때 자정 무렵 가씨 가문의 사당에서는 조상 영령의 장탄식 소리가 나기도 한다. 불초한 후손의 장래를 걱정하고 가문의 몰락을 예견하며 탄식하는 소리였다. 가진과 우씨 부부가 함께 듣고 순간 모골이 송연했지만 다음 날 사당 제사를 지내고 더 이상 말이 없었다.

가진의 부인 우씨(尤氏)는 가용의 친모가 아니라고 했으니 재취일 것이다. 우씨의 친정아버지가 재혼하여 새로 들어온 어머니가 데려온 딸이 둘 있었다. 우씨는 우물(尤物)이란 구절에서 유래하며 요물처럼 뛰어나게 아름다운 여성이란 의미다. 이들 세 모녀가 가경의 장례에 녕국부에 왔다. 우씨도 친정아버지 성씨를 따서 단순하게 부른 것이지만 이들 세 모녀도 이름을 따로 만들지 않고 다만 구분을 위해 작가는 그들에게 우노랑(尤老娘), 우이저(尤二姐), 우삼저(尤三姐)로 지칭하고 있다. 둘은 친자매였으므로 우이저와 우삼저의 죽음으로 또 하나의 작은 가문이 몰락했다고 할 수 있다. 결국 우씨 세 자매는 상징적인 성씨를 드러낼 뿐, 구체적인 이름은 없지만 하나같이 여성으로서 아름다움의 극치에 이르러 사람을 미혹하게 하는 인물로 그리고 있다.

진가경의 친정 어버지는 진방업이지만 그녀를 어려서 양생당(즉 고아원)에서 데려와 키웠다고 했으니 친부모 관계가 아니고 동생인 진종과도 혈연관계는 아니다. 진씨의 진(秦, qin)은 정(情, qing) 자와 발음이 유사하여 진가경은 정가경(情可輕)으로, 진종은 정종(情種)으로 풀이된다고 보고 있다.

녕국부의 가계는 녕국공에 이어 가대화(賈代化), 가경, 가진, 가용으로 오대에 걸쳐 이어지며 방계 인물의 가씨도 적잖게 나온다. 우선 녕국공의 슬하에 네 아들이 있었다고 했으니 가대화를 제외하고 나머지 세 가문에서 나온 후손이 있을 것이다. 가대화의 후손은 번성하지 않았다. 장남 가부는 어려서 요절했고, 가경은 외아들 가진만 두었으며 가진 역시 가용 이외에는 아들이 없다. 나머지 가씨 후손의 이름은 장례나 제사 때 한꺼번에 등장할 뿐 개별적인 묘사는 많지 않은 편이다.

진가경의 장례 때 나온 인물은 대(代) 자 돌림으로 가대유, 가대수가 있는데 그중 대유는 바로 서당 훈장으로 가서의 할아버지다. 문(文) 자 돌림으로 가칙, 가효, 가돈이 있고 옥(玉) 자 돌림으로 가종, 가빈, 가형, 가광, 가침, 가경, 가린이 있다. 그리고 마지막 초(草) 자 돌림으로 가장, 가창, 가릉, 가운, 가근, 가진, 가평, 가조, 가형, 가분, 가방, 가균, 가지 등 비교적 많이 등장한다. 가장은 배우 영관이 좋아하여 비녀로 땅 위에 장 자를 썼고, 가운은 보옥의 양아들을 자처하며 소홍과 손수건 인연을 맺으려 했던 인물이다.

가경의 장례 때는 가진과 가용 부자가 국상에 참여해 있을 때 달리 사람을 부르지 못하고 가빈, 가광, 가형, 가창, 가릉을 동원하여 일을 맡기고 있다.

가씨 가문의 친인척으로는 여러 가문이 있다. 금릉의 진씨 가문은 진보옥네 집안인데 가문의 흥망성쇠 과정이 가씨와 유사하게 나타나며 특히 진보옥은 가보옥은 생김새가 똑같고 어려서 기이한 언행이 닮아 주목을 받았다. 후에 나이 들어 두 사람이 만났을 때 가보옥은 그의 성품이 이미 순수하지 못하고 변해 버렸다고 실망하였다. 진보옥 쪽에서는 되레 가보옥이 아직도 어릴 적 괴벽이나 언행을 떨치지 못해 공부가 부족하다고 생각했다. 소주의 임씨 가문은 임대옥의 집안인데, 가정의 누이동생 가민이 임여해에게 시집가서 친척이 되었다. 하지만 대옥의 모친과 부친이 연이어 사망하고, 대옥은 외갓집에 의탁하여 쓸쓸하게 지내다 보옥과 인연을 맺지 못하고 죽으니 가문은 완전히 몰락한 셈이었다.

3. 보옥의 아내 보차

설보차가 보옥의 아내가 된 것은 소설 후반의 일이지만,

초반에 등장하여 줄곧 대옥과 함께 소설의 중심 인물이 된다. 이야기 전개상 언제나 두 사람은 엎치락뒤치락한다. 심지어 대옥의 절명 순간에도 한편에선 보차의 혼례가 진행되었다. 태허환경 예언시에 유독 이 두 사람만이 한 폭의 그림에 그려지고, 한 편의 시에 함께 다루어진 것은 작가의 특별한 의도라고 본다. 정인으로서의 대옥과 아내로서의 보차 위상에 서열을 나누기는 어려웠다고 본다.

설씨는 사대 가문에서 네 번째로 소개되는데 가문의 위상도 그렇거니와 순서로 보아 가보옥의 처가로서 외척의 대열에 마지막으로 합류한다. 설보차의 부친은 이미 사망했고 사업은 외아들 설반이 뒤를 이었지만 망나니짓하는 인물로 정평이 났다. 등장 때부터 시녀 향릉을 사들이는 과정에 하인을 시켜 살인을 저지르고 경성으로 도망친다. 황실 물품을 공급하는 황상으로서 경성에서 사업을 하므로 금릉을 떠나 사업장을 직접 관장하겠다는 핑계로 상경했다. 그러나 가씨네 귀족 자제들과 어울려 훨씬 방탕한 생활을 한다. 설반의 상경은 겉으로 드러난 핑계이고 실상은 설보차의 상경이 작가의 주된 목적이다. 가보옥과의 만남을 위한 작가의 안배이기 때문이다. 본래 부자이므로 얹혀살지 않고 따로 살 수 있지만, 외로움을 달래고자 가씨의 저택을 빌려 거주한다. 모친 설 부인은 왕 부인과 자매 사이다. 즉 보옥의 이모이므로 작중에서 설 이모라고 불리며 번역에서는 설 부인으로 통한다. 왕 부인이나 설 부인이나 모두 왕씨이지만 주인공을 중심에 두고 독자의 변별을 위해 만든 작가의 명명법이다.

설씨는 눈설(雪) 자로 상징되어 호관부에서도 풍년호대설(豐年好大雪)이란 구절을 쓰는데, 설보차를 묘사할 때도 눈과 얼음, 냉(冷) 자와 관련짓는다. 태허환경의 예언시에서도 눈 속에 비녀가 꽂혀 있는 그림과 시구로 보차를 그렸고, 보차가 거주하는 형무원을 방문한 가모는 '아가씨 방이 아무 꾸밈이 없어 너무 소박하니 마치 눈구덩이 같다'고 표현하였다. 젊은 아가씨가 꾸미지 않는 것도 그다지 좋게 보지 않았는데 보옥이 출가한 후에 혼자 살게 되는 운명을 예견한 듯하다. 그녀가 복용하는 약의 이름도 차가운 향을 뿜는다는 냉향환이다.

가보옥은 비록 전생의 목석인연으로 임대옥과의 첫 대면에서 기시감을 드러냈고 어려서부터 함께 지낸 경험으로 대옥을 가장 가까운 사이로 생각했지만, 설보차가 등장한 이후 그녀에게 따뜻한 정을 느끼며 살갑게 대한 것도 사실이다. 비록 대옥보다 가깝다고 할 수는 없어도 적어도 다른 사람들과는 구분되는 심정적 근거리를 유지한다. 집안사람들도 보차에 대해 남달리 대접했다. 왕 부인은 친정 조카라는 점에서, 왕희봉은 친정 고모의 딸인 고종사촌이라는 점에서 자연히 친근감을 가졌다. 가모는 온화하고 차분하며 부덕을 갖춘 보차의 성품을 높이 사서 열다섯 살 생일에 스무 냥의 돈을 내며 잔치를 차려 주라고 했다. 열다섯 살은 비녀 꽂을 나이로 중요한 해이므로 대옥보다 격이 높은 잔치를 준비하라고 희봉에게 일렀다. 일찍이 궁중에 들어간 원춘조차도 보차에게는 격이 다른 대우를 했다. 보차가 일찍이 궁중에 여관으로 들어가려던 생각을 가졌다는 동질감이라도 작용한 것인지, 아니면 성친 때 만난 좋은 인상으로 훗날의 금옥양연을 지지하는 뜻이었는지는 모른다. 제28회에는 궁중에서 보내온 원춘 귀비의 단오절 예물이 각 인물에 따라 차등으로 나오는데 보옥과 보차의 것이 같았고 대옥은 달랐다. 대옥은 오히려 영춘 세 자매와 같았다. 보옥이 의아해하면서 "혹시 잘못된 거 아니야?"라고 되물었지만 일일이 이름이 쓰여 있어 잘못될 리가 없다고 했다. 보옥과 대옥은 이로 인해 초목이니 금옥이니 하는 말로 말꼬리를 잡으며 신경전을 벌이지만, 보차의 위상은 점점 공고해지고 있었다.

보옥이 보차의 몸에서 남다른 느낌을 받은 것은 사실이다. 보옥은 보차가 차고 있던 붉은 사향 염주를 보고 싶다고 했다. 보차가 손목에서 염주를 빼려고 했지만 포동포동하게 살찐 손목에서 잘 빠지지 않았다. 보옥은 이때 눈같이 하얗고 매끄러운 보차의 팔뚝을 넋을 잃고 바라보았다. 다시 보차의 모습을 보니 얼굴은 은쟁반 같고, 눈빛은 물먹은 살구 같고, 입술은 연지를 바르지 않아도 붉었으며, 눈썹은 먹으로 그리지 않아도 푸르렀다. 확실히 대옥의 모습과는 다른 풍만한 아름다움과 풍류 넘치는 기품을 지니고 있었다. 보옥이 이렇게 넋을 놓고 보차의 용모를 바라보자 무안해진 보차는 염주를 내던지고 나가려고 했다. 마침 그때 들어오다 그 장면을 놓치지 않은 대옥은 바보 기러기라고 놀리며 보옥의 얼굴에 손수건을 던진다. 어쨌든 보차는 꾸준히 보옥의 두 번째 관심 대상이었다. 임대옥이 아니라면 보옥과 맺어질 수 있는 사람은 보차였다. 다만 보옥은 안타까운 상태에서 심리적 준비도 없이 '신부 바꿔치기'라는 거짓 행위로 진행된 혼례에 행복을 느낄 수 없었고 대옥에 대한 죄책감도 지울 수 없었다. 그렇다고 부모를 원망하거나 아내가 된 보차를 미워할 수도 없었다. 진퇴양난의 힘든 고비를 겪으며 보옥은 차츰 깨우침을 얻어 출가의 염을 세우게 되었다.

설 부인은 미망인으로 자식 남매에게 희망을 걸고 살아가는데 망나니 짓거리를 거듭하고 있는 설반에게 실망하고 보차의 장래에 뜻을 두었다. 그녀가 믿을 것은 금옥인연이란 화두였고 통령옥을 가진 보옥과의 인연이 원만하게 성사되기를 기대했다. 하지만 자견이 보옥의 속을 떠보는 사건으로 보옥과 대옥의 관계가 떨어질 수 없는 깊이에 이르렀고 보차와 보옥의 성혼이 쉽지 않음을 직감했다. 가문의 부흥에는 필수적으로 완전하고 튼튼한 인척관계가 형성되어야 한다. 그런데 설씨 가문은 흥성의 기미도 보이지 않았다. 설반의 처인 하금계의 흉포한 행패는 남편 설반은 물론 시어머니인 자신까지 능멸하는 지경에 이르고, 급기야 집 떠난 설반은 외지에서 살인사건에 연루되어 투옥되니 앞날이 캄캄했다. 다행히 조카인 설과가 나서 문제를 해결하도록 주선했고 가씨 집안의 어른들은 보옥의 배필로 보차를 정하고 혼례 방안을 함께 논의했다. 신랑감인 보옥이 인사불성의 병중인 데다 신부인 보차의 머리에 붉은 보자기를 씌워 거짓으로 대옥의 흉내를 내야 한다는 점이 가슴 아팠지만 어쩔 수 없이 그대로 따르기로 했다. 정작 당사자인 딸에게도 더더욱 가슴이 미어지는 일임을 생각하면 눈물 나는 결정이었다. 그렇게라도 설씨 가문의 몰락을 조금이라도 막아 보려는 것이 설 부인의 생각이었다.

설 부인의 조카인 설과와 설보금이 왔다. 설과는 아들 설반과는 달리 착실하고 진중한 인물이다. 설반이 외지에서 살인사건에 연루되어 투옥되었을 때 설 부인의 명을 받아 일을 주선한다. 성질 고약한 설반의 처 하금계의 유혹을 뿌리치고 가난해도 마음씨 착한 형수연과 혼인하여 부부가 된다.

설과와 설보금 남매의 부친은 황실로부터 해외의 진기한 보물을 수집하도록 위임받아 해외 여러 나라를 찾아다니는 황상이었다. 그 영향으로 설보금은 남다른 해외 경험을 갖고 있었다. 그녀는 금릉십이차를 능가할 만큼 뛰어나게 아름다워 대관원에서 염관군방(艶冠群芳)이라는 평을 받았다. 가모를 비롯하여 집안사람들 모두 그녀를 좋아했다. 특히 눈 오는 날 망토를 쓰고 붉은 매화 가지를 꺾어 들고 나오는 모습이 인상적이었다. 가모는 잠시 보옥의 배필로 설보금을 생각하기도 했지만 이미 한림학사 매씨의 아들과 맺어진 상태라고 들어 뜻을 접는다. 작가는 보옥과 보차의 혼인에 앞서 이를 우여곡절의 한 과정으로 안배했다.

임대옥은 소설의 여주인공이지만 임씨(林氏)는 하나의 가문으로서 제대로 대접받지 못하고 있다. 소설에서 임씨는 철저하게 비주류이면서 국외자이다. 예민한 감수성에 여린 감성을 지닌 소녀 시인 임대옥이 기라성같은 귀족 가문의 문벌 앞에서 얼마나 자신을 초라하게 느끼며 외롭게 지냈는지 절감할 수 있다.

대옥은 본래 태허환경에서 강주선초로 자란 선계의 인물이지만, 현실 세계에서 소주 출신의 쟁쟁한 가문의 후예임은 틀림없다. 부친 임여해(林如海)는 대대로 열후의 작위를 받았고 과거시험에 탐화로 급제하였다. 난대시대부로 승진하였다가 양주 순염(巡鹽)어사로 있었으니 결코 한미한 가문이라 할 수는 없다. 물론 그 덕분에 영국부 가정의 누이인 가민을 아내로 취할 수 있었다. 그러나 대옥은 어려서 어머니를 여의고 외할머니에게 의탁하였고 후에 다시 아버지마저 여의게 되었으니 외동딸이었던 대옥으로서는 천애의 고아가 된 셈이다. 대옥이 비록 번듯한 가문의 출신이지만 일가친척과 떨어지고 형제자매도 없고 외가에 얹혀사는 형국이라 가문의 세력이 있을 수 없었다. 영국부 입장에서도 죽은 사위의 친척이 되는 소주의 임씨 가문과 왕래할 까닭이 없었다.

보옥이 늘 대옥을 끔찍하게 아끼고 신경을 쓰고 있기에 임씨에 대해 몇 가지 관련 이야기가 나온다. 우선 이홍원의 시녀 임홍옥은 임지효의 딸인데 옥자를 쓰는 것이 보옥이나 대옥의 옥 자를 범하는 격이라 이름을 소홍이라 고쳐 불렀다. 제24회에서 소홍은 잃어버린 손수건 때문에 대관원 나무 심는 일을 감독하러 들어온 가운과 일말의 감정 교류가 있었다. 두 사람의 이름을 풀어 보면 홍옥(紅玉)은 강주(絳珠), 가운의 운(芸)은 선초(仙草)의 뜻과 상통하여 임대옥의 전신인 강주선초와 관련이 된다. 지연재 평어를 근거로 학자들은 조설근의 원작 후반부에 사라진 내용 중에 가운과 소홍이 가문 몰락 후에 비참해진 보옥을 찾아와 보살핀다는 대목이 있을 것이라고 추측한다.

대옥은 평소 보차를 부러워했다. 비록 아버지는 여의었지만 모친과 오라비가 건재하고 있는 보차의 처지를 보며 자신은 의지할 곳이 없음을 안타까워했다. 제57회에서는 대옥의 종신대사가 확정되지 못하고 세월만 흐르고 있음에 걱정이 된 시녀 자견이 보옥의 진정한 속마음을 떠보려고 "대옥 아가씨가 곧 고향 집으로 돌아간다"라고 거짓말을 하여 일대 풍파가 일어나는 대목이 있다. 보옥이 믿지 못하겠다고 하자 자견이 그럴듯하게 둘러댔다.

> 원래 노마님께서 아주 귀여워하시고 보고 싶어 하시는 바람에 백부나 숙부가 계신 데도 불구하고 부모보다는 못하므로 이곳에 데려와 몇 년간 있도록 한 것일 뿐이에요. 이제 나이도 들어 시집갈 때가 되었으니 당연히 임씨 댁으로 돌려보내야지요. … 임씨 댁이 비록 가난하지만 그래도 대대로 선비 집안인데 자기네 식구를 친척 집에 버려두어 남의 비웃음을 사려고 하지는 않을 거

예요. (제57회)

자견이 한 말이 일리가 없는 것은 아니다. 소설 속에서 임씨네 가문의 다른 인물이 나타나지 않았을 뿐, 정황상 완전히 가능한 얘기다. 한편 학자들은 임여해의 장례에 임대옥이 참여했지만, 보호자로 따라갔던 가련이 그 집의 재산을 정리하여 가씨네 재산으로 귀속시켰을 것으로 추정한다. 하지만 임여해의 형제가 있었다면 또 상황은 달랐을 것이다. 보옥은 자견의 말에 충격을 받아 눈알이 굳어지고 손발이 싸늘하게 식어 완전히 넋이 나간 사람이 되었다. 죽기 직전에 달려온 자견을 보고 울음을 터뜨리며 겨우 기사회생하더니 "가려거든 나까지 데려가"라며 자견을 놓아주지 않았다. 마침 그때 임지효댁이 문병을 왔다. 바로 임홍옥, 즉 소홍의 어머니다. 보옥은 임씨라는 말을 듣자 누이를 데려가기 위해 임씨 댁 사람이 배를 타고 왔다고 놀라면서 진열장 선반 위의 서양기선 모형을 끌어내려 이불 속에 끌어안고 놓지 않았다. 어른들은 소주의 임씨 댁 사람들이 다 죽어서 대옥을 데리러 올 사람이 없으니 안심하라고 보옥을 구슬렀지만, 한편으로 그게 사실이라면 대옥으로선 물러설 곳 없는 벼랑에 선 느낌이었을 것이다. 자견이 보옥의 속을 시험한 이 사건은 결과적으로 보옥과 대옥이 깊이 사랑하는 관계임을 온 집안에 공개적으로 알리는 역할을 했다. 하지만 누구 하나 진지하게 대옥의 종신대사를 추진하는 사람은 없었다. 코미디 장면 같은 이 대목을 통해 작가가 임씨 성을 강조하고자 한 의도를 엿볼 수 있다. 작가는 임대옥을 부르는 호칭에서도 굳이 성씨를 넣어 린메이메이[林妹妹]나 린꾸냥[林姑娘]이라고 했다. 설보차의 호칭으로 이름의 글자를 넣어 바오지에지에[寶姐姐]나 바오꾸냥[寶姑娘]이라고 한 것[12]과는 방식이 달랐다.

---

12 주인공 세 사람의 나이는 보차, 보옥, 대옥의 순인데 이를 호칭에 반영하여 보옥은 대옥에게 린메이메이[林妹妹, 임씨 누이], 보옥은 보차에게 바오지에지에[寶姐姐, 보차 누나]라고 하고 대옥은 보옥에게 바오꺼꺼[寶哥哥, 보옥 오빠], 보차는 보옥에게 바오슝띠[寶兄弟, 보옥 동생]라고 칭한다. 보옥과 보차가 공통적으로 보(寶) 자를 씀에 비해 보옥과 대옥은 비록 옥(玉) 자가 겹치지만 호칭에서 임(林)씨 성으로 쓰는 점이 독특하다.

4. 가문의 몰락 원인

가씨 가문의 몰락 원인을 따져 보면 도덕적 타락과 경제적 쇠퇴라는 커다란 줄기를 찾아낼 수 있다. 도덕적 타락에는 가문의 구성원 가운데 일어나는 불륜 사건이 핵심이고, 부정부패와 같은 일이 결정적 문제로 불거진다. 근친상간의 불륜은 가문 내의 윤리와 질서를 어지럽게 하여 체통을 무너뜨린다. 가문의 미래를 책임지려는 인물보다 자신의 이해득실에만 골몰하는 인물로 인해 파국으로 치닫게 된다. 경제적인 쇠퇴는 결정적으로 가문의 몰락을 재촉한다. 그 직접적인 원인은 수입의 감소와 지출의 확대로 인한 적자의 누적이다. 수입 감소의 가장 큰 원인은 원춘 귀비가 중년에 갑자기 죽었기 때문이다. 황실의 지원이 중단되고 권력이 약화되는 동시에 이곳저곳에서 갈취하려는 자는 늘어났다. 하지만 가내 구성원 중에서 씀씀이를 줄이고 집안 살림을 정상적으로 되돌려 놓으려고 노력하는 사람은 없었다. 게다가 부정한 죄를 지어 작위를 박탈당하고 가산이 몰수되니 가문의 몰락은 급격히 진행되었다.

먼저 도덕적 타락을 살펴본다. 『홍루몽』의 창작과정에서 일찍이 「풍월보감」의 이름이 있었다. 지연재의 평어에 의하면 「풍월보감」은 가족 내의 근친상간과 불륜에 얽힌 풍월사건을 중심으로 서술한 초기의 작품이었다. 그리고 그에 포함되었을 것으로 보는 서사는 '가서의 풍월보감', '진가경의 천향루자결', '우이저와 우삼저 사건' 등이 거론된다. 물론 남녀의 사랑에 얽힌 이야기는 이 소설의 주요 테마이므로 가보옥과 임대옥의 사랑과 이별이 중심을 이루지만, 그 밖에도 '소홍과 가운', '영관과 가장', '사기와 반우안', '가근과 수월암의 여승·여도사' 등 소소한 사연도 적잖다. 하지만 진가경과 우씨 자매가 결국 「풍월보감」의 주인공이다.

풍월보감이란 이름의 거울이 등장하는 것은 왕희봉을 짝사랑하다 죽은 가서의 이야기다. 사랑해서는 안 될 사람을 넘본 서당 훈장의 손자 가서는 혹독하게 훈계를 당하지만 시종 깨닫지 못하고 파국으로 치닫는다. 마침내 죽음에 임박하여 절름발이 도사가 전해 준 풍월보감을 받아 정면을 바라보았다. 도사는 이 거울이 태허환경의 경환선녀가 만든 것인데 사악한 생각과 경거망동으로 인한 병을 고친다고 하면서 반드시 뒷면만 봐야 한다고 말했다. 하지만 뒷면에 해골이 보이자 가서는 금기를 어기고 앞면을 본다. 그는 거기 나타난 왕희봉과 운우지정을 나누다 끝내 빠져나오지 못하고 죽는다. 풍월보감에서 진정한 교훈을 얻지 못한 결과였다.

가서의 짝사랑으로 인한 열병과 죽음의 과정은 1년을 끌었지만 진가경은 같은 시기에 와병으로 죽음에 이른다. 진가경의 죽음은 정작 제13회에서 모호하게 처리되었다. 독자들은 그녀가 병사했다고 여기지만 정작 다른 곳에는 목을 매고 자결한 모습으로 묘사된다. 가서의 죽음과 진가경의 죽음을 엇갈려 다루면서 일양일음(一陽一陰)의 태도로 하나는 드러내고 하나는 감추며, 하나는 지극히 비천하게 그리고 하나는 지극히 존귀하게 처리하여 대비시킨다.

금릉십이차 인물의 운명을 보여 주는 태허환경의 그림에서는 높은 다락방 위에 미녀 하나가 목을 매고 자결한 모습을 그리고, 예언시에서는 다음과 같이 적었다.

하늘과 바다에 가득한 사랑의 화신	情天情海幻情身
두 사랑 만났으니 기필코 넘치리라	情旣相逢必主淫

못난 자손 모두 영국부서 나오는가	漫言不肖皆榮出
그 발단은 원래 녕국부에 있었다네	造釁開端實在寧

(제5회)

그림에서 진가경은 분명 목을 매고 죽은 모습이다. 제111회 원앙이 죽으려고 할 때도 진가경의 혼령은 대들보에 목을 매는 모습을 재현한다. 지연재 평어는 이곳에 「유잠(遺簪)」과 「경의(更衣)」의 두 대목을 삭제하여 내용이 크게 줄어들었다고 했다. 학자들은 정원에서 진가경이 잃어버린 비녀를 시아버지 가진이 주워 찾아갔다가 마침 옷을 갈아입고 있던 진가경과 불륜을 저지르는 장면이 묘사되었다고 추정한다. 그러나 가진은 유명한 난봉꾼이며 진가경 또한 이름 자체가 정을 함부로 보이고 가볍게 여긴다는 정가경(情可輕)의 의미가 되니 두 사람의 관계가 필연적인 것으로 볼 수도 있다. '두 정이 만났으니 기필코 음란하리라'고 한 구절이 그것을 보여 준다. 음은 넘친다는 뜻이다. 따라서 그녀의 죽음은 시아버지 가진과 '파회(爬灰)' 사건에 연유하여 스스로 선택한 것으로 본다. 파회는 재 위를 긴다는 의미이고 재 위를 기면 무릎이 더러워져 오슬

(汚膝, wuxi)이 되는데 발음상 오식(汚媳, wuxi)과 같아서 결국 며느리 정조를 더럽힌다는 뜻을 내포한다. 동음이의어를 활용한 언어유희다. 제7회 녕국부의 늙은 하인 초대는 술에 취하여 젊은 주인에게 마구 대들면서 금기어에 해당하는 "재 위를 기는 놈은 재 위를 기고, 시동생과 붙어먹는 년은 시동생과 붙어먹구!"라는 말을 내뱉는다. 혼비백산한 다른 하인들이 그를 잡아 넘어뜨리고 입에 쇠똥을 처박아 입을 막았지만 순진한 보옥이 그게 무슨 말이냐고 물었다가 왕희봉에게 핀잔만 받는다.

이 집안에서 불륜의 두 가지 유형을 말한 것인데, 시아버지와 며느리의 불륜은 파회라고 하지만 형수와 시동생의 불륜은 '양소숙자(養小叔子)'라고 한다. 파회의 경우는 가진과 진가경의 관계를 지칭하지만 양소숙자는 구체적으로 누구를 지칭하는지 모호하다. 유 노파가 처음 방문했을 때 왕희봉과 가용의 대화가 약간 애매했고 왕희봉이 가서를 치죄할 때 가용과 가장에게 사주하여 골탕을 먹이는데, 특별히 친한 사이가 아니라면 발설하기 어려운 부탁이라고 볼 수 있다.

녕국부의 우씨는 처음부터 끝까지 등장하는 주요 인물

이지만 그녀의 친정 동생인 우이저와 우삼저의 이야기는 제63회 가경의 사망 소식이 전해지면서 장례를 준비할 때 출현한다. 그리고 우삼저가 원앙검으로 자결하고 우이저가 생금을 삼켜 두 자매가 차례로 죽으면서 제69회에서 그친다. 우씨 자매의 이야기는 소설의 초기 단계에 「풍월보감」의 일부로 간주된다.

우씨와 가용은 친모자가 아니고, 우씨와 우노랑도 친모녀가 아니다. 그러므로 우이저와 우삼저 자매는 명목상으로 가진의 처제고 가용의 이모지만 혈연관계가 전혀 없는 남이다. 그러므로 가진과 가용 부자는 마음 놓고 그들을 성적으로 희롱하며 노닥거린다. 우이저는 성격이 유약하여 권유에 넘어가 가련의 첩으로 외부에 거처를 마련하여 살림을 차렸지만, 가련의 장기 출장 기간에 왕희봉에게 발각된다. 왕희봉의 계략에 따라 집안으로 따라 들어왔다가 온갖 모욕을 당하고 아이마저 유산하여 모든 희망이 사라지자 자결하게 된다. 우삼저는 스스로 선택한 유상련에게 혼약의 증거로 원앙검을 받았다. 후에 유상련이 우삼저가 성적으로 문란한 녕국부의 사람임을 알고 의심하며 파혼을 선언하고 원앙검을 되돌려받으러 왔을 때, 우삼저는 모욕을 참지 못하고 자결한다. 우씨네 두 자매가 등장한 사건은 불과 몇 회에 불과했으나 강렬한 인상을 남겼다. 이들의 이야기가 「풍월보감」에 포함되었다고 보는 것은 가문 내에서 일어나는 남녀의 치정과 파란을 기탄없이 노골적으로 그렸기 때문이다.

두 이모가 왔다는 말을 듣고 가용이 가진과 마주 보고 빙긋이 웃는 대목은 이들 부자가 일찍부터 우씨 자매와 난잡하게 지내 왔다는 점을 암시한다. 가용은 우이저를 보자마자 "우리 아버지가 얼마나 보고 싶어 하는지 몰라요"라고 노골적으로 말하고, 인두를 들어 때리려는 우이저의 가슴팍으로 곧장 파고든다. 할아버지의 상중이란 예의범절은 안중에도 없었다. 시녀들이 되레 핀잔을 주자 가용은 한술 더 떠서 "다들 그렇게 사는 거야. 옛날부터 지금까지 한나라 때나 당나라 때나 다 그렇고 그렇게 살았단 말이야"라고 내뱉었다.

소설의 후반부에 불거지는 수월암의 성적 문란 사건은 「풍월보감」의 내용으로 포함될 직한 또 하나의 에피소드다. 가근은 뇌물을 바치며 수월암의 관리 직책을 얻는데 차츰 어린 여승이나 여도사들과 어울려 술을 마시고 문란한 행동을 일삼는다. 어느날 영국부 대문 앞에 커다란 벽보가 붙었다. 민간의 시구 형식으로 적은 비방의 글이다.

새파란 서패초근 젊은 놈에게	西貝草斤年紀輕
수월암 여승 도사 관리 맡겼네	水月庵裏管尼僧
사내는 하나인데 계집 몇인가	一個男人多少女
계집질 노름질에 여념 없구나	窩娼聚賭是陶情
그따위 잡놈에게 일을 맡기니	不肖子弟來辦事
영국부 안팎으로 소문만 나네	榮國府內出新聞

(제93회)

벽보는 여러 곳에 붙어 있었고 관리 담당자인 가근(賈芹)의 이름을 파자(破字)하여 풀어 썼지만, 누구나 한번 보면 알 수 있도록 내용은 아주 직설적이다. 수월암은 진가경의 장례 때 만두암으로 불렸던 곳인데 왕희봉이 월권으로 돈을 갈취한 곳이고 진종이 어린 비구니 지능아와 사랑에 빠져 뜨거운 몸을 맞대다가 보옥에게 걸려 아쉽게 멈추었던 곳이다. 벽보는 가정에게 알려져 대대적인 조사를 진행했지만 가정은 맡은 바 공무로 인해 직접 처리하지 못하고 가련에게 일임하였다. 가련은 왕 부인의 뜻을 물어 열두 명의 여자를 쫓아내 해산시키고 가근을 불러와 단단히 야단친 뒤 사건을 마무리했다.

경제적 쇠퇴는 수입이 줄어들고 지출이 늘어나는 구조적 문제에 누구 하나 심각하게 고민하지 않고 계속 방만하게 지출을 늘려 가기 때문에 발생한다. 지연재는 제13회에서 진가경의 도덕적 타락의 죄를 조금이라도 덜어 주려고 내용의 일부를 삭제하도록 했는데, 그 까닭은 진가경이 죽음에 임박했을 때 왕희봉에게 현몽하여 가문의 몰락을 걱정하며 몇 가지 경고의 말을 했기 때문이다. 가문의 흥망성쇠 과정에서 진정으로 가문의 흥성을 꾀하고 쇠퇴를 걱정하는 사람은 많지 않았다. 특히 가문이 한창 흥하고 있을 때 미리 쇠퇴의 조짐을 간파하고 이를 미연에 방지하도록 일깨워 주는 혜안의 인물이 나오기는 어렵다. 그런 의미에서 진가경이 비록 가문의 몰락을 재촉한 도덕적 타락자의 한 사람이라고 하지만, 제 죽음으로 죗값을 치르면서 향후 가문의 몰락을 염두에 두고 남긴 경고의 말은 작가의 근친이었던 지연재에게도 소중했던 것이다.

우리 집안은 세상에 혁혁한 이름을 날린 지가 백 년 가까이 되었는데, 어느 날 만약 '고목나무 쓰러지면 원숭이는 흩어진다'라는 속담처럼 흩어진다면 어찌 되겠어요? 그야말로 지난 세월 일세를 풍미하던 이름 있는 가문이라고 하는 게 다 헛된 말이 되지 않겠어요! … 지금 그나마 왕성할 때 장차 쇠퇴한 이후의 가업을 계획해두면 그 또한 영원히 보존하는 일이라고 할 수 있겠지요.

(제13회)

진가경의 제안은 두 가지로 압축된다. 첫째는 조상의 선영에 전답과 가옥을 마련하고 경비와 양식을 비축해야 한다. 둘째 선영 근처에 서당도 만들어 두고 일정 경비를 책정하여 운영해야 한다. 그리되면 나라에 죄를 지어 재산이 차압되어도 제사에 관한 재물은 건드리지 않으니 후손이 귀향하여 농사지으며 생존할 수 있고 자제들이 공부하여 후사를 도모할 수가 있다는 것이다.

이때 진가경은 곧이어 집안의 경사를 예언하여 원춘의 귀비 책봉에 대해서도 언질을 주었는데, 왕희봉은 경사에만 신경을 집중하고 이어서 나온 진가경의 경구인 '성대한 잔칫상도 거둘 날이 있도다'라는 속담의 깊은 뜻은 귀담아듣지 않았다.

돈 쓰는 사람만 있고 돈 버는 일에는 관심도 없는 가씨 집안에서 잠시나마 대관원 내의 경제구조 개혁을 위해 애쓰는 대목이 나오는데, 왕희봉이 병든 사이 대리 관리를 맡은 탐춘과 보차에 의해 추진되었다. 비록 대관원이라는 작은 규모를 대상으로 했지만, 현실적이고 합리적인 세부 방안에 수긍이 간다.

원춘이 궁중 귀비가 되어 덕을 보는 일도 있었지만 또한 궁중 태감들이 노골적으로 귀족 가문의 등을 쳐서 돈을 울궈내는 일도 비일비재하였다. 제72회에는 왕희봉이 꿈에 '궁중에서 나온 사람이 비단 백 필을 달라고 했다면서 막무가내로 빼앗아 갔다'라는 말을 하는 중에 정말 하태감 부중의 젊은 태감이 찾아와 돈 이백 냥을 빌리겠다고 말하는 대목이 나온다. 왕희봉은 겉으로 형편이 어렵다는 말을 차마 하지 못하고, "갚기는 뭘 갚는다고 그러시나요. 돈이야 얼마든지 있으니 우선 갖다 쓰시고 다음번에 저희가 요긴할 때 빌리러 가면 마찬가지 아니겠습니까?"라고 허장성세를 보인다. 젊은 태감은 하태감이 지난번 빌려 간 천이백 냥의 돈도 연말에 한꺼번에 갚겠다는 말을 전하니 왕희봉은 여전히 허풍을 떨었지만 막상 돈을 구하지 못하지 못해 평아를 시켜 진주목걸이와 보석 박은 비취를 전당 잡혀 사백 냥을 마련한다. 이백 냥은 태감에게 건네주고 이백 냥은 집사 어멈에게 주어 추석 명절 준비를 하도록 한다. 왕희봉이 대처하는 동안 안방에 숨어 죄다 듣고 나온 가련은 "저런 날강도 같은 놈들은 언제나 없어질꼬?"라며 혀를 찼다. 왕희봉은 전날에도 주태감이 찾아와서 천 냥을 빌려 달라고 했는데 어렵다고 난감해하니까 금새 언짢은 표정을 짓더라는 말을 덧붙인다.

가문이 기울어 가는 중에는 이러한 일도 집안 살림의 책임을 맡은 입장에서는 힘겨운 일이다. 왕희봉의 고충을 엿볼 수 있는 장면이다. 왕희봉이 집사 어멈인 왕아댁에게 하소연하는 말을 보면 실감이 난다.

> 만일 우리가 모두 죽치고 앉아서 쓰고 싶은 대로 쓰기만 하면 이 집구석이 얼마나 버틸 수 있겠어? 지난번 일이 바로 그런 꼴이지 뭐야. 노마님 생신 때 마님이 두

달 동안이나 어쩔 방도를 생각하지 못하여 안달하고 계셨을 때, 그래도 내가 한마디 해서 뒤편 다락에 있는 불요불급한 놋그릇 네댓 상자를 내서 삼백 냥을 마련하여 마님의 체면을 겨우 세워 드렸잖아. 자네들도 잘 알다시피 내가 자명종 금시계를 오백육십 냥에 팔았잖아. … 이렇게 일 년쯤 지나면 아마 각자의 머리 장식이나 옷가지까지 내다 팔아야 할지도 모르겠어. (제72회)

왕희봉의 말은 집안 살림이 겉으로 겨우 체면치레만 유지하는 상태이며 실제 상황은 상당히 심각함을 보여 준다. 이미 경제적으로 무너지고 있었다.

인삼은 가씨 집안의 흥망성쇠의 현장을 보여 주는 상징적인 물품이다. 제3회에 임대옥이 상경하여 외할머니 가모를 만났을 때, 자신이 어려서부터 복용하는 약은 인삼양영환(人蔘養榮丸)이라고 했다. 가모는 영국부에서도 그 약을 제조하니 걱정말고 꾸준히 먹으라고 한다. 제11회 녕국부의 진가경을 문병한 왕희봉은 약한 소리를 하는 환자를 위로하며 말한다. "우리가 인삼조차 먹을 수 없는 그런 집안이면 모르지만, 자네

시부모야 자네를 고칠 수만 있다면 하루에 인삼 두 돈이 아니라 두 근이라도 댈 수 있는 사람이 아닌가." 이렇게 인삼은 가씨 가문의 부귀영화를 상징한다. 왕희봉의 못된 마음 씀씀이를 보여 주는 데도 인삼을 활용한다. 제12회에 왕희봉을 짝사랑하다 병에 걸린 가서에게 마지막으로 독삼탕(獨蔘湯)을 먹여 보려고 할아버지 가대유는 왕 부인에게 인삼 두 냥을 애걸한다. 왕 부인의 명을 받은 왕희봉은 괘씸한 가서를 살릴 마음이 없어 인삼 부스러기 몇 푼을 대충 모아 보낸다. 평소 자비의 마음을 가진 왕 부인은 "그걸 먹고 한 생명을 구한다면 그것도 훗날 크게 복받을 일이 아니겠느냐"라고 말했지만 왕희봉에게는 마이동풍이라 가서의 죽음을 막지는 못했다.

인삼 이야기는 마침내 가문의 기운과 권세가 기울어지는 전환기에 다시 나타난다. 제77회에 왕희봉이 과로로 몸져눕게 되자, 왕 부인이 조경양영환(調經養榮丸)을 지어 주려고 인삼 두 냥을 찾았다. 그러나 뜻밖에 온 집안을 다 뒤져도 제대로 된 인삼 한 뿌리를 구하지 못했다. 왕 부인은 짜증을 내며 "꼭 필요할 때 찾을 수 없으니 이런 낭패가 어딨느냐"라고 했지만 가문의 몰락 과정이 이렇게 표현된 것이다. 형 부인과 왕희봉의 거처에도 물어봤지만 마찬가지였다. 마침내 가모에게 직접 여쭈어 손가락 굵기의 인삼 두 뿌리를 찾아내 의원에게 보냈다. 하지만 너무 오래된 인삼이라 썩은 나무나 마찬가지로 약효가 없다는 대답만 돌아왔다. 가문의 체면을 구기는 난감한 장면이다. 어쩔 수 없이 시장에서 좋은 것으로 두 냥 사 오라고 이르는데 마침 보차가 옆에서 듣고 제 오라비 설반에게 일러 구해 오도록 했다. 그나마 아주 체면 구기는 일은 면했지만 이처럼 인삼은 가씨 집안의 흥망성쇠 과정을 보여 주는 작은 실례(實例)였다. 가세가 좋을 때 흥청망청 쓰면서 자랑하던 인삼은 집안이 기울자 권력의 핵심에 있던 왕희봉마저 약으로 쓰려고 해도 구하기 힘들었기 때문이다.

가씨 집안의 몰락을 예견하는 조짐은 내부적으로 제74회 한밤의 대관원 수색 사건이지만, 외부적으로는 금릉의 진씨 집안의 가산 몰수가 진행된 제75회에 보인다. 사건은 가모에게 왕 부인이 정보를 보고하는 형식으로 불과 몇 글자로 압축하고 있다. “강남 진씨네 집이 어떤 이유에서인지 죄를 짓고 가산을 몰수당해 현재 경성으로 소환되어 치죄를 받는답니다”라고 했다. 사실 이 정보는 앞서 탐춘에게 이미 알려져 있었다. 왕희봉이 왕선보댁과 대관원 수색을 하느라 탐춘의 거처에 갔을 때 탐춘은 노골적으로 이렇게 비판했다.

> 당신들 오늘 아침 강남의 진씨 댁 일을 얘기하지 않았던가요. 멀쩡하게 제 집안을 수색하고 소란 피우더니 결국 오늘날 진짜 집안 전체가 수색당하고 말았다잖아요. (제74회)

칙명에 의해 진행된 가씨 집안의 수색은 제105회에 나타난다. 서평군왕과 조대감은 예고도 없이 영국부에 나타나 칙지를 반포하며 가사의 재산을 조사하겠다고 했다. 이때 이미 녕국부는 금의군에 의해 봉인을 붙여 가산 몰수를 진행한 상태였다. 가보옥이 있는 영국부를 서사의 중심에 두고 있으니 시차를 두고 영국부 가정을 찾아온 것이다. 금의부(錦衣府)는 황제의 친위 조직으로 중죄인의 조사와 심문 등을 맡는 오늘날의 검찰청과 같은 기관이다. 조선 시대에는 이름을 바꾸어 의금부(義禁府)라고 했다. 칙지에서 밝힌 내용은 "가사는 지방관과 결탁하여 세도를 믿고 약한 자를 능욕하였으며, 짐의 은혜를 저버리고 조상의 은덕을 욕되게 하여 이에 세습직을 박탈한다"는 것이었다. 가사가 가우촌을 사주하여 골동 부채를 강탈하고 주인을 죽음에 이르도록 한 사건이 죄목이었다. 가사는 그 자리에서 결박되고 재산을 차압하기 시작했다. 조전대감은 한술 더 떠서 소란을 피우려고 했지만 뒤이어 파견된 북정왕은 과격한 조대감을 돌려보내고, 가정에게 온순하게 대하며 일을 합리적으로 처리했다. 그러나 어쨌든 가문 최대의 위기임에는 틀림없었다. 가산 차압 과정에서 왕희봉의 거처에서 고리대금 차용증이 발견되어 사건이 불거졌다. 그것은 불법행위였다. 내실에서는 금의군의 가산 차압의 행동이 닥치자 놀라움을 금치 못하고 왕희봉은 급기야 기절하고 말았다. 서평왕과 북정왕은 가사를 체포하고 그의 재산만 구분하여 별도로 몰수하도록 조치하였고 가련은 처음 고리대 영수증의 책임을 물어 구속되었지만 후에 석방되어 돌아왔다. 가사는 금의부에 갇혀 있고 왕희봉은 병중에 충격을 받아 위독했으며 수년간 모은 수만 냥의 돈도 하루아침에 몰수되었다. 한편 녕국부에서는 녕국공의 작위가 박탈되고 가진, 가용 부자가 붙잡혀 갔으며 재산은 차압되었는데 그 소식은 늙은 하인 초대가 간접적으로 가정에게 전달하였다. 가진의 죄명은 바깥에서 정보를 듣고 전해 온 설과가 가정에게 보고하였는데, 여염집 아내를 강제로 빼앗아 첩으로 삼으려다 핍박하여 죽음으로 내몰았다는 것이다. 사태가 이쯤 되자 가문의 몰락을 눈앞에서 생생하게 지켜봐야 하는 가정의 입에서 절로 탄식이 새어 나왔다. "끝장이구나, 끝장이야! 우리 가문이 이 지경으로 일패도지(一敗塗地) 될 줄은 꿈에도 몰랐구나!" 일패도지는 한번 패하여 땅 위에 떨어져 다시는 일어서지 못함을 의미하지만, 소설의 결말에서는 약간의 여유를 보여 주고 있어 글자 그대로 최악의 상황은 아니었다. 혹자는 조설근의 원작에 지금의 내용보다 훨씬 가혹하게 몰락하여 철저한 일패도지의 상황을 그렸을 것으로 보기도 한다.

하지만 현행 판본에는 영국부의 재산을 가사와 가정이 나누지 않았음에도 가산의 몰수에서는 서평왕과 북정왕의 배려로 가사가 사용 중인 실내의 재물에 한정하여 차압하였다. 그리하여 형 부인만 고통받게 되었고, 가모와 왕 부인은 무사했다. 영국공의 세습 작위를 박탈당했지만, 그것은 명성의 문제일 뿐이었다. 가정은 황은을 입어 여전히 조정의 공부원외랑

직위를 유지하였고 재산도 가사의 것을 제외하고 모두 반환받았다. 두 군왕이 중간에서 가정의 체면을 많이 살려 준 것이다. 고리대의 영수증을 압수당하여 법에 따라 이자로 받은 것은 몰수되었고 토지나 가옥 문서는 되돌려주었다. 병중이던 왕희봉은 큰 충격으로 더욱 위독하게 되었지만, 책임을 지고 잡혀갔던 가련은 다행히 석방되었다. 가정을 위로하려고 온 사람들은 여러 상황을 전하면서 집안의 못된 하인들의 행태로 사건이 크게 불거졌다고 귀띔했다.

며칠이 지나 충격에서 벗어나 안정된 가모는 집안의 어른답게 침착하게 뒷수습을 하면서 돈을 주어 왕희봉의 병을 보살피게 하고, 남편이 구속된 후에 홀로 떨어진 큰며느리 형 부인을 돌보도록 왕 부인에게 당부했다. 또 남편과 아들이 구속되고 가산을 완전히 차압당해 쑥대밭이 된 녕국부의 우씨 고부를 불러와 거처를 마련하여 안정시키도록 조치했다.

그러나 집안 살림이 말이 아니어서 금의부에 구속되어 있는 가사, 가진, 가용의 비용을 마련하는 일조차 힘겨웠다. 안살림을 총괄하던 왕희봉은 위독한 상태였고, 가련은 이미 빚을 질 대로 지고 있는 형편이라 더는 돈을 염출하기 어려웠다. 어쩔 수 없자 가련은 시골의 전답을 팔아 옥바라지 비용에 충당키로 했다. 하지만 눈치 빠른 하인들은 몰락의 기미를 미리 알아차리고 저마다 잇속을 차리며 빼먹을 궁리에 골몰했다. 그야말로 '고목나무 쓰러지니 원숭이들 흩어진다'는 격이었다.

가모는 평생을 대갓집의 안주인으로 살아오다가 만년에 자손들의 잘못으로 명성이 하루아침에 땅에 떨어지고 집안의 쇠퇴를 눈앞에 보게 되었다. 가모는 어느 날 저녁 향을 사르며 꿇어앉아 눈물을 글썽이며 천지신명에게 기도를 올렸다. 옥에 갇힌 아들과 손자의 화를 자신이 대신 받게 해 달라는 마지막 기도를 하면서 슬픔을 이기지 못해 끝내 목을 놓고 대성통곡했다. 마침 문안을 왔던 왕 부인과 보옥, 보차 부부도 따라서 울었다.

보차의 마음은 착잡했다. 오라비 설반은 외지의 옥에 갇혀 판결을 기다리고 있어 친정 설씨 가문도 거의 몰락한 지경이고, 시집인 가씨 가문도 시부모가 비록 무사하지만 몰락한 상황에 가까우며, 남편인 보옥도 여전히 정신이 흐리멍텅한 상태로 희망이 보이지 않으니 앞으로 어떻게 살아야 하나 생각하면 막막하기만 했다. 아내인 보차가 서글피 울자 곁에 있던 보옥의 마음도 착잡해졌다. 연로한 할머니가 가문의 험한 꼴을 보셨으니 하루라도 걱정이고 부모님도 비감하기는 마찬가지인데 함께 지내던 자매들은 바람에 구름 흩어지듯 하나둘 떠나고 있다. 대옥이 죽은 후에 울적한 마음을 금할 길이 없었는데, 보차가 곁에 있으니 마음 놓고 울어 볼 수도 없었다. 그러나 보차 또한 친정어머니와 오빠 걱정으로 시름을 놓지 못하고 있음을 생각하면 안타깝기만 했다. 이러한 생각이 겹치면서 소리는 더욱 커지고 모두 서럽게 울었다.

제107회에 가사는 죄가 경감되어 역참으로 부역하러 보내졌다. 가진은 해변으로 귀양을 가고 가용은 석방되었다. 또 칙명으로 영국공의 세습 작위가 복원되어 가정에게 내려졌다. 가모는 개인 재물을 모두 내놓아 아들과 손자들에게 필요한 형편만큼 나눠 주었고 부역과 귀양길에 노자로 쓰고 남은 식구의 생활을 꾸려 나가도록 했다. 일패도지의 처참한 상황만큼은 간신히 모면한 형편이 된 것이다.

가보옥은 집안의 몰락 과정을 두 눈으로 지켜보았다. 먼저 죽은 대옥을 그리워하면서도 어찌할 수 없는 운명 앞에 우울하게 지내다 사촌 누나 영춘, 할머니 가모, 사촌 형수 왕희봉 등에게 차례로 닥친 죽음의 장면도 목격했다. 그리고 꿈에 다시 태허환경에 이르러 철저하게 깨우친 후에 속세를 떠날 준비를 한다. 그는 마침내 대황산으로 돌아가 다시 돌이 되었다.

개기(改琦), 임대옥(『홍루몽도영』), 1879

제4장

가보옥의 치정과 충돌: 부자의 갈등

1. 부자지간의 해묵은 갈등

가보옥의 탄생은 일대 사건이었다. 주변 사람들에게 널리 알려진 신선한 뉴스였다. 그것은 그의 탄생이 남과 달리 독특했기 때문이다. 그냥 특이한 게 아니라 괴이하기 짝이 없는 일이기 때문에 소문이 널리 퍼질 수밖에 없었다. "태어나면서 입속에 영롱한 옥을 물고 나왔다지 뭡니까? 그 위에는 글자도 새겨져 있어 이름을 보옥이라고 지었다고 합니다." 이러한 소식을 독자들에게 구체적으로 알려 준 인물은 제2회에 나오는 냉자홍이다. 이야기 속에서 그는 가우촌에게 도성(북경)에서 일어난 종친의 가문 중에 일어난 일이라서 알려 준다고 했다. 가우촌이 "그 아이의 내력이 결코 만만치 않을 것"이라고 하자 냉자홍은 코웃음을 친다. 그리고 이 아이의 탄생에 세속적인 평을 내리고, 돌잡이 때 지분과 비녀와 가락지 같은 것만 움켜쥔 아이에 대해 부친 가정이 반응한 한마디 말을 전한다.

이놈이 장차 주색의 무리에 들겠구나! (제2회)

우리는 여기서 부자 갈등과 충돌의 원초적 씨앗이 움트고 있음을 감지한다. 아이의 할머니 사 태군이 아무리 금이야 옥이야 목숨처럼 아끼고 총애한다고 해도 부자지간에 한번 틀어진 관계는 되돌리기 어려웠다. 이어 소개되는 아이의 괴벽이나 기발한 언행은 속인들의 그것과 함께 부친인 가정의 평가에 대해 대체로 수긍하지 않을 수 없게 한다. 어린아이의 발상이라고 하기에는 놀라운 말이었다.

여자는 물로 만든 골육이고 남자는 진흙으로 만든

골육이라 여자아이를 보면 마음이 상쾌해지지만 남자를 보면 더러운 냄새가 진동한다. (제2회)

냉자홍도 한술 더 떠서 이런 기발한 말을 내뱉는 가보옥이 앞으로 색마가 될 것이 틀림없다고 단언한다. 뜻밖에도 가우촌은 세속적인 평가로 이 아이를 대수롭게 보아서는 안 된다고 강조하며 새로운 이론을 펼친다. 세상에는 크게 어진 인물과 크게 악한 인물의 두 갈래 이외에 또 하나의 수려한 기운을 타고난 인물 유형이 있다고 하면서, 귀족 가문에서는 치정의 인물, 청빈한 집안에서는 고매한 은자, 시정의 낮은 층에서도 뛰어난 배우나 명창으로 태어나는 사람의 유형이라고 했다. 가보옥의 내력이 만만치 않을 것이라고 단언한 배경이었다. 가우촌은 자신이 앞서 겪었던 진보옥이란 인물의 기이한 언행도 함께 기억해 내는데 정황상 아직 두 인물이 똑같은 생각과 행동을 하고 있으니 주인공 가보옥의 기행으로 이해해도 좋다.

그러나 가보옥과 가정의 관계는 갈등과 충돌의 대결 국면으로 치닫게 된다. 가정은 유교적 사상과 행동 규범을 지켜

가는 가장 모범적인 인물로서 가문의 앞날을 걱정한다. 둘째 아들로 태어난 보옥의 남다른 탄생과 기행에 대해, 가정은 속으로 불만이며 가문의 부흥에 도움이 안 되는 아들의 비정상적 행태에 화가 났다. 간혹 부자간의 만남에도 가정은 늘 퉁명스럽다.

보옥이 서당에 가기 위해 서재로 부친을 찾아가 인사를 올릴 때, 마침 문객들과 함께 있던 가정은 보옥에게 쌀쌀맞게 대하며 짐짓 엄한 분부를 내린다.

> 네놈이 다시 또 '서당 간다'는 말을 꺼내면 나까지도 부끄러워 죽을 지경이다. … 네놈은 그저 놀러 간다고 해야 바로 말하는 거야. 공연히 거기 앉아 자리나 더럽히고 기대서서 문이나 더럽히지 마라. 이놈아! (제9회)

명색이 책가방 싸서 서당에 가겠다고 인사차 온 어린 아들한테 부자지간의 따뜻한 말 한마디 없다. 옆에서 듣던 문객들이 민망하여 나서서 아첨 섞인 말을 덧붙여 어색한 분위기를 모면하려고 한다. 그러나 사실 가정의 말이 거짓은 아니었다.

앞서 진가경의 문병 자리에서 만난 진종이 한눈에 들어 함께 서당을 다니겠다고 하였고 이날 그와 서당에서 만나 놀겠다는 일념을 부친이 꿰뚫어 본 것이다. 이날 서당에서는 진종으로 인해 야기된 학동들의 대소동으로 벼루가 날고 먹물이 튀어 오르는 난장판이 되었다.

아들 보옥의 작시 능력에 대한 가정의 생각은 전형적인 유생의 행태를 닮아 겉과 속이 달랐다. 귀비의 성친을 기념하는 대관원이 조성되어 낙성에 앞서 현판 제목이나 기둥의 주련을 먼저 짓게 되었다. 가정과 문객들이 함께 풍경과 전각들을 살펴보는데 마침 맞닥뜨린 보옥을 앞장세우고 들어갔다. 가정은 서당 훈장으로부터 보옥이 대련을 잘 짓는다는 말을 들었던 터라 경전 공부는 잘 안 해도 시는 제법 짓는 모양이라고 생각하고 있었다. 문객들 앞에서 어린 아들의 천재성을 보여주고 싶었던 것이 아버지로서 솔직한 심정이었다. 보옥은 상황을 파악하고 가능한 대로 응대하여 풍경에 어울리는 시구절을 찾아냈다. 문객들은 하나같이 보옥의 천재성을 칭송하며 부추겼지만 점잖은 가정은 내색하지 않고 오히려 보옥에게 호통을 치는 어색하고 민망한 장면을 연출한다. 문객이 엉성한 의견을 먼저 제시하면 가정은 잠시 수염을 쓰다듬으며 생각에 잠기다가 보옥에게 명하여 새로운 구절을 짓게 한다. 짐짓 보옥에게 기회를 열어 주는 것이다. 그러다가 보옥이 여러 가지 이론을 내세우고 멋진 대안을 내도 가정은 선뜻 인정하지 않고 퉁을 준다. 보옥이 유봉래의(有鳳來儀)의 구절을 제시했을 때 가정의 반응이 바로 그러했다.

> 이런 못난 녀석 같으니라구. 그런 걸 대롱으로 하늘을 보고 바가지로 바닷물을 떠보는 격이라고 하는 게다. 어서 대련이나 만들어 보라니까. (제17-18회)

단 한마디의 칭찬도 없다. 모처럼 부자지간의 화기애애한 분위기도 가정은 제대로 가꿀 줄을 모르고 흘려 버린다. 그래도 대관원의 전각이나 누정에 붙인 현판은 결과적으로 상당 부분 보옥의 뜻이 반영되었다. 천상의 낙원, 꿈속의 태허환경에 버금가는 지상 낙원 대관원은 온전히 가보옥을 위한 천국이었으니 다른 사람의 뜻을 반영하지 않는 것은 곧 작가의 의도다.

보옥을 가장 가까이 보살피는 시녀 습인의 명명 유래는 일찌감치 제3회에서 작가의 서술로 나오지만 제23회에 가정이 다그쳐 묻는 대목에서 다시 부자지간의 대화로 나타난다. 보옥과 모친인 왕 부인 사이에 오간 대화를 무심히 듣다가 습인이란 이름이 특이하게 느껴져 묻게 된 말이다. 습격이나 인습의 습(襲) 자에 사람 인(人) 자를 썼으니 시녀의 이름이라는 대답에도 선뜻 이해가 가지 않았을 것이다. 우리 독자들도 마찬가지다. "누가 그런 괴상망측한 발상으로 그런 이름을 붙였단 말이오?" 가정의 힐난에 꾸지람 받을 아들이 걱정되어 왕 부인은 할머니의 명명이라고 둘러댔지만 통하지 않았다. 할머니가 시녀의 이름으로 붙일 수 있는 글자가 아니었기 때문이다. 보옥은 속일 수 없음을 알고 부득이 이실직고한다.

> 평소에 책을 읽다가 옛사람의 시 한 구절을 외우게 되었는데 '화기습인지주난(花氣襲人知晝暖)'이라고 '꽃향기 물씬 풍기니 한낮의 따뜻함을 알겠네'[13]라는 구절이옵니

13 송나라 육유(陸遊)의 원시 「촌거서희(村居書喜)」에는 화기습인지취난(花氣襲人知驟暖)으

다. 마침 이 시녀의 성씨가 꽃 화(花) 자를 쓰기에 자연스럽게 그 이름을 붙였던 것입니다. (제23회)

부자지간의 상황이 험악해질까 걱정하며 왕 부인이 얼른 나서 "돌아가거든 그 이름을 고치라"고 했지만 가정은 끝내 "보옥이 녀석이 올바른 일에 힘쓸 생각은 않고 농염한 시구 나부랭이에 정신을 팔고 있는 게 문제"라고 힐난하고 호통쳐서 내보낸다. 습인 이름의 유래를 보옥의 입으로 직접 밝히도록 한 대목이지만 부자 갈등의 폭이 커지는 또 하나의 단계다.

아들 보옥과 아버지 가정이 결정적으로 부딪치는 대목은 제33회에 나타난다. 앞서 진행되어 온 부자지간의 원초적 불협화음과 냉랭함, 그리고 서로 상이한 인생관과 가치관이 꾸준히 전개되면서 서서히 갈등에서 충돌의 과정으로 진입한다.

로 '꽃향기 물씬 풍기니 갑자기 따뜻해졌음을 알겠네'다. 작자는 제28회에서 장옥함이 읊을 때도 역시 「花氣襲人知晝暖」의 구절을 인용하는데 판본상의 문제이거나 작가의 의도적인 개작으로 보인다.

2. 천하제일의 치정과 의음

가정은 유교적 도덕 기준을 철저하게 고수하던 인물이었다. 그런 가정에게는 보옥의 언행이 너무나도 맞지 않았기 때문에, 아들 보옥에게 다정하게 대하지 못하고 사사건건 쌀쌀맞고 엄격하게 호통을 쳤던 것이다. 휘황한 가문의 영광을 재현하고 가문의 부흥을 도맡아야 하는 인물로서 보옥의 인생관이나 가치관은 너무나 동떨어져 있는 것으로 보였다. 아버지 가정의 눈에만 그런 것이 아니라 냉자흥과 같은 일반인의 시각에서도 그렇게 보였다. 비록 가우촌의 입장은 또 다른 것이었지만 그것을 일반화하기는 어렵다. 따라서 작가 자신도 가보옥을 바라보는 두 가지 시선을 모두 실어 독자의 판단을 기다린 것이다. 통령옥을 물고 태어난 보옥에 대해 작가는 시종일관 진지하고 정교하게 묘사하고 있지만 간혹 세인들의 일반적인 시각에서 그의 됨됨이를 보여 주는 것도 잊지 않는다. 객관적이고 공평한 시각을 보여 주기 위한 장치다.

제3회에서 여주인공 임대옥의 눈으로 그린 가보옥의 모습은 홀연 후인이 지은 「서강월(西江月)」이 제시되면서 전혀 다른 모습으로 드러난다.

까닭 없이 근심 걱정 찾아다니니	無故尋愁覓恨
때로는 바보처럼 때로는 미친 듯이	有時似傻如狂
생김새 꼴 하나는 번듯하지만	縱然生得好皮囊
뱃속엔 원래부터 잡초 덩어리	腹內原來草莽
…	…
천하에 무능하기 세상 첫째고	天下無能第一
고금에 불초하기 짝이 없어라	古今不肖無雙
부잣집 귀족 자제들 내 말 들어	寄言紈袴與膏粱
행여나 이런 아이 닮지를 마소	莫效此兒形狀

(제3회)

주인공을 이처럼 매도하고 천하에 쓸모없는 인물로 격하시킨 것이 작가의 본뜻은 아니다. 작가는 여러 장치를 마련하여 주인공 가보옥의 인물 됨됨이, 그의 생각과 인생관을 그려내려고 애쓴다. 보옥이 돌잡이에서 여자들이 쓰는 지분이나 가락지를 움켜쥐었다고 해서 색마가 될 인물이라고 비난받는데, 정작 그가 꿈속일 망정 운우의 정을 배우고 한 여자를 아내로 맞아 경환선녀에게서 배운 방법으로 운우지정을 나누는 일은 제5회에 전개된다. 그리고 제6회의 첫머리에 습인과의 성행위를 경험한다. 그때 경환선녀가 보옥을 인도하게 된 연유를 녕국공과 영국공 영령의 간곡한 부탁을 받은 것이라고 밝히며 그 당부의 말을 전한다.

> 우리 집안은 국조가 세워진 이래 백 년 동안 부귀와 공명을 누려 왔으나 이제 가운이 다하여 돌이킬 수 없게 되었소. 자손은 많으나 가업을 이을 만한 자가 없는데, 그중에 오직 적손 보옥이만은 쓸 만하오. 성품이 괴팍하고 기이한 버릇을 갖고 있지만 총명하고 영리하여 희망을 걸고 있소. … 다행히 선녀님을 만났으니 바라건대 우선 정욕과 성색으로 보옥의 우둔함을 깨우쳐 주어 미혹의 울타리를 헤쳐 나오도록 하고, 바른길로 인도해 주면 우리 형제의 크나큰 행운으로 알겠소. (제5회)

이로써 보옥은 가문의 선조로부터 인정받고 주목받는 인

물이며 특이한 성품이지만 또한 총명한 인물로 평가되고 있음을 알 수 있다. 이 점을 아버지 가정이 일찌감치 이해하였다면 부자 갈등이나 충돌이 일어나지 않았겠지만, 현실에서 인정받기는 어려웠다.

가씨 가문의 선조가 그를 미혹에서 벗어나 올바르게 인도하기 위해 제시한 방법이 특이하다. 정욕과 성색(聲色)으로 우둔함을 깨우치도록 했기 때문이다. 그래서 경환선녀는 맛있는 음식과 고운 성색의 환상을 겪어 보고 깨달음을 얻도록 했다. 식욕과 성욕을 나타내는 '음식남녀(飮食男女)'는 인간의 본성이지만, 이를 통해 미혹에 빠진 자를 깨우치게 하는 것도 독특한 발상이다. 보옥은 천상 화원에서 향기로운 차와 술을 마시고 멋진 연주와 아름다운 무희들이 춤추며 부르는 「홍루몽」 노래 열두 곡도 듣는다. 진정한 성색의 세계에 진입한 것이다. 곡을 다 들어도 보옥이 별다른 관심을 보이지 않자, 경환선녀는 그가 깨닫지 못한 것으로 여기고 향기가 그윽한 방으로 데려가 돌연 호색즉음(好色卽淫), 지정경음(知情更淫)이라는 의음(意淫)의 이론을 설파하고 운우지정의 비법을 전수한 후 경환선녀의 동생 겸미(兼美, 자는 가경)와 합궁하도록 했다.

색을 좋아하는 것이 바로 음란함이요 정을 아는 것은 더욱 음란한 것이니 그런 까닭에 무산(巫山)의 만남과 운우의 기쁨은 모두 색을 좋아하고 정이 그리워 일어난 소치다. 내가 지금 너를 아끼고 사랑함은 네가 천하고금의 제일가는 음인(淫人)이기 때문이다. … 너는 지금 천성적으로 깊은 사랑에 빠진 자로 우리는 이를 의음(意淫)이라 한다. 뜻이 넘친다는 이 의음이란 두 글자는 입으로는 전할 수 없고 마음으로만 느낄 수 있으며, 말로는 밝힐 수 없고 정신으로만 통할 뿐이다. 지금 이 두 글자를 얻었다 함은 진실로 규중(閨中)의 좋은 벗이 된다는 것을 의미하지만 세상의 길과는 어긋나고 엇갈려 백방으로 비난받고 수많은 눈총을 받게 될 것이다. (제5회)

여기서 경환선녀는 보옥의 독특한 개성을 분명하게 밝혔다. 그는 남들과 달리 의음의 인물이므로 규중의 양우(良友)이나 세상에선 우활(迂闊)하고 괴이(怪異)하여 수많은 비방과 눈흘김을 당할 것이라 했다. 세속적 공명을 따서 가문의 영광을 재현시킬 것을 기대하는 아버지의 입장에서 당연히 실망스러운 결과다. 이러한 근본적인 요인이 상존하는 한 부자 갈등과 충돌의 위험은 언제든 도사리고 있다.

경환선녀는 보옥의 선조로부터 간절한 부탁을 받아 보옥에게 앞으로 마음을 다잡고 지난날을 뉘우쳐 공맹(孔孟)의 도에 뜻을 두고 경제(經濟)의 길에 나서라고 당부한다. 이어서 여러 조치를 취했지만 그것은 보옥과 가경의 합궁이었다. 두 사람은 끈끈한 정으로 하나가 되어 천상 화원을 마음껏 노닐다가 결국 미진(迷津)에 빠지게 된다. 경환선녀가 취한 어떤 조치가 보옥이 공맹의 도에 뜻을 두도록 하는 것인지 불분명하다. 마치 이열치열(以熱治熱)의 방법으로 색을 통해 색에 빠지지 않도록 하려는 것이다. 그러나 보옥은 천성적으로 호색하며 그것은 곧 음으로 통한다. 보통 사람은 육체적 음란에 빠지지만, 그는 정신적 사랑의 감정에 빠지니 그것이 바로 의음이다. 경환선녀가 보옥에 대한 내린 독특한 평가는 이해되지만 그를 고쳐 보려는 시도는 별 성공을 거두지 못했음은 자명하다. 만일 그를 고쳐 공맹의 길을 따르게 했다면 부친 가정과의 부자 갈등은 일찌감치 해소되었을 것이다.

그렇게 해서 변한 인물은 후반부의 진보옥이다. 소설 표면에는 드러나지 않았지만, 금릉 진보옥의 경우는 어려서 가보옥과 기이한 언행이 거의 유사했다. 하지만, 장성하면서 버릇을 고쳐 세상의 공명을 위한 정도를 걷게 되었다. 경환선녀의 처방은 그쪽에서 성공했다. 가보옥은 진보옥을 만나보고 크게 실망하여 돌아오는데, 그의 인생관이나 가치관이 완전히 달라졌음을 확인했기 때문이다.

3. 곤장 사건의 원인과 전개

가정과 보옥의 해묵은 부자 갈등은 점차 심화되어 제33회에 이르러 거대한 충돌로 폭발한다. 이에 앞서 보옥과 배우 기관(琪官, 장옥함)의 만남에서 허리띠 교환 사건이 있었고, 보옥이 왕 부인 시녀인 금천아를 희롱하여, 금천아가 쫓겨나 투신한 사건도 있었다. 이 두 사건은 화약고 폭발의 도화선으로 작용했다. 기관의 행방을 찾으러 온 충순왕부의 장사관과 거짓된 고자질로 화를 돋운 가환은 직접 도화선에 불을 댕긴 인물이다.

우선 도화선의 인물인 배우 장옥함과 보옥의 관계를 보자.

보옥이 처음 그를 만난 것은 제28회 풍자영의 집에서다. 꽃잎이 떨어지는 모습에서 청춘의 소실을 연상하고 슬픔에 잠겨 「장화사」를 읊은 임대옥의 사연이 마무리 된 직후다. 풍자영의 초청으로 그의 저택으로 찾아갔을 때 술자리가 펼쳐지고 설반과 배우 장옥함과 기녀 운아가 기다리고 있었다. 여태까지 대관원에서 여자애들과 소꿉장난이나 하던 어린애로 느껴지던 보옥이 이 순간 성인들이 기생을 끼고 놀며 술판 벌이는 거나한 자리에 등장한 것이다. 보옥의 제안으로 노래의 주제를 여자의 슬픔, 근심, 기쁨, 즐거움을 묘사하도록 했지만, 설반이 부른 노래에는 야한 구절이 기탄없이 표출되어 술자리 분위기 얼추 맞추고 있다. 장옥함이 시구를 읊을 때 마침 습인의 유래가 얽힌 시구 「화기습인지주난」을 택했다. 보옥이 흠모해 오던 기관이란 배우를 묻자 장옥함은 바로 자신의 예명이라고 밝힌다. 두 사람은 바로 서로를 알아보고 반가워하면서 보옥이 먼저 부채 손잡이 끝에 달린 장식옥을 떼어 선물로 주었다. 옥함이란 이름에 걸맞게 옥을 준 것이다. 장옥함은 과분한 선물이라고 치하하고 자신의 허리춤에서 붉은색 땀수건을 꺼내 주며 천향국 여왕의 진상품이라고 소개한다.

보옥은 자기도 얼른 노란색 땀수건을 선물로 건네주었다. 허리춤에 달고 있는 땀수건은 가장 몸에 가까이 붙어 있는 것으로 이를 서로 바꿨다는 것은 보통 사이를 넘는 친밀한 관계임을 상징한다. 소설의 마지막 장면에 밝혀지지만, 이 땀수건은 보옥과 장옥함의 관계를 넘어 장옥함과 화습인의 혼인이라는 인연으로 이어진다. 장옥함이 읊은 시구가 습인의 이름을 드러냈고, 보옥이 매고 나간 땀수건이 습인의 것임이 인연의 단서를 남긴다. 장옥함은 보옥과 긴밀한 관계를 지속하여 충순왕 총애를 뿌리치고 왕부를 나와 어딘가 몸을 기탁하고 있었다. 보옥이 여기에 관여했을 것으로 보고 왕부의 장사관이 가정을 찾아와 다짜고짜 사람을 찾는다고 했던 것이다.

금천아는 왕 부인의 시녀다. 보옥이 왕 부인의 다리를 주무르는 금천아에게 살그머니 다가가 귓불에 달린 귀고리를 당기며 희롱을 한 대목은 제30회에 나온다. 금천아는 졸린 눈을 뜨고 보옥에게 손짓으로 나가라는 시늉을 하고 여전히 눈을 감았다. 볼수록 사랑스럽게 여겨지자 보옥은 허리춤에서 향설윤진단이란 알약을 꺼내 금천아의 입에 쏙 밀어 넣고 귀에 대고 속삭였다. "내일 어머님한테 말해서 너를 달라고 그럴까? 그래서 우리 함께 있지 않을래?" 금천아가 아무 대꾸도 하지 않자, "그럼 어머님이 일어나시면 지금 달라고 그럴까?" 그제야 금천아가 눈을 번쩍 뜨고 보옥을 떠밀며 말했다. "뭐가 그리 급하세요, '금비녀 우물에 빠져도 그게 어딜 가나, 어차피 주인 것이지'라는 말도 있잖아요." 그런데 말이 씨가 되었다. 잠들어 있는 줄 알았던 왕 부인이 그 말을 듣고 있었던 것이다. 왕 부인은 벌떡 일어나 금천아의 따귀를 사정없이 휘갈기고 당장 쫓아내라고 명했다. 잠깐의 실언으로 쫓겨나게 된 금천아는 무릎을 꿇고 엎드려 울면서 사정을 했지만 왕 부인은 막무가내였다.

평소 후덕하고 인자한 모습을 보인 왕 부인이지만 아들 보옥의 행실을 더럽히도록 부추기는 시녀의 언행에는 극히 민감하게 반응했다. 훗날 청문을 쫓아낸 일도 역시 왕 부인의 이러한 태도에 의한 것이었다. 이때 보옥은 얼른 현장을 떠나 대관원으로 돌아와 뒷일에 대해 오불관언으로 대하고 있었다. 그 사이 영관이 가장을 그리워하면서 땅바닥에 장미 장(薔) 자를 쓰는 대목, 비를 맞으며 넋을 잃고 그 광경을 바라보는 대목, 온몸이 흠뻑 젖어 돌아와 이홍원 대문을 늦게 연 습인에게 발길질을 한 대목, 심술부리는 청문에게 부채를 마음껏 찢도록 하는 대목, 보옥이 잃어버린 금기린을 사상운이 정원에서 찾아 한 쌍을 맞추는 대목에 이어 보옥이 대옥으로 착각하고 엉뚱하게 습인을 끌어안고 속마음을 내뱉는 대목까지 이어진다. 그리고 금천아가 우물에 빠져 죽었다는 소식이 전해진다. 그러나 아직 절정은 아니다. 가정이 보옥에게 화를 내도록 하는 사건은 가우촌의 방문에 불려 온 보옥이 응대를 제대로 못 했고 다시 충순왕부의 장사관이 직접 보옥을 불러내 배우 기관의 행방을 대라고 다그치는 일이 생겼기 때문이다.

보옥은 가우촌을 만나고 돌아오는 길에 금천아의 죽음 소식을 들어 넋이 나간 사람처럼 고개를 떨구고 대청을 지나다가 아버지 가정과 정면으로 부딪쳤다. 가정의 호통이 귀에 들리지도 않는 듯 보옥은 맥이 빠져 대답조차 제대로 하지 못했다. 못난 자식의 모습을 보면서 가정의 울화는 점점 커졌다. 바로 그때 결정적인 일격이 시작되었다. 충순왕부의 사람이 찾아왔다는 전갈이 온 것이다. 왕명을 받고 왔다는 데 우선 놀랐지만, 그 내용이 왕부의 극단에서 소단(小旦, 어린 여자) 역을 하는 배우 기관이 요즘 닷새가량 보이지 않는데, 소문에 보옥과 가까이 지낸다고 하여 직접 추궁하러 왔다는 말에 가정은 기가 막혔다. 가정은 보옥을 불러 대뜸 호통친다. 그 말투에 이미 화가 머리끝까지 솟구쳤음을 짐작케 한다.

> 이 죽어 마땅한 녀석아! 네놈이 집안에서 공부를 게을리하는 것은 그렇다 치더라도 어찌하여 또 이 같은 무법천지 같은 해악을 저질렀단 말이냐? 저 기관이라는 자는 충순왕부의 왕야(王爺)를 모시는 사람이고 너는 일개 초개 같은 놈인데 까닭 없이 그를 유인하여 지금 그 화가 나에게까지 미치게 한단 말이냐? (제33회)

항상 도덕적 규범에 충실하며 살아온 모범 관리인 가정으로선 구구절절 옳은 말이다. 자신의 어리석은 아들로 인해 사람들의 눈총을 받는다는 것이 너무 치욕스럽고 참을 수 없었다. 쌓여 가던 부자 갈등이 마침내 충돌하는 시점에 이르렀다. 보옥의 발뺌은 허리에 두르고 있던 붉은색 땀수건 때문에 곧 무너진다. 장옥함이 성 밖에 나가 집을 구하는 과정에 보옥이 어디까지 관여했는지 알 수 없지만, 보옥이 마을 이름을 자보단이라고 밝혔으니, 두 사람의 내밀한 관계를 부정할 수는 없다. 보옥은 남성을 지극히 혐오하는 사람이지만, 지기(知己)로 인정하며 친밀하게 왕래한 남성이 몇 명 있었다. 앞의 진종이나 이곳의 장옥함 같은 경우다. 너무 친밀하여 동성애가 아닐까 여기는 사람이 있고 또 그런 상징으로 해석할 만한 소지도 충분하지만, 동성 간의 깊은 우정으로 볼 수도 있을 것이다.

가정은 왕부 사람을 정중하게 배웅하고 돌아오다가 정신없이 돌아다니던 가환과 마주쳤다. 가환은 조 이랑 소생인 서자로 평소 적자인 보옥에게 시기와 질투의 마음이 적잖았다. 부친에게 불려 갑자기 세워진 가환은 얼른 머리를 굴려 보옥을 음해하였다. 가정은 집안의 시녀가 우물에 빠져 죽었다는 사실에 놀라며 "남들이 알면 조상님 앞에 무슨 낯으로 서겠는가"라고 자책했다. 가문의 명예를 걱정한 가정은 이번에는 가환으로부터 더욱 기막힌 말을 듣고 말았다. 가정과 보옥의 부자 충돌에 기름을 부어 버린 격이었다.

어머님이 저한테 말씀하시기를 보옥 형님이 지난번에 마님 방에서 마님의 시녀인 금천아를 강간하려다 미수에 그쳐 한바탕 때리는 바람에 금천아가 억울함을 이기지 못하고 화가 치밀어 우물에 몸을 던져 죽었다는 거랍니다. (제33회)

이 말은 가환이 꾸며 냈다기보다 조 이랑의 입에서 만들어진 말을 옮겼을 가능성이 크다. 아니면 본래 왜곡된 말에 덧붙였을 수도 있다. 조 이랑이야말로 왕 부인과 왕희봉 그리고 보옥이 미워서 죽을 지경인 인물이다. 가환 또한 그 어미의 어리석음을 따른다. 진실이 왜곡되는 과정은 여러 가지 있지만, 자신의 입장에서 보면 왕 부인에게 탓을 돌리기보다 보옥에게 모든 책임을 씌우는 편이 유리하다고 본 것이다. 강간미수와 폭행 모두 보옥의 죄목이 된다. 아버지 가정이 아들 보옥을 치죄하기 위한 제반 명분은 모두 갖추어졌다.

충순왕부 장사관이 왔을 때 가정의 서재로 불려 온 보옥은 이미 더 이상 꼼짝할 수 없는 상태였다. 가정이 손님을 전송하고 돌아오면서 가환으로부터 악의에 찬 거짓 고자질까지 들었다는 사실은 까맣게 몰랐다. 자신에게 앞으로 어떤 형벌이 떨어질지 전혀 가늠을 못 하고 보옥은 벌벌 떨고 있을 뿐이었다. 이때 마침 지나가던 할멈에게 긴급하게 사정해 보았지만 하필이면 귀가 약간 먹어 동문서답하는 바람에 보옥은 애를 태운다. 이는 작가가 장난스럽게 덧붙인 대목이다.

가정이 돌아와 화를 내며 보옥에게 행한 내용은 이렇다. 세상의 어느 부자지간에도 있어서는 안 될 장면이다. 오륜의 첫째 항목인 부자유친(父子有親)의 덕목을 크게 해치기 때문이다.

돌아오는 길에 가환으로부터 시녀의 죽음이 발생했다고 들은 가정은 조상을 뵐 면목이 없을 만큼 부끄럽고 죄스러웠다. 그런데 그 죽음이 보옥의 악행으로 인한 것임을 듣고는 화가 머리끝까지 치밀어올랐다. 완전히 이성을 잃어버렸다.

> 오늘 나를 말리는 사람이 있으면 내 이 사모관대와 가산을 송두리째 주어 보옥이와 함께 살라고 하겠다. 나는 죄인이 되고 말 테니까. 차라리 이 몇 가닥 머리카락을 깎아 버리고 산으로 올라가 깨끗한 여생을 보내고 말

겠다. 그게 위로는 조상들을 욕되게 하고 아래로 불효막
심한 자식을 낳은 죄를 면할 수 있는 길이 될 것이다.

(제33회)

이렇게 부끄럽고 죄스러운 일을 저지른 아들을 두고 온전하게 벼슬 살며 나라에 충성하고 조상의 덕을 빛낼 수 없다고 생각한 것이다. 차라리 죄인이 되어 머리 깎고 중이 되어 산으로 올라가겠다고 했다. 훗날 아들 가보옥이 바로 그 말대로 실행했으니 말이 씨가 되었는지도 모른다. 가정은 눈물을 머금고 보옥을 데려와 긴 의자에 엎어 놓고 밧줄로 묶어 몽둥이로 볼기를 내려칠 심산이었다. 안채의 노모나 왕 부인이 보옥을 감싸고 돈다는 것도 알고 있으므로, 그 누구도 안채에 소식을 전하지 못하게 엄명을 내리고 문을 닫아걸도록 했다. "당장 저놈의 입에 재갈을 물리고 죽도록 매를 쳐라!" 가정 나리의 명에 하인들이 거역할 수 없으니 곤장을 십여 대 내리쳤지만, 화를 참을 수 없는 가정의 눈에는 봐주는 듯 보였다. 그는 매를 빼앗아 이를 악물고 사십여 대를 힘주어 내리쳤다. 모두 곤장 오십 대를 맞은 것이다. 문객들이 달려들어 말렸지만,

가정은 독한 말을 뱉었다. "나중에 임금을 시해하고 부모를 죽일지도 모르는데 그래도 말려야겠소?" 문객들은 안 되겠다 싶어 안채에 전갈을 보냈다.

먼저 허겁지겁 달려온 것은 보옥의 친모 왕 부인이다. 가모에게 아뢸 여유조차 없었고 문객들이 있다고 내외를 할 계제도 아니었다. 제가 낳은 자식이 죽어 가는 마당에 이것저것 따질 여자는 없다. 왕 부인이 나타나자 가정은 더욱 흥분하여 모질게 매를 내리쳤다. 몇 대인지는 모르지만 곧 왕 부인에 의해 제지되었다. 왕 부인은 그래도 남편을 공경하는 태도를 지키며 시어머니 가모의 일을 앞세워 말했다.

> 보옥이 비록 매 맞을 일을 했다고는 하지만 대감께서도 자중하셔야지요. 더구나 이렇게 뜨거운 여름날 노마님도 몸이 좋지 않으신데 어찌하시려고 그러세요? 보옥이를 때려죽이는 일이야 별거 아니라도 만일 노마님께 문제가 생기면 그야말로 큰일이 아니겠습니까?
>
> (제33회)

뒤에 덧붙인 말은 분명 왕 부인으로서 마음에 없는 말이겠지만 남편으로서 노모를 생각하라는 강조의 뜻일 뿐이다. 말을 바꾸면 시어머니가 병이 나는 일이야 별거 아니지만 아들이 맞아 죽는다면 왕 부인으로서는 견딜 수 없는 일이다. 그러나 가정이 아내의 말을 들을 리 없었다. 논리는 명확했다, 불효막심한 놈을 낳아 기른 것만도 이미 불효이니 차라리 죽여서 후환을 없애는 게 낫다고 하고, 목 졸라 죽일 테니 밧줄을 가져오라는 극단적인 말까지 쏟아 낸다. 아내가 말리니 한 술 더 뜨는 격이었다. 왕 부인의 다음 언행을 유도하기 위한 것이다.

> 오늘 굳이 이 애를 죽이려고 하시는 뜻은 분명 저와도 의를 끊자는 의미이겠지요. 기왕 저 애를 죽이시려면 어서 밧줄을 가져와 저부터 목 졸라 죽이시고 저 애를 죽이시지요. 그러면 우리 모자도 저승 가서 함께 의지하고 지낼 수 있지 않겠습니까? (제33회)

왕 부인은 피투성이로 엎드려 있는 보옥의 몸 위에 엎어져 통곡했다. 박명한 아들이라고 소리치다가 일찍 죽은 큰아들 가주가 생각나 더욱 서럽게 울었다. 가주가 살아 있었다면 다른 아들 백 명이 죽는대도 상관을 않겠다는 넋두리도 했다. 그것은 보옥이 마지막 남은 유일한 아들이라는 점을 부각시킨 것이다. 가정으로서는 이제 어떤 조치도 더 할 수 없는 난감한 지경에 이르렀다. 더욱 난감한 상황은 노마님 가모가 등장하면서 가중되었다.

가모는 나랏일을 맡아 벼슬을 살고 있는 나이 든 아들의 사회적 체면 따위는 안중에도 없었다. 장중보옥처럼 애지중지하는 손자가 심한 매를 맞고 빈사지경에 이르렀다는 소식을 듣고 헐레벌떡 달려온 가모는 노기등등했다. "아예 나부터 때려죽이고 나서 그 아일 때려죽여라, 이놈아!" 가정은 노모 앞에서 공손해지지 않을 수 없었다. 가씨 가문의 최고 정점에 사 태군이 자리 잡고 있지만, 태평 시절에 집안일은 왕 부인과 왕희봉에게 일임하고, 집 밖의 일은 가정이 가련을 시켜 처리하고 있었다. 영국부의 실제 많은 일은 젊은 왕희봉과 가련 부부에 의해 처리된다. 가모는 간혹 집 안팎의 일이 어떻게 돌아가는지 지나가듯 묻기만 하고 늘 손자 손녀들과 재미 있는 놀이와 담소를 즐기며 한가로운 여생을 보내고 있다. 그러나 지금은 비상 상황이다. 가장 아끼는 손자에 대한 신체적 형벌을 막아 낼 수 있는 최고의 권력을 발휘할 순간이다. 청나라 귀족 가문에서 최고령의 할머니가 갖는 권세와 위엄은 상상을 초월했다. 궁중에서 황제가 죽은 후 남은 황태후의 막강한 권세와 비슷했다. 아들인 황제가 표면상으로는 권력의 정점에 있는 듯하지만, 현실적으로 황태후의 권세를 따를 수는 없었다. 가정은 첫마디부터 심상치 않은 노모 앞에 무릎을 꿇고 아들을 훈계하려는 것은 조상을 빛내고 가문의 영광을 잇고자 하는 충정이라고 하소연했다. 가모는 쌀쌀하고 냉정하게 가정의 권위를 내리누르고 있었다. 가모의 대책은 가정이 받아들이기 쉽지 않은 말이었다. 벼슬 살고 있는 경성(북경)을 떠나 본거지인 금릉(남경)으로 돌아가겠다는 것이다. "나하고 자네 식구하고 보옥이는 즉시 남경으로 갈 테니 그리 알게나!" 당장에라도 갈 것처럼 짐을 꾸리고 수레와 말을 대령하라고 호령했다. 가정은 이제 보옥의 훈계 문제를 떠나 모친의 화를 풀어 주기 위해 애걸복걸 사정해야 했다. 보옥이 비록 매를 맞기는 했지만 부친으로서 아들에게 제대로 훈계하는 효과를 거두었는지는 모르는 채로 사태는 마무리되었다. 보옥은 긴 등나무 의자에 눕혀 가모의 방으로 옮겨져 치료를 받았다.

4. 문병 인물과 사건의 결과

만약 가정의 정실인 왕 부인과 노모인 사 태군이 제때 나타나지 않았다면 가정은 하나 남은 적자 아들인 보옥을 정말 곤장으로 때려죽이고 말았을까? 가정에게 정말로 아들을 때려죽인다는 생각이 없었다 해도 실제로는 화를 참지 못하고 힘의 조절에 실패하여 의도치 않게 보옥의 몸을 크게 상하게 할 수 있었다. 끝내 회복이 안 되면 죽을 수도 있었다. 사또의 명으로 형틀에 엎드려 곤장을 맞던 이름도 없고 세력도 없는 많은 민초들이 그렇게 형장에서 즉시 목숨을 잃거나 돌아간 후에 죽음에 이른 경우가 비일비재했다. 아들을 죽이고야 말겠다는 독한 생각이 아버지에게 있을 수 있는가. 영조 대왕이 사도 세자에게 행한 역사의 현장을 보면 또한 수긍하지 않을 수도 없다. 가정도 가문을 빛내고 후환을 없애려는 것이 목적이었다.

처음 왕 부인이 나타났을 때 가정은 그래도 제 하고 싶은 말을 다 했다. 그러나 유교적 덕목을 강조하는 가정에게 노모의 출현은 불효라는 말 한마디로 인해 대응하기 어려웠다. 두 손 두발 다 들고 조건 없이 투항하는 수밖에 없다. 가정은 들려서 옮겨지는 보옥을 따라 가모의 방으로 왔지만 왕 부인이 죽은 큰아들을 들먹이며 남은 아들마저 죽고 나면 누굴 의지해서 살아가느냐고 통곡하는 소리를 듣고 의기소침해졌다. 가정은 비로소 너무 혹독한 매를 댔다 싶어 일말의 후회하는 마음이 일었다. 끝내 보옥의 악습을 고쳐야 한다는 훈계의 생각은 멀리 사라졌다. 가모 앞에서 가정은 일시적으로 불끈하여 생긴 일이며, 앞으로 다시는 이런 일이 없을 것이라고 다짐했다. 이제 보옥은 거의 완전히 부친의 통제 대상에서 벗어나게 된 것이다.

보옥이 매 맞은 일은 주변 인물과의 관계망에 다양한 스펙트럼으로 나타난다. 우선 가정의 화를 북돋운 사건에 대한 면밀한 검토가 보옥의 시녀 습인에 의해 시작되었다. 하인 배명(명연)의 보고에는 자신의 추측성 정보까지 포함되었다. 배우 기관과 금천아의 일이 도화선인데 기관의 일은 설반이 질투

하여 누군가를 충동질하다가 연루된 것이고, 금천아 일은 가환이 일러바친 것이라 했다. 곳곳에 따라다니는 시동, 하인, 시녀들의 이목은 중요한 정보원 역할을 한다. 습인은 그럴듯하다고 여길 뿐이지만, 정보는 흘러 관계자들에게 직접 전해진다. 보옥이 이홍원의 자기 거처로 옮겨진 후 지인들의 문병이 시작되었다. 그중에서 임대옥과 설보차의 문병은 각각 독특한 방식으로 연출된다. 보옥과 관련된 장면에서 대옥과 보차의 엇갈린 출현은 작가가 신경을 써서 연출하는 독특한 서술 방식이다.

먼저 설보차가 환약을 들고 찾아왔다. 황실에 물품을 공납하는 유명한 황상 가문의 딸인 설보차는 매맞은 보옥의 상처를 치료하기 위해 어혈을 풀어 주는 고약을 챙겨 왔다. 보차는 보옥이 눈을 뜨고 조금 나아졌다는 말에 적이 안심하면서 제 생각을 담은 말을 몇 마디 했다. “일찌감치 남의 말 한마디를 제대로 들었으면 이렇게 되지는 않았잖아.” 그리고 “우리가 보더라도 마음이 아파”라고 말하다가 얼굴을 붉히며 말을 멈추었다. 보옥은 이때 기상천외의 발상으로 되레 기쁜 마음이 일었다.

> 나는 단지 몇 차례 매를 맞았을 뿐인데 이들 한 사람 한 사람은 모두 이처럼 나를 가련히 여기고 슬퍼하는 모습을 보여 주는구나. … 내가 설사 어느 순간에 죽는다고 해도 저들의 한 가닥 동정을 얻게 된다면 내 평생 사업이 모두 물거품으로 흘러가도 전혀 아깝지 않을 것이다.
>
> (제34회)

보옥의 생각은 여태까지도 변함이 없다. 보차는 습인으로부터 자신의 오빠인 설반이 함부로 언행을 하여 일을 키웠다는 말을 듣고 내심 불안했다. 자리에 누운 보옥이 얼른 말을 막으며 설반 형님이 그럴 분이 아니라고 막아 주는 세심한 배려에 속으로 은근히 놀랐다. 그처럼 세심하고 깊은 마음을 기울여 주는 사람이 세상사 큰일에는 어찌 그리 무심하여 이런 곤욕을 당하는지 안타까웠다. 보차가 돌아가고 보옥은 스르르 잠이 들었다.

보옥은 꿈에 충순왕부에 잡혀간 장옥함이 나타나 하소연하고, 우물에 투신한 금천아가 모습을 드러내 무어라고 말을 하는 장면을 보다 잠을 깼다. 비몽사몽간에 침상 곁에서 흐느끼는 소리가 들려 눈을 떠보니 대옥이 눈물을 흘리고 있었다. 보옥은 대옥을 달래려고 "실제는 별로 아프지 않으니 너무 걱정하지마"라고 되레 위로의 말을 했지만 대옥은 소리를 삼키며 오열이 심해질 뿐이었다. 대옥은 오만가지 하고픈 말이 많았지만 겨우 내뱉은 말은 "이제부턴 그 버릇 다 고치겠네요"였다. 보옥은 길게 탄식하고 대답했다. "걱정하지마. 그런 사람들을 위해서 난 죽어도 좋아."

대옥과 보옥이 침상 곁에서 나눈 대화는 그게 전부였다. 곧이어 왕희봉이 찾아온다는 소리가 들리자 대옥은 뒷문으로 나가겠다며 얼른 일어섰다. 보옥이 대옥의 손을 잡으며 뭐를 겁내느냐고 했지만, 대옥은 퉁퉁 부어오른 눈 때문에 놀림받을까 걱정하며 재빨리 빠져나갔다. 모처럼 보옥과 대옥의 감상적인 장면이 연출되었지만 희봉의 출현으로 중단되었다. 두 사람이 맺어지려는 마지막 순간에도 희봉에 의해 '신부 바꿔치기'의 방식으로 운명이 갈리게 되었으니 이 순간의 훼방도 예사롭지는 않다.

저녁에 보옥이 잠들자 습인은 왕 부인의 부름을 받고 찾아갔다. 왕 부인의 뜻은 보옥의 상태를 알아보려는 정도였지만 습인은 이 기회에 작심하고 평소 생각하던 바를 아뢰었다. 그러나 가환의 고자질에 대해서는 들은 바가 없다고 숨기려고 애썼다. 그리고 보옥의 행실에 대해 보차의 평소 생각과 같은 내용으로 보옥이 마땅히 야단을 좀 맞아야 정신을 차린다고 했다. 왕 부인도 크게 공감하는지라 "너야말로 똑바로 보았구나. 그 말이 내 속마음하고 하나도 다를 바가 없구나"라고 털어놓으며 마침내 습인을 깊이 신뢰하게 되었다. 습인은 대옥과 보차 각각 고종사촌과 이종사촌의 남매간이라지만 엄연히 남녀의 문제가 있는데 밤낮으로 함께 기거함이 불편한 점이 있다고 지적하고 훗날 도련님의 품행에 영향을 끼칠 수 있으니 미연에 방지하는 게 좋겠다는 말을 건의했다. 왕 부인은 완전히 동감하며 "이제 그 애를 너한테 아예 맡기는 걸로 여기겠다"고 선언했다. 사실을 말하면 보옥은 꿈속에서 겸미(가경)와 운우지정을 나누었고 실제로는 습인이 첫 대상이었다. 후에 청문의 놀림감이 될 정도로 내부에서는 다 알려진 일이었다. 그런데도 왕 부인은 습인을 신뢰하여 특별히 대우하고 청문을 의심하여 내쫓는다.

한편 습인이 왕 부인에게 간 사이 잠에서 깬 보옥은 청문을 불러 소상관의 대옥에게 건너가 "내가 어떠냐고 묻거든 나아졌다고만 말하라"고 했다. 청문이 듣고 그냥 삐죽이 간다는 것도 좀 이상하지 않겠냐고 하니 손수건 두 장을 꺼내 건네주며 가져가라고 했다. 보옥은 자신을 찾아와 침상 곁에서 눈물만 흘리다 간 대옥에게 어떤 형태로든 속마음을 전해 주고 싶었다. 손수건 두 장을 받은 대옥은 그것이 보옥이 평소 쓰던 것이라는 말에 곰곰이 생각하다 보옥의 사려 깊은 마음을 깨닫고 놀라 자기도 모르게 가슴이 울렁거렸다. 대옥은 속으로 생각했다.

> 보옥 오빠의 마음 씀씀이는 나의 괴로운 심정을 진정으로 알아주는구나. 정말 기쁘기 한량없네. 하지만 나의 괴로운 심정을 장차 어이할지 생각만 해도 이 슬픔을 막을 길이 없구나. (제34회)

대옥은 불현듯 일어나는 애틋한 사랑의 마음을 시로 담아 두 장의 낡은 손수건에 썼다. 사랑의 정시(情詩) 세 수는 모두 눈물을 주제로 했다. 태허환경에서 받은 감로수 은혜를 눈물로 갚기 위해 환생했다는 환루설(還淚說)을 재확인하는 의미다. 다음은 그 첫 수다.

눈엔 눈물 고이고 고인 눈물 흘러내리니	眼空蓄淚淚空垂
남몰래 뿌리는 눈물 누구 위해서랍니까	暗灑閑拋卻爲誰
하이얀 손수건 애써 보낸 고운 님의 뜻에	尺幅鮫鮹勞解贈
어이해 이를 두고 슬픈 마음 없겠습니까	叫人焉得不傷悲

보옥과 대옥은 감정 교류의 과정에서 직접적으로 사랑하느니, 좋아하느니 같은 말은 노골적으로 하지 않았지만 마음에 끓어오르는 절절한 사랑의 감정은 다양하게 나타난다. 하지만 보옥이 매를 맞고 문병하는 과정이나 손수건을 보내고, 거기에 하고 싶은 말을 시구로 형상화하여 적은 이 손수건의 시야말로 두 사람의 진한 애정을 보여 주는 가장 극적인 장면이다. 대옥은 이것을 오래오래 간직하고 있었지만, 보옥이 보차와 혼례를 치른다는 소식을 듣고 각혈을 하면서 절명의 순간 화롯불에 던져 태우며 마지막 결별 의식을 치른다. 사랑의 시가 적힌 손수건은 결국 불에 태워지는 운명을 맞는다.

보차는 습인으로부터 오빠 설반으로 인해 보옥이 매 맞은 일을 듣고 굳게 믿었다. 사실 시동인 배명은 설반의 평소 품행으로 봐서 그랬을 것으로 짐작해 제멋대로 말했을 뿐이다. 보차의 집에서는 설반과 설 부인의 설전이 벌어졌다. 설반은 자신이 결백한데도 보차가 인정하지 않자 마침내 보차의 아킬레스건을 건드렸다. 화가 치민 설반이 이것저것 경중을 따질 겨를이 없었기 때문이다.

> 내가 네 속을 모를 줄 아느냐. 전에 어머니가 한 말씀을 생생히 기억하고 있지. 네가 금목걸이를 갖고 있으니 옥을 가진 사람과 만나 짝으로 맺어질 것이라고 말이야.
>
> (제34회)

설반의 말에 따르면 금옥인연의 설은 설 부인의 입에서 시작된 듯하다. 앞서 대옥의 환루설은 목석인연으로부터 연유된 것인데, 곧이어 금옥인연의 말이 이어져 보차와 대옥의 경중을 나눌 수 없는 작가의 서술 기조는 흔들림 없이 진행된다. 보차와 대옥에 대한 대우가 엄격히 동등하게 지켜지는 구조다. 전생의 목석인연은 이승에서 이루어지지 못하고 이승에서 새로 맺은 금옥인연으로 마무리되는 설정이지만, 그것 역시 고정불변이 아니고 다시 변화하여 주인공 가보옥은 금옥인연의 부귀영화를 버리고 대황산으로 돌아간다.

보옥이 부친에게 매를 맞는 대목은 큰 사건이지만, 막상 보옥의 인생에 전환점이 되지는 않았다. 오히려 엄한 감시와 통제를 벗어나 할머니와 어머니의 더 큰 비호를 받는다. 가모는 하인 우두머리를 불러 단단히 다짐을 놓는다. 가정이 손님 접대를 위해 보옥을 찾으면 곧장 전하지 말고, 다음과 같은 노마님 말씀을 아뢰라고 했다. 보옥은 몇 달 동안 잘 요양해야 하고, 보옥의 별자리 운수가 불길하여 외인을 만나기 어렵다고 둘러대라는 것이다. 그 말을 전해 들은 보옥은 득의만만하여 친척이나 친구와의 왕래를 거의 두절하고 조석의 문안 인사마저 등한시하며 대관원에서만 돌아다니거나 뒹굴면서 오직 소저나 시녀들에게 친절하고 살갑게 대하는 일로 소일했다. 매 맞은 일이 보옥으로선 큰 액땜이었던 셈이다. 보옥은 자신의 가치관과 인생관을 변함없이 지키며 자유분방하고 괴팍한 언행을 이어갔다.

제5장

대관원 야간수색 사건: 사랑과 죽음

1. 지상 낙원의 균열

『홍루몽』의 구성을 보면 제54회에서 흥망의 갈림으로 분수령이 되는 듯하다. 작품 전체가 120회이므로 일반 독자들은 제60회에서 전후가 나누어질 것으로 생각하지만 꼭 그렇지는 않다. 작가는 생전에 80회까지 필사본을 남겼고 후반부 대강의 줄거리는 써 놓은 상태라고 하지만, 완전히 마무리 한 것은 아니었으므로 제54회의 분수령을 근거로 전체가 108회였을 것으로 추정하는 연구자도 있다. 제54회는 대보름 잔치의 장면인데 사 태군이 여자 설창(說唱) 예인의 「봉구란(鳳求鸞)」 이야기를 듣는 대목이다. 이야기 속에 재상의 아들 이름이 왕희봉이라고 하자 다들 와하하 웃음을 터트리고, 사 태군은 이런 류의 재자가인(才子佳人) 이야기가 모두 천편일률이라고 비판한다. 작가도 이 책의 서두에서 재자가인 소설이 비현실적이고 판에 박은 듯한 이야기로 평한 적 있다. 다음으로 나이 칠십에 색동옷 입고 노부모 앞에서 재롱부린다는 「반의희채(斑衣戲彩)」 효자 이야기를 하며 왕희봉이 가모를 즐겁게 하는 대목이 이어진다. 여기까지는 대체로 부귀영화를 한껏 누리는 흥성기다.

가씨 집안에 지상 낙원과 같은 대관원을 만든 것은 원춘 귀비의 근친 기념이었다. 원춘은 어려서 궁중에서 뽑혀 들어갔는데 귀비로 책봉되자 황명으로 잠시 친정 나들이를 하였다. 대관원은 녕국부와 영국부의 담을 헐어 두 화원을 통합해서 만들었다. 귀비는 근친을 마치고 궁으로 돌아가서 다시는 친정을 찾을 기회가 없었지만, 아름다운 정원이 쓸쓸하게 버려질 것이 아쉬워 집안의 자매들이 살도록 조치했고 특별히 보옥도 함께 들어가게 했다. 대관원에서 보옥과 자매들이 모여 시모임을 만들었고 할머니를 모시고 식구들이 즐거운 잔치를 열기도 했다.

이 지상 낙원을 구체적으로 보여 주는 장면은 외부에서 들어온 시골 할머니 유 노파에 의해 독자들 눈앞에 전개된다. 제39회에서 제41회까지 대관원 잔치에서 보여 준 유 노파의 의도적인 어릿광대 역할은 화기애애하고 즐거운 분위기를 한껏 고조시켰으며 가문의 극성기를 단적으로 보여 준다. 대관원 소저들과 시녀들은 모두 선녀처럼 아름다웠고 순진무구하게 세상사 걱정 없이 지냈다. 그러나 소설의 후반부에서 대관원 수색 사건이 발생하고, 시녀 청문이 모함을 받아 쫓겨나고, 보옥이 목숨처럼 사랑하는 대옥마저 시고를 불태우고 죽음에 이르는 과정을 통해 마침내 대관원은 선녀들이 살지 않는 쓸쓸하고 황량한 곳으로 변하고 말았다. 더 이상 지상 낙원은 존재하지 않는다. 아름답고 따뜻한 사랑의 세계도 사라지고 가문도 함께 무너져 버린다.

『홍루몽』에서 천상의 낙원은 태허환경이다. 가보옥이 황홀한 꿈결에 닿은 곳은 '붉은 난간에 하얀 돌계단, 푸른 나무와 맑은 시냇물이 흐르는 곳에 사람의 인적이 드물어 티끌 먼

지조차 날아들지 않았다.' 보옥은 꿈일지언정 너무나 기뻐하며 '내 이런 곳에서 한평생을 보낼 수 있다면 날마다 부모와 스승에게 매 맞고 공부하는 것보다 백번 나을 것이다'라고 황당한 생각까지 했다(제5회). 가문이 몰락할 무렵 통령옥을 잃은 보옥이 사경을 헤매다 다시 찾은 태허환경에는 대관원에서 함께 지내던 소저와 시녀들이 선녀가 되어 있었다(제116회). 보옥이 흠모하던 낙원은 지상에서 대관원으로 구현되었다. 제17회에 정원 공사가 어느 정도 마무리되자 보옥은 가정과 문객 일행을 따라 정원 곳곳의 건물과 정자에 편액을 지어 달고 주련을 짓기도 했다. 거대한 옥석 패방이 서 있는 곳에 이르자 누군가 이곳에 '봉래선경(蓬萊仙境)'의 이름을 달아야 한다고 했다. 보옥은 문득 그 장면이 너무나 낯익어서 어디서 보았던 곳인지 생각해 내려고 애썼지만 떠오르지 않았다. 보옥이 꿈속에서 바라본 태허환경 입구의 패방은 독자들이 오히려 생생하게 기억할 것이다. 지상에 조성된 대관원은 보옥과 자매들의 낙원이었다. 제23회에선 "거대한 정원은 꽃같이 아름답고 비단같이 고운 사람들이 하늘거리는 버들가지가 향기로운 바람결에 흔들리듯 오고 가는 모습에 지금까지의 적막

한 모습이 일시에 바뀌고 말았다"라고 묘사하고 있다. 보옥은 마음이 흡족하고 기분이 좋아져 매일 자매나 시녀들과 함께 책 읽고 글씨 쓰며 칠현금을 타거나 바둑을 두고, 그림 그리거나 시를 읊기도 했다. 심지어 자수의 본을 뜨거나 풀이름 알아맞히기, 머리에 꽃 꽂기, 흥얼대며 노래 부르기, 글자 풀이, 수수께끼 맞추기 등의 사소한 일로 근심 걱정 없이 무사태평의 날을 보냈다. 대관원은 보옥에게 있어서 지상 낙원 그 자체였다. 그러나 영원한 안식은 없었다. 청정무구한 대관원에도 차츰 칼바람이 불기 시작했다.

소설의 후반부, 쇠퇴기의 시작은 제55회에서 작은 단서를 드러낸다. 우선 작가의 말로 궁중 태비의 몸이 불편한 관계로 각궁의 비빈들이 식사를 약식으로 하고 화장도 줄였으며 명절에도 귀성을 못 하도록 하여 금년에도 대보름 잔치에 등롱 수수께끼 놀이는 중단되었다. 궁중의 분위기가 어둡게 돌아가는 것이 가씨 집안에도 영향을 끼친 것이다. 더구나 대보름 잔치가 끝나고 왕희봉이 유산하는 일도 생겼다. 실질적으로 집안의 기강을 잡고 있던 왕희봉이 나서지 못하고 정양하게 되자, 아랫사람들 사이에 평소 눌려서 물밑에 있던 문제들이 하나둘 불거지기 시작했다. 왕 부인은 오른팔을 잃은 듯 걱정이 되어 대관원 관리를 이환과 탐춘에게 맡기고 보차를 불러 도와주도록 했다. 왕 부인이 보차의 살림살이 능력을 일찌감치 인정했다는 말이다. 먼저 첩실인 조 이랑의 노골적인 불만이 터지고 제 딸인 탐춘과 오래 묵은 갈등이 불거져 한바탕 소동이 일어나지만, 과단성 있는 탐춘의 승리로 끝난다. 어린 주인 아가씨라고 얕잡아 본 하인 어멈도 된서리를 맞고 물러났다. 하지만 적서(嫡庶)의 근본 문제는 미해결의 과제로 여전히 남았다.

대관원 수색 사건이 일어나기 직전, 작은 사건들이 연이어 일어났다. 제71회 가모의 팔순 잔치를 앞두고 일가친척과 축하 손님들을 접대하기 위해, 이레 동안 주연 잔치를 준비하였다. 녕국부에 남자 손님을 받고, 영국부에 여자 손님을 받기로 정했다. 가씨 가문은 개국공신의 집안인 데다 귀비의 친정이라 황친, 부마, 왕공, 공주, 군주, 국군, 태군 등을 청하고 각하, 도부, 도진, 각 부처 장관 등의 내외를 모두 청하도록 했으니 규모가 방대했다. 연회가 열리는 첫날 북정왕, 남안군왕, 영창부마, 낙선군왕 등 고귀한 신분의 손님이 참석했다. 이렇게 장황하게 가모의 팔순 잔치를 묘사하여 부귀영화의 극치를 보여 주는 듯했으나, 실은 그 끄트머리에 며칠 동안의 고된 접대로 가족 내부 갈등과 주종간 불협화음을 드러내기 위한 작가의 안배에 불과했다.

녕국부 여주인 우씨는 여자 손님 접대를 위해 영국부로 건너와 며칠간 애쓰며 밤이면 대관원 이환 거처에서 머물렀다. 우씨는 늦은 시간 저녁을 먹으러 대관원에 들어가다 대문이 활짝 열리고 등불이 밝혀졌는데도 문 지키는 할멈이 자리를 비운 것을 발견했다. 그녀는 시녀를 보내 숙직하는 할멈을 불러오도록 했다. 하지만 큰 잔치에 다들 정신이 없는 데다 희봉이 와병하여 감독도 해이해져 숙직 할멈들은 술을 한잔하여 취한 상태로 동부 아씨 마님이 보낸 시녀의 말에 콧방귀를 뀌며 귓등으로 들었다. 할멈들의 대꾸에 화가 나서 달려온 시녀의 이실직고에 우씨는 기가 막혀 당장 할멈을 잡아들이고 희봉도 불러와 따지려고 했다. 녕국부 안주인인 우씨가 영국부에서 일개 하인 할멈에게도 영이 서지 않는다는 것이 자존심을 크게 건드렸다. 식사를 준비하던 습인이 얼른 전갈하러 나갔고 함께 있던 설보금, 사상운이 상황을 어렵게 만들지 않도록 좋은 말로 우씨를 달랬다. 노마님 팔순 생신에 불미스러운 일이 생기면 곤란했기 때문이다.

사건은 대관원의 경비가 해이해진 틈에서 시작되었다. 우씨의 예견대로 잡다한 사람이 들락거리는 잔칫집의 혼란을 틈타 대관원에 불미스러운 일이 하나씩 생겼다. 처음 사건은 숙직 할멈 두 사람에게 벌을 내리는 과정에서 고부간, 처첩간, 주종 간의 갈등 그리고 하인 간의 파벌 문제까지 온갖 문제가 불거졌다. 우씨가 문제를 제기했을 때 주서댁은 한술 더 떠서 그런 할멈들에 대한 평소의 감정까지 덧붙여 강력한 처분을 요구했다. 왕희봉은 일단 해당 두 사람을 묶어 큰댁에 보내 처분받도록 했다. 그것은 대갓집의 규율이었다. 왕희봉은 대수롭지 않게 여기고 다만 일상적 처리원칙에 따랐다. 우씨는 문제를 제기했지만, 대관원같이 아가씨들이 거주하는 곳이 그렇게 허술하게 관리되는 것에 걱정이 되었을 뿐이었다. 두 할멈이 꽁꽁 묶여 마구간에 가두어지자 지나던 조 이랑이 재빠르게 소식을 듣고 역성을 들며 별거 아닌 일인데도 요란하게 떠벌려서 공연히 야단이라고 불만을 토로했다. 그녀가 말하는 대상은 왕 부인과 왕희봉이다. 임지효댁이 곁문을 나설 때 두 할멈의 딸들이 기다리다 매달리며 살려 달라고 통사정을 했다. 임지효댁은 그들을 가둔 것이 제 뜻도 아니므로 다른 방도를 알려 준답시고 결과적으로 형 부인과 왕희봉의 고부 갈등에 기름을 붓는 악수를 두었다.

"네 언니가 큰 마님 배방인 비씨 할멈 아들한테 시집갔으니 언니한테 말해서 너희 사돈이 큰 마님께 사정을 말씀드리면 혹시 되지 않겠어?" 이 소식은 곧 형 부인에게 전해졌다. 형 부인은 영국부의 큰 마님이다. 남편 가사는 작위를 이어받았지만 제대로 하는 일도 없이 주색잡기에만 빠진 위인이었고 형 부인은 자기 소생이 없어 늘 남편의 그늘에 주눅이 들어 있을 뿐, 집안일에 올바른 판단을 내리지 못해 시어머니로부터 신뢰받지 못했다. 제46회에서 가사가 가모의 시녀인 원앙을 첩으로 삼고 싶어 할 때, 형 부인은 남편을 대신하여 직접 어렵게 입을 열었는데 며느리 왕희봉으로부터 완곡하게 거절당한 적(p.133 참조)이 있어 고부간의 불신과 원망의 정도가 극에 달해 있었다. 형 부인은 이번에야말로 며느리를 크게 망신시킬 기회라고 여겼다. 팔순 잔치 마지막 행사로 온가족과 하인들이 함께 인사 올리는 의례가 끝나고 흩어지기 직전 공개적인 자리에서 노골적으로 왕희봉의 체면을 한껏 구기며 말했다.

"할멈 두 사람을 묶어 가두었다는데, 오늘은 노마님 팔순 생신이라 좋은 날이니, 내 얼굴을 봐서가 아니라 노마님의 입장을 봐서라도 용서해 주는 게 좋겠구나!" 형 부인은 일방적으로 말을 내뱉고 곧바로 자리를 떴다. 갑자기 시어머니로부터 뒤통수를 얻어맞은 왕희봉은 어디서부터 갈피를 잡아야 할지 몰랐다. 왕 부인은 희봉으로부터 전후 사정을 들었지만 노마님의 생신 잔치임을 감안하여 할멈들을 풀어 주라고 명했다. 왕희봉은 생각할수록 억울하고, 창피하고, 분한 마음에 화가 나서 눈물을 흘리다 방에 돌아와 대성통곡을 했다. 원앙이 알아보고 가모에게 전후 사정을 전했다. 가모는 비교적 정확하게 사태를 파악한다. 기강이 해이해진 하인을 엄하게 다스려야 하지만 평소 꽁한 생각을 가졌던 고부간의 갈등이 원인이라고 했다.

본격적인 대관원 수색 사건이 전개되기 전에 가문 쇠퇴의 조짐으로 보이는 장면은 또 있다. 바로 홍망성쇠의 열쇠를 쥐고 있는 왕희봉의 건강 문제와 재정적 어려움이다. 제72회에는 혈붕(血崩)으로 하혈하는 왕희봉의 모습이 나오고, 부족한 재정을 메꾸기 위해 가모의 재물 중에서 전당에 잡힐 만한 것을 빼돌려 달라고 원앙에게 애걸하는 대목이 있다. 궁중의 태감이 찾아와 돈을 빌려 달라는 요구를 거절하지 못하고 허세를 부리며 금목걸이를 전당 잡혀 돈을 구하는 대목도 구체적으로 그린다. 병든 왕희봉은 그동안 모자란 재정을 보충하려고 자신이 욕을 얻어먹으면서 고리대금을 했다는 것을 인정하며 평판이 너무 좋지 않아 이제 그만하겠다는 말도 했다. 제105회 의금부의 가택수색 때 차용증이 나와 왕희봉의 몰락을 재촉한다.

귀족 가문의 몰락이 하루아침에 나타나는 것은 아니다. 소설에서 여러 차례 인용되지만 '백족지충(百足之蟲)은 사이불강(死而不僵)'이라고 한 것처럼 서서히 죽어 간다.

2. 절망하는 청춘들

이렇게 시작된 소설 후반부의 소소한 문제들은 쌓이고 축적되어 차츰 곪아 터지는 지경에 이른다. 제71회에 영춘의 시녀 사기가 고종사촌 반우안과 늦은 밤 대관원에서 밀회하는 장면이 원앙에게 발각된다. 순진무구한 소저들의 지상 낙원으로 일컬어진 대관원이 마침내 세상의 더러운 기운에 오염되기 시작한 것이지만, 또한 바깥 세계와 단절된 감옥 같은 담장 속의 세계에서 자유 의지로 자신의 미래를 설계하려는 반역적 시도이기도 했다. 귀족 가문의 시녀들은 노비로 태어나 대대로 종노릇을 하거나, 어려서 사들여 온 경우가 많았다. 그들은 주인이 정해 주는 대로 다시 나가거나 혹은 다른 하인과 짝지어 가정을 이루고 대를 이어 살아가는 운명이었다. 귀족집 규수라고 해도 제 뜻대로 혼인 상대를 정하지 못했다. 부모의 명을 받아 중매의 소개로 얼굴 한번 보지 못하고 혼례식에 가는 것이 전통 시기 여성들의 운명이었다. 대관원 호산석 뒤에서 몰래 밀회하던 두 사람은 원앙에게 발각되자 목숨이 경각에 달려 있다는 생각에 애걸했다. 이런 가문에서 하인의 도적질이나 사사로운 음란 행위는 엄하게 처리되었다. 원앙은 두 사람의 관계를 알고 얼굴이 화끈거렸지만 이를 발설할 경우 두 사람의 목숨이 달렸으므로 눈감아 주겠다고 말했다. 사기는 불안한 마음으로 방으로 돌아와 넋 나간 듯이 이

틀을 보냈다. 다행히 아무런 동정이 없어 조금은 안도의 한숨을 쉬고 있는데 반우안을 몰래 들이던 문지기 할멈이 찾아와 소식을 전했다. 반우안이 사나흘이나 집에 돌아오지 않으니 멀리 도망친 모양이라는 것이다. '사내대장부라면 죽어도 함께 죽어야지, 어떻게 먼저 도망칠 수가 있단 말인가, 나를 진정으로 사랑하는 마음이 없었던 것일까!'라고 생각하며 절망한 사기는 끝내 몸져누웠다. 사기가 중병에 걸렸다는 말을 듣고 원앙은 공연히 걱정되었다. 조용히 사기를 찾아가 절대 발설하지 않을 테니 걱정 말고 자리 털고 일어나라고 위로했다. 사기는 원앙을 붙잡고 울며 고마워했다. 그리고 솔직한 심정을 토로했다.

> 내가 죽으면 노새나 개가 되어서라도 언니한테 은혜를 갚겠어. 사실 속담에도 '천릿길에 펼친 천막도 걷지 않는 잔치는 없는 법'이라고 했듯이 한 이삼 년만 지나면 우리 모두 여기서 떠나야 하잖아. 또 이런 속담도 있잖아. '떠도는 부평초라도 만날 날 있다 하니, 우리네 인생 어디서 한번은 만나지 않으랴'라고 말이야. 그러니

앞으로 우리가 서로 만나게 되면 그때는 내가 언니의 은
덕을 어떻게든지 꼭 갚을게. (제72회)

원앙은 고개를 끄덕이며 안심하고 몸조리나 잘하라고 일렀다. 그렇게 봉합이 되는 듯하던 사기의 문제는 엉뚱한 곳에서 발단이 되어 드러난다. 사대저가 춘화도를 수놓은 향주머니를 주워서 들여다보고 가다가 형 부인과 맞닥뜨리고, 형 부인이 그걸 왕 부인에게 보내 책임추궁을 하는 바람에 일이 커졌다. 한밤중의 대관원 수색 소동은 향주머니의 주인을 찾겠다는 본래 목적을 얻지는 못하고, 사기의 은밀한 연애가 들통나게 되었다. 대관원 수색 사건이 발발하고 그 결과 사기의 사물함에서 반우안의 연애편지와 물건이 나오게 되었기 때문이다. 향주머니의 주인이 누구인지 오리무중인 가운데 확실한 주인을 찾는 일은 뒷전이 되었다. 대관원의 규칙을 어기고 외간 남자와 통정한 사실이 들통난 사기를 치죄하여 쫓아내는 일과 평소에 어멈들에게 밉보인 청문을 트집 잡아 쫓아내는 것으로 마무리되었다. 지상 낙원인 대관원 해체의 시작이다.

쫓겨난 사기의 뒷이야기는 직접적인 서술의 대상이 아니었지만, 그들의 뒷이야기는 한참의 시간이 흐른 뒤에 제92회에서 사기의 어머니가 왕희봉에게 부탁하기 위해 보낸 사람이 저간의 사정을 밝히는 방식으로 간접적으로 밝혀진다. 그렇게 염원하던 사랑을 끝내 이루지 못하고 처절한 비극으로 끝난 사기와 반우안의 슬픈 사연은 듣는 이의 가슴을 찡하게 울린다.

사건을 요약하면 이러하다. 대관원에서 쫓겨나 집으로 돌아간 사기가 밤낮으로 울며 세월을 보내던 중 어느 날 갑자기 반우안이 돌아왔다. 사기의 어머니는 딸의 신세를 망치게 했다며 반우안을 붙들고 때리며 야단을 쳤는데 사기가 뛰어나오며 제 어머니를 말렸다.

> 저는 이 사람 때문에 그 댁에서 쫓겨났어요! 저도 이 양심 없는 인간이 죽도록 미워요. 하지만 제 발로 찾아온 사람을 어머니가 때리려고 한다면 먼저 제 목을 졸라 죽인 다음 때리세요! … 이제 저는 이 남자의 사람이에요. 앞으로 절대로 다른 남자를 따를 생각이 없어요. …

만약 그 사람 마음이 변하지 않고 그대로라면 어머니께 절을 올리며 부탁드릴게요. 제가 죽었거니 생각하고 저를 그냥 보내 주세요. 이 사람이 가는 데라면 어디든지 따라가겠어요. 설사 밥을 빌어먹게 되더라도 후회하지 않겠어요! (제92회)

사기의 마음은 굳건했지만 그녀의 어머니는 애시당초 가난한 반우안이 눈에 차지 않았다. 불같이 화를 내며 "너는 내가 낳은 딸년이니 내 뜻대로 할 것이니, 저런 놈한테는 절대로 주지 못하겠다"라고 딱 잘라 말했다. 그 말을 듣자마자 사기는 담벼락에 머리통을 들이받아 새빨간 피를 철철 흘리며 죽고 말았다.

사기 어머니는 반우안에게 달려들어 제 딸을 살려 내라고 난리를 쳤다. 반우안은 가지고 온 보따리에서 금붙이와 진주 장신구 상자를 꺼내 보이며 말했다.

여자들이란 대개 흐르는 물 같고 바람에 날리는 버들개지와 같지요. 제가 만일 돈을 벌어 왔노라고 한다면 돈에 눈이 어두워 저를 따라나설 수도 있겠다고 생각했지요. 지금 보니 그녀의 마음은 참으로 진심이었던 것이군요. 정말 보기 드물게 훌륭한 여자입니다. (제92회)

그리고 관을 두 개 사 와서 사기의 시신을 입관시키고 자신도 단도로 목을 찔러 자결하고 말았다. 만일 반우안이 먼저 큰돈을 벌어 왔다고 했으면 사기의 어머니가 그렇게까지 두 사람의 결합을 반대하지는 않았을 것이다. 반우안이 대관원에서 발각된 후에 죄가 미칠까 두려워 멀리 도망쳐서 열심히 돈을 번 것은 가난 때문에 무시당하지 않고 당당히 사기를 아내로 맞아들이기 위해서였다. 사기와 반우안이 어려서부터 마음을 주고받아 상대가 아니면 시집 장가를 가지 않기로 약조했다면, 돈 벌어 온 반우안은 사기의 마음이 돈 때문에 흔들릴 것이라는 의심도 하지 말았어야 했다. 사기는 반우안을 끝끝내 제 사람으로 여기고 따라가려던 것인데 어머니 반대로 뜻을 이루지 못할 듯하자 극단적 선택을 한 것이다. 반우안은 비로소 사기의 굳은 뜻을 확인한 후에 부끄러움을 느끼며 함께 따라 죽을 생각을 했다. 비록 작품 속에서 비중이 적은 소인물의 짧은 사랑과 죽음의 이야기이지만 목숨같이 귀하게 여기는 진정한 사랑을 그린 감동적인 장면이다.

갑자기 두 젊은이가 죽은 사건이 일어나자 이웃 사람들이 관청에 알리려 하였고, 사기의 어머니는 관청에서 무슨 트집을 잡을지 모르니 잘 무마해 달라고 왕희봉에게 부탁하고자 사람을 보냈다. 왕희봉은 앞서 대관원 수색 때 사기의 당당함을 기억해 내고 그렇게 독한 아이인 줄을 이제야 알겠다고 하면서 관청 일은 무사하도록 도와주겠다고 했다.

당시 청춘남녀의 사랑과 결혼은 자유롭지 못했다. 대갓집의 하녀로 태어난 몸으로 더더욱 주인의 명 없이는 애초부터 불가능했다. 불행한 운명과 맞서려던 젊은 남녀는 제 꿈을 이루지 못하고 스러져 갔다. 사기와 반우안의 사건은 대관원에 균열이 시작되었음을 보여 준다. 지상 낙원은 서서히 무너져 갔다. 그곳에 남은 가보옥은 하나둘 떠나가는 선녀 같은 자매들과 시녀들을 잡아 두지 못하는 무기력감에 더욱 절망할 수밖에 없었다.

3. 압수수색의 파장

대관원 수색 사건은 수춘낭이 발견되어 도화선이 되었다. 가모의 방에 있는 바보 아가씨 사대저(傻大姐)가 수춘낭의 의미도 모른 채 두 요정이 싸우는 거라고 생각하며 걷다가 부딪친 사람이 하필 형 부인이었다. 형 부인은 춘화를 수놓은 복주머니가 가모의 수중에 들어가면 집안에 얼마나 큰 풍파가 일어날지 걱정이었다. 한편으로 대관원의 아가씨들 눈에라도 띄면 그 또한 낭패라고 생각했다. 그녀는 우선 사대저를 호통쳐 보내고 수춘낭을 챙겨 부랴부랴 집안 살림을 실질적으로 다스리고 있는 왕 부인에게 보내 사태를 수습하도록 했다. 형 부인은 가사의 아내로 시어머니로부터 총애를 받지 못했다. 살림의 권한이 왕 부인에게 주어져 있고, 실질적인 권력 행사는 왕희봉이라는 사실을 거북하게 여기고 있다. 왕희봉은 형 부인의 며느리이지만, 집안일을 총괄하는 왕 부인의 지시를 따르고 있어 형 부인과의 고부관계는 물에 기름처럼 섞이지 못하고 있다. 속 좁은 형 부인으로선 빌미를 잡은 격이라, 왕 부인과 왕희봉을 몰아세울 수 있게 되었다고 생각했다.

부처님같이 넉넉한 인심으로 관용을 베풀며 남에게 별로 쓴소리를 하지 않는 왕 부인도 형 부인으로부터 수춘낭을 전해 받자 당황했다. 왕 부인은 불같이 화를 내며 다짜고짜 왕희봉을 찾아와 추궁한다. 왕 부인은 이런 물건을 함부로 대관원에 흘리고 다니면 어쩔 셈이냐고 다그친다. 추궁을 받은 왕희봉은 무릎을 꿇고 눈물을 흘리며 억울하다고 호소한다. 그녀는 수춘낭이 자신과 무관함을 증명하는 다섯 가지 이유를 또박또박 말했다. 일찍이 없었던 위기였지만 왕희봉은 뛰어난 언변에 총명한 논리를 앞세워 왕 부인을 설득했다. 고급스런 글을 읽거나 시를 짓는 일은 할 수 없었지만, 자신의 억울한 누명을 벗기려는 변명은 뛰어난 말솜씨로 구구절절 설득력 있게 밝힐 수 있었다.

첫째, 자신에게도 그런 물건이 있지만, 시장에서 파는 저급의 수춘낭은 아니다. 둘째, 그런 물건은 집에서 사용하는 것이지 몸에 차고 대관원에 들어갈 까닭이 없다. 셋째, 다른 젊은 신혼부부들이 사용한 것일 수도 있다. 넷째, 형 부인이나 우씨가 가사의 젊은 소첩이나 가진의 소첩을 데리고 대관원에 들어갈 때도 많다. 다섯째, 대관원의 나이 든 시녀 중에 남녀상열지사에 눈을 떠서 구해 들인 것일 수도 있다.

이상의 다섯 가지 이유를 보면 발견된 수춘낭이 왕희봉의 것이 아닐 가능성이 크다. 그렇다면 과연 누구의 것이었는가. 수춘낭의 정체에 대해서 작가도 구체적인 결론을 내지 못하고, 막연히 독자의 추측을 자아내도록 한다. 다섯째 이유의 나이 든 시녀가 바로 사기일 수 있다. 반우안과의 만남이 대관원에서 일어났고, 사기의 개인 사물함에서 반우안의 물건과 연서가 나왔으니 당연히 수춘낭의 주인을 반우안과 사기로 추정하게 된다. 하지만 그들이 한때의 충동적 야합이 아니고 어려서부터 철석같은 마음으로 서로 신뢰하고 장래를 약속한 사이라면 비록 열정적 사랑의 갈증으로 밀회를 한다 해도 수춘낭 같은 음란한 물건을 주고받으며 즐길 사람은 아니다. 현실적인 고려를 한다면 남녀의 육체적 쾌락을 한껏 즐기는 가련 같은 유부남이나 즐길 법하다. 그래서 왕 부인도 수춘낭을 받자마자 젊고 혈기왕성한 왕희봉을 노골적으로 지목했다. 가련과 왕희봉 부부는 대낮에도 버젓이 정사를 벌이는 장면이 있다. 제7회에 주서댁이 설 부인에게서 받은 궁중 조화를 나누어 줄 때 묘사된다. 회목의 앞 구절에 「궁중꽃 나눌

때 가련은 희봉을 희롱하고[送宮花賈璉戱熙鳳]」로 표현하여 노골적으로 드러냈다. 왕희봉은 수춘낭의 주인이 아니라고 했으니, 그렇다면 가부의 다른 소첩이 주인일 것이다.

수춘낭이 나오기에 앞서 소설에서는 대관원 숙직자의 해이한 근무 태도로 한바탕 풍파가 일어났고, 이홍원에서 누군가 밤중에 담을 넘는 사건도 일어났다. 시녀들이 등불을 들고 나가 찾아보아도 흔적이 없자 어린 시녀가 흔들리는 나뭇가지를 잘못 본 모양이라고 했지만, 청문은 이를 엉뚱하게 이용한다. 이튿날 아버지를 대면하기 위해 밤새워 공부해야 하는 보옥의 궁한 처지를 해결하기 위해, 청문은 이를 진짜로 만들어 놀란 보옥을 앓아눕게 했다. 작은 에피소드지만 대관원의 담을 넘나드는 일은 앞서 반우안과 사기의 사건이 있었던 만큼 충분히 개연성 있다.

숙직자들의 해이해진 태도가 문제 되자 가모는 정곡을 찔러 말했다. "나는 그런 일이 일어날 줄 벌써 알고 있었느니라!" 탐춘은 각처의 숙직자들이 처음엔 심심풀이로 골패나 주사위 놀이를 시작하다가 점점 방탕해져 판돈이 큰 도박판이 된다고 지적했다. 가모가 그러한 사태의 결말까지 꿰뚫어서 말했다.

> 한밤중에 돈 내기를 하면 자연 술을 마시게 되고, 술을 마시면 대문을 제멋대로 열거나 닫게 된다. 들락날락하면서 물건을 산다, 사람을 찾는다 하다가 조용한 밤중에 인적이 드물면 누군가 도둑을 끌어오거나 간음하는 사람이 생기는 법이니 무슨 일이든 안 생기란 법이 있겠느냐. (제73회)

가부의 대관원은 지금 그러한 지경으로 치닫고 있다. 왕 부인과 왕희봉의 논의 결과 대관원의 수색을 결행하기로 한다. 수색의 또 다른 목적에 나이 든 시녀나 말 많고 탈 많은 시녀를 골라 짝지어 내보내, 경비 절감을 꾀하겠다는 의도도 있었다. 왕 부인은 지금도 귀족의 아가씨로서 제대로 대우하지 못함을 안타깝게 생각한다고 말했지만, 계획은 예정대로 진행된다. 마침 형 부인의 배방 왕선보댁이 오자 그녀를 수색에 참여시킨다. 형 부인에 대한 보고를 겸해 배려의 조치였다. 왕선보댁은 자신에게 권한이 주어지자 한껏 기고만장하여 평소에 미운털이 박힌 청문을 크게 헐뜯어 왕 부인의 공감을 이끈다. 청문이 축출되는 빌미가 마련되었다. 왕선보댁의 생각대로 수색단은 저녁 시간이 지난 뒤 대관원 문을 닫아걸고 숙직 할멈의 방이나 소저들의 거처에서 시녀의 방을 뒤졌다. 왕희봉은 일행을 이끌고 나서지만 가보옥이나 소저들을 안심시킬 뿐 인간관계를 깨는 일에 적극 가담하지는 않았다.

대관원 수색은 시작되었다. 숙직 할멈 방에서 나온 것은 동강난 초나 쓰다 남은 등잔 기름뿐이었다. 이어서 이홍원을 수색했다. 왕선보댁은 기세등등하게 각자의 사물함을 열도록 다그쳤다. 청문은 상자를 거꾸로 들어 물건을 몽땅 바닥에 쏟아냈다. 왕 부인에게 불려 가서 모욕을 당해 심기가 한껏 불편한 상태에서 일종의 항의 표시였다. 왕희봉은 왕선보댁에게 "수색은 우리 집안사람만 한다"고 다짐하여 설보차의 거처 형무원은 제외시켰다. 임대옥은 이미 집안사람으로 치부되어 자연히 소상관은 포함되었다. 소상관에 이르자 대옥이 놀라 잠에서 깨어나지만 왕희봉이 달래 주며 안정시켰다. 자견의 방에서 보옥의 물건이 나오자 왕선보댁은 대단한 것이라도 찾아낸 듯 호들갑 떨었으나 그것은 보옥과 대옥이 어려서부터 함께 지내면서 주고받은 것들이니 문제가 되지 않는다는 왕희봉의 말에 손을 떼었다. 다음은 탐춘의 방이었다. 탐춘은 날카롭게 대꾸하며 노골적으로 빈정댔다. 왕희봉은 탐춘을 설득하며 심기를 건드리려 하지 않았다. 어린 시누이지만 만만치 않은 인물임을 알고 있기 때문이다. 탐춘은 자신의 것은 수색해도 시녀들의 것에는 손을 대지 못하게 했다. 자기의 시녀이니 자기가 모두 책임지겠다는 뜻이었다.

> 세상의 대갓집이란 밖에서부터 충격을 가해서는 절대로 일시에 망할 수가 없어요. … 반드시 안으로부터 망해 들어가야 비로소 완전하게 몰락하는 법이에요!
>
> (제74회)

탐춘의 말은 부귀영화를 누리던 귀족 가문의 흥망성쇠를 겨냥한다. 대관원 수색 사건의 구체적인 안건은 뒤에 보이는 사기의 사물함에서 나온 남자물건이나 연애편지를 들추어내는 것이지만 작가가 하고 싶은 말은 탐춘이 내뱉은 이 뼈아픈 말이었을 것이다.

이런 심각한 분위기를 감 잡지 못하고, 제 권세에 들떠 있던 왕선보댁은 공연한 우쭐거림을 드러내려고 탐춘의 치맛자

락까지 들추었다. "아가씨 몸까지도 다 수색했습니다. 과연 아무것도 없군요." 왕선보댁은 그 한마디가 끝나기도 전에 탐춘에게 호되게 뺨을 얻어맞았다. 탐춘의 자존심이 폭발했던 것이다. 탐춘은 비록 서출로 태어났으나 누구보다도 드높은 자의식을 가지고 있었다. 과감하게 친모와 친동생의 못난 언행과 모자란 생각을 비판하고, 남들에게 무시당하지 않으려고 강인한 자존감을 지켜 왔다. 가씨 가문의 네 소저는 나이로 따져 원춘, 영춘, 탐춘, 석춘인데 일찍 입궁한 원춘을 제외하면 세 소저는 항상 함께 나왔지만, 성격만큼은 천양지차로 달랐다. 영춘과 탐춘은 각각 가사와 가정의 딸인데 모두 서출이다.

석춘의 방에서는 시녀 입화의 물건 중에 그 오빠가 맡겨 둔 금덩이와 은덩이, 남자용 장화와 양말이 나왔다. 입화는 동부의 가진 나리가 자기 오빠에게 내린 상인데 지금 기거하고 있는 술주정뱅이 노름꾼인 숙부네 집에 두기 어려워 여동생인 자기에게 맡겼다고 했다. 사실이 분명하여 충분히 이해되는 상황임에도 불구하고 결벽주의자인 석춘은 무조건 입화를 데려가라고 우씨한테 요구하고 앞으로 자기도 세상의 구설수에 오른 동부(녕국부)와는 인연을 끊겠노라고 선언한다. 대관원 수색 사건을 통해 석춘의 면면을 노골적으로 보여 주며 훗날 출가하여 여승으로 지낼 운명을 예견하도록 한다.

마지막으로 들어간 곳은 영춘의 거처다. 영춘은 나약한 성격으로 불행한 운명에도 묵묵히 순응하는 아가씨였다. 그녀의 거처에서 무언가 사건이 생길 것 같은 분위기가 은연중 드러난다. 대관원 내의 거처가 위치한 지리적 조건에 따른 동선이지만 영춘 방의 수색을 마지막에 안배한 것은 분명 그러한 뜻이 있기 때문이다. 영춘의 시녀 사기는 마침 자신의 외손녀였으므로 왕선보댁은 대충대충 넘어가려고 했다. 하지만 독자들은 이미 앞서 사기와 반우안의 밀회, 반우안의 도주 그리고 상심하여 몸져누운 사기의 심리까지 모두 이해하고 있다.

주서댁은 왕선보댁이 뚜껑을 닫으려는 사기의 사물함에서 남자 허리띠와 양말, 신발을 찾아내고 또 사랑을 표시하는 동심여의(同心如意) 노리개와 붉은색 쌍희(囍) 자 무늬의 편지지에 쓴 연애편지까지 찾아내 왕희봉에게 건넸다. 오랜 집안 살림의 경험으로 그 정도의 글은 읽을 수 있었던 왕희봉은 반우안과 사기의 연애 사건 전모를 여러 사람 앞에서 밝혔다.

그때 사기는 비록 고개를 숙이고 있었으나 결코 두려워하거나 부끄러워하는 기색 없이 비교적 당당했다. 앞서 노름꾼의 주범으로 지목되어 잡혀간 영춘의 유모에 이어, 시녀인 사기가 쫓겨날 때도 영춘은 속수무책으로 무력하게 있을 뿐이었다. 영춘은 얼마 후 아버지 가사의 강압으로 중산(中山)의 이리 같은 손소조에게 시집가서 핍박받다가 일년 만에 세상을 떠나는 불행한 운명의 주인공이 된다.

가씨 집안 네 소저는 춘 자 돌림으로 원·영·탐·석(元迎探惜)을 써서 봄날의 시작에서 소실의 과정을 보여 주는데, 그들에게 딸린 시녀의 이름은 문인취향의 금·기·서·화(琴棋書畵)의 앞에 동사를 넣어 각각 포금(抱琴), 사기(司棋), 시서(侍書), 입화(入畵)로 불렀다. 작가의 정교한 명명 기법을 알 수 있다.

대관원 수색 사건 직후 종가인 가진의 연회 중에 조상의 사당에서 들리는 깊은 한숨 소리가 가문 몰락의 징조로 나타난다. 누명을 쓰고 쫓겨난 청문이 죽고, 보옥은 「부용여아뢰」의 제문을 지어 바친다. 청문은 임대옥의 그림자 인물이다. 그녀의 억울한 축출과 죽음은 결국 임대옥의 처량한 죽음을 예견하고, 구구절절하게 읊은 제문은 훗날 대옥의 죽음에 대한 애도의 글로 해석되고 있다.

이상 대관원 수색의 전후 과정을 정리하면 다음과 같다.

① 사기와 반우안의 밀회에 이어 사대저의 수춘낭 습득

② 형 부인의 손에 입수되어 동서갈등과 고부갈등으로 비화

③ 왕 부인이 왕희봉에게 책임 추궁하며 대관원 수색 준비

④ 왕선보댁의 부추김과 왕 부인 결정으로 청문 축출 예견

⑤ 탐춘의 자존심과 흥망성쇠의 예견 및 왕선보댁의 봉변

⑥ 석춘의 결벽으로 입화를 내보내고 녕국부 우씨네와 결별

⑦ 영춘의 나약함과 반우안 물건의 발각 및 사기의 당당함

⑧ 사기의 축출과 사기·반우안의 죽음, 청문의 축출과 죽음

⑨ 영춘의 억지 결혼과 손소조의 박해에 의한 비참한 죽음

⑩ 임대옥의 죽음 예견과 대관원 해체 및 가부의 쇠퇴 가속

결국 대관원 수색 사건은 탐춘의 경고와 마찬가지로 스스로 수색하는 추태(제74회)에서 끝내 금의부로부터 가택수색과 재산몰수를 당하는 일(제105회)로 확대된다. 가씨 집안의 그러한 유형은 강남의 진보옥 집에서도 앞서 똑같이 일어난 일이

다. 진보옥과 가보옥은 하나이자 둘의 형상을 보여 주는데, 때로는 가씨 집안에서 일어날 조짐을 미리 보여 주는 역할을 한다.

4. 가문의 몰락 과정

『홍루몽』의 전후반은 제54회에서 분수령을 이룬다. 기쁘고 즐거운 일은 전반부에서 많이 일어나고 슬프고 처량한 일은 후반부에서 연속적으로 발생한다. 물론 작가는 훨씬 더 정교하게 이러한 흥망성쇠의 흐름을 만들어 홍성의 과정에도 슬프고 안타까운 일을 삽입시키고 쇠락의 과정에도 간혹 즐겁고 희망적인 사연을 넣기도 하여 변화무쌍하게 그린다.

전반부의 예를 들면, 제13회 진가경이 죽으면서 왕희봉에게 현몽하여 경고한 대목이 있다. 가문의 쇠락에 대비하여 조상의 선영에 전답과 가옥을 마련하고, 서당을 세워 후일을 도모하라고 말하고, 또 눈앞에 곧 기쁜 일이 생긴다고도 알려 준다. 원춘의 귀비 책봉을 암시한 것이다. 제16회 원춘의 귀비 책봉으로 온 집안이 경사스러울 때, 가보옥만은 진종의 죽음으로 슬픔 속에 빠져 있었다. 제22회 대보름에 원춘이 수수께끼 등롱을 보내 즐거운 가족 잔치가 열렸지만, 수수께끼 내용이 불길하여 가정의 마음을 무겁게 한다. 소설 후반부에 나타나는 주요 인물의 불행한 운명을 예견했기 때문이다.

후반부에서는 제64회에서 제69회까지 우이저와 우삼저의 불행한 결말이 끝나고 대관원에서 보옥과 자매들은 앞서 해당(海棠) 시모임에 이어 다시 도화(桃花) 시모임을 결성하여 시 짓기를 한다. 제81회에 보옥이 부친의 엄명으로 서당에 갈 무렵, 대관원 자매들은 한 해 운수를 쳐 보기 위해 낚시하는 모습을 보여 주었다. 제85회에 설반이 살인죄로 유배를 떠날 때, 가정은 낭중으로 승진하는 경사를 맞기도 한다. 제105회에 금의부의 가택수색으로 가산이 몰수되는 최악의 상황이 지난 후 황명으로 가문의 세습직이 환원되었고, 제119회에서도 황은을 입어 조상의 유업을 잇는 것으로 마무리된다. 보옥은 과거시험을 치르고 출가하지만, 이때 급제한 가란이 가문의 영광을 이어 가는 상황을 '난계제방(蘭桂齊芳)'이란 구절로 묘사하고 있다. 계는 보옥의 유복자를 지칭하는 것으로 오대째 인물이 가문을 부흥시킬 것으로 풀이한다.

이처럼 약간씩의 변화는 있지만, 기본적으로 후반부의 몰락과정은 급전직하로 전개된다. 몇 가지 큰 사건은 핵심 인물의 죽음으로 표현된다.

대관원 수색 사건으로 시녀들의 축출과 죽음이 속출하고, 이때 사기와 반우안의 죽음은 독자들에게 인상적으로 각인되고, 청문의 죽음은 보옥에게 큰 충격을 안긴다. 동일한 위상의 일등 하녀인 두 사람의 죽음은 달리 묘사되는데 사기의 강인한 성격과 애달픈 죽음의 소식은 간접적으로 전달되고, 청문의 불행한 처우와 억울한 죽음은 보옥의 시각에서 정밀하게 그려진다. 청문은 금릉십이차 우부책의 인물이므로 작가의 주목을 받았고 임대옥을 상징하는 그림자 인물로서 더욱 중시되었다. 이들의 죽음은 지상 낙원 대관원의 균열을 드러내는 작은 조짐일 뿐이지만, 대옥의 죽음과 원춘의 죽음은 각각 보옥의 사랑에 대한 절망과 가문을 지탱시키는 든든한 후원자의 퇴장이라는 면에서 몰락의 직접적인 원인이다.

제82회와 제83회에서 대옥의 악몽 묘사와 귀비를 궁중으로 문병 가는 일이 그려지고, 제94회에선 목숨처럼 여기던 보옥의 통령옥이 사라져 제95회에서 보옥은 인사불성이 된다.

그리고 이때 원춘 귀비도 죽는다. 원춘의 죽음은 궁중의 원조가 끝났음을 말한다. 가문의 흥망성쇠에서 원춘의 죽음은 직접적인 타격이며 전환점이지만, 소설의 묘사는 피상적이다. 하지만 이어지는 대옥의 죽음과 함께 보옥에게는 큰 타격이었다. 지방관으로 부임하게 될 가정의 일정을 감안하고, 정신이 혼미한 보옥에게 일종의 충격요법으로 혼례식을 준비한다. 대옥과 보차 중에서 신체 건강하고 성격이 원만한 보차를 간택한다. 왕 부인과 왕희봉의 의견이 중심이 되어 가모의 동의를 받아 내 가정에게 통지된다. 부친으로서 가정에게는 다른 선택권이 없었다. 아들에 대한 기대와 통제는 제대로 이뤄지지 않았다.

제33회에서 보옥에 대한 강력한 통제의 방법으로 심한 곤장을 친 바 있었지만 목적을 달성하지는 못했고, 가모와 왕 부인의 간섭으로 인해 완전히 손을 놓은 상태였다. 집안의 결정이 이루어지자 『홍루몽』의 최고 절정인 제97회의 묘사가 전개된다. 대옥은 절망 끝에 보옥으로부터 받은 사랑의 시고를 불태우고, 붉은 보자기를 머리에 쓴 보차는 운명에 순응하며 정신이 혼미한 보옥과 혼례를 치른다. 정작 임대옥이 숨을 거두는 순간 보옥은 그 사실도 알지 못하고, 시녀 자견과 과부 이환만이 임종의 순간을 지키고 있었다. 같은 시각 보옥과 보차의 혼례가 치러지고 있어 집안 내에서도 공개적으로 슬픈 분위기를 확산시킬 수 없었다. 대옥이 죽은 후에 한동안 보옥은 대옥과의 굳은 약조를 어겼다는 괴로움으로 대옥을 찾아가 변명이라도 하려고 애썼다. 시녀들은 대옥의 죽음을 쉬쉬하면서 여전히 와병 중이라고 했지만, 보차는 결국 그 사실을 직접 통고하며 이제 결혼한 남편으로서 온전한 정신이 돌아오기를 기대했다. 보옥은 죽었다는 대옥의 영혼이 찾아오지 않음을 원망했지만, 이제 공개적으로 대옥을 위한 제문 하나 지어 바칠 계제가 아니었다. 결국 청문을 위해 정성스레 썼던 제문을 그대로 다시 대옥에게 바친 격이 되고 말았다. 꿈속에서 찾아간 태허환경에서 보옥은 선녀가 된 대옥을 만나 볼 수 없었다. 이는 보옥이 철저하게 사랑의 허무와 인생의 무상을 느끼는 계기가 된다.

대옥의 죽음 이후 대관원은 완전히 해체되었다. 아름답던 소저들의 거처에는 거미줄이 쳐지고 쑥대풀만 우거졌으며 귀신이 나올 지경이 되었다. 대관원의 폐허는 이 가문의 몰락을 상징했다. 원춘과 대옥이 죽고 난 후, 보옥을 둘러싸고 있던 여러 자매와 시녀들이 빠른 속도로 그의 곁을 떠나갔다. 탐춘은 멀리 변방으로 시집갔고, 앞서 시집간 영춘은 박해를 받다가 죽었다. 가문의 기둥 역할을 하던 가모가 천수를 다하여 세상을 떠나고, 후견인이 사라져 가사의 손아귀를 벗어날 길이 없다고 생각한 원앙도 자결을 선택한다. 가문의 최고 어른이었던 가모의 장례는 마땅히 가장 성대해야 했지만 집안의 몰락에 맞춰 소략하게 치러진다. 앞서 초반부의 진가경 장례와 크게 대비된다. 특히 풍자적인 것은 장례식 도중 절도 사건이 일어나고, 원앙과 같은 주변 인물도 함께 죽는다는 점이다. 첩실로 비루하게 살던 조 이랑도 저승으로 끌려갔고, 한때 권세의 극치를 맛보던 왕희봉마저 병으로 허망한 인생을 마감하며 남은 어린 딸을 부탁할 뿐이었다. 언니들의 불행한 인생을 거울삼은 석춘은 평소의 뜻에 따라 출가를 결심하고, 대옥을 시중들던 자견도 석춘을 따라 출가했다.

그렇게 모두 떠나가고 쓸쓸하게 남은 가보옥은 과거급제의 헛된 이름만 남긴 채, 출가한 스님의 모습으로 대황산에 돌아갔다. 보옥이 떠난 자리에 설보차와 화습인이 있었다. 하지만 명분 없이 지킬 수 없었던 습인은 결국 버티지 못하고 보옥이 맺어 놓은 인연에 따라 장옥함의 아내가 되었다. 설보차만이 유복자를 키우며 이환과 같은 인생을 살아가게 된다.

가문의 흥망성쇠는 그렇게 전개되었지만, 마무리 단계에서 다시 부흥의 조짐을 살짝 보여 주며 살아남은 사람들의 이야기가 지속될 것임을 암시한다.

제6장

홍루몽의 문화와 배경: 전통의 계승

1. 창작과 비평

『홍루몽』은 명청 소설을 대표하는 120회짜리 장편 소설이다. 텍스트의 형성 과정을 보면 작가 조설근의 생전에는 전 80회까지 필사본으로 주변에 전해졌다. 거기에는 작가 조설근의 근친으로 여겨지는 지연재(脂硯齋)의 평어가 있어 이를 「지연재 평본」이라 부른다. 작가의 사후에 정위원(程偉元)과 고악(高鶚)이 120회본을 완성하여 북경에서 간행했다. 중국 전역에 보급되었고 머지않아 해외로도 전해졌다. 정위원 서문에 따르면 『홍루몽』의 전 80회 필사본만 전해지는 것을 안타까워하여 오랫동안 후반부 원고를 수집했고, 고악에게 청하여 이를 기반으로 수정·보완하여 120회를 만들게 했다고 한다. 청 말까지 대부분의 독자는 120회본의 완전한 내용이 하나의 작가에 의해 이루어진 것으로 보았다. 20세기 초 신홍학 연구로 작가와 텍스트에 관한 사료가 발굴되자 이를 근거로 전 80회 부분만 조설근의 작품으로 여기고 후 40회 부분은 후인이 지어서 덧붙인 것으로 여기게 되었다. 하지만 일각에서는 여전히 조설근이 원작 전체를 완성하였다고 본다. 후반의 핵심적인 내용이 작가의 원래 의도와 크게 차이 나지 않고, 후반부의 명장면도 조설근의 창작기법을 따르고 있어, 전후반의 내용을 모두 조설근의 독창적 작품으로 보아야 한다고 주장한다.

조설근은 소설 첫머리에 그 이름이 나와 있지만 독자들은 그를 실제 생존했던 작가로 인식하지 못하고 그냥 앞서 언급한 공공도인(空空道人)이나 정승(情僧)과 같이 작가가 꾸며 낸 이름으로만 여겼다. 『홍루몽』 제1회에서 이 책의 성립 과정을 비교적 소상하게 기록하고 있는데 가상과 실제를 뒤섞어 적었다.

이 과정을 풀이해 보면 글을 지은이는 석두(石頭, 돌)이며,

공공도인이 돌에 새겨진 글을 베껴서 책으로 전하여 '석두기'가 되었고, 그가 자신의 이름을 정승으로 바꾸어 책 이름도 '정승록'으로 고쳤다. 그리고 전혀 다른 인물인 공매계(孔梅溪)가 '풍월보감'이라 불렀고, 오옥봉(吳玉峰)이 '홍루몽'이라 하였으며 조설근이 최종적으로 정리하여 '금릉십이차'로 명명했다. 인물에 따라 책의 이름도 달라졌는데, 유독 조설근에 이르면 "도홍헌에서 십 년간 열람하면서 다섯 차례나 덧붙이고 목록을 만들고 장회를 나누었다"고 했다. 가장 구체적으로 소설의 마지막 완성작업을 진행한 것이다.

이러한 과정에 대한 작가의 기록을 진지하게 받아들인 학자들은 대황산 무계애의 여와유석으로서 통령옥을 입에 물고 인간 세상에 환생하였다가 다시 돌이 되어 돌아가 자신의 이야기를 몸에 적어 놓은 석두(石頭)를 원작자로 여겼다. 이 초고를 기반으로 여러 사람의 손을 거치며 새로운 내용이 추가되고 마지막으로 조설근에 의해 마무리되며 장회 소설의 형식인 회목을 갖추게 되었다고 보았다. 조설근에 앞서 이야기의 초기 형태를 만든 인물이 실제 역사에서 존재한다고 보고 다양하게 추정한다.

조설근의 이름은 이 가문이 몰락한 이후 역사 무대에 나타나지 않았지만, 그의 증조부, 조부, 부친 및 숙부에 관한 역사 기록은 적지 않게 존재하여 조씨 가문을 연구하는 일은 신홍학의 중요한 과제가 되었다. 조씨 가문의 연구에 집중하여 조설근의 조상에 관한 세세한 일까지 범위를 넓히고 심화시킨 연구가 활발하여 혹자는 이를 조학(曹學)으로 불러야 한다고도 했다. 조설근에 관한 본격적인 연구는 신홍학의 기수인 후스[胡適]가 시작했다. 조설근과 시를 주고받았던 청나라 종실 시인 돈민(敦敏)과 돈성(敦誠)의 시문집이 발굴되어 연구에 박차를 가하게 된 것이다.

조설근의 가문은 한족이지만, 일찍부터 요동지방에서 청나라에 복속되어 황실과 가까웠다. 북경으로 오면서 도르곤과 함께 전투에 참전하여 전공을 세웠고 황실 내무부 포의(包衣) 신분으로 탄탄한 기반을 다졌다. 조설근의 증조모는 강희제의 유모가 되었고 이로 인해 증조부 조새(曹璽)가 처음 강녕직조의 직책을 맡았다. 이어서 강희제와 매우 가까운 관계를 유지한 조인(曹寅)이 이어받아 강남지역에서 경제적 문화적으로 유복한 귀족 가문으로서 부귀영화를 누렸다. 조설근은 그

영화의 끝 무렵 남경의 강녕직조에서 태어났다. 조인의 사후, 강희제는 강녕직조의 직을 조옹(曹顒)과 조부(曹頫)에게 연이어 잇도록 했는데, 아직 명확한 근거는 없지만 그들은 각각 조설근의 부친과 숙부였을 것으로 여긴다. 족보[五慶堂重修曹氏宗譜]에 나온 조옹의 아들 천우(天佑)를 학계에선 조설근으로 본다. 조설근은 백년 명문가의 거의 마지막 주자로 태어났다. 열세 살 때 옹정제에 의해 조부가 삭탈관직을 당하고 남경을 떠나자 조설근도 가족을 따라 북경으로 이주하였고, 청년기를 우익종학에서 보내며 돈민과 돈성 형제와 교유하였다. 그 후 더욱 어려워진 생활 때문에 조설근은 서산 아래 기인(旗人)의 마을로 이주하여 시화와 술을 벗 삼고 『홍루몽』을 쓰면서 중년 시절을 보내다가 마흔여덟 살에 책을 마무리하지 못하고 절명하였다.

이러한 생애로 보면 조설근은 가문의 전성기였던 할아버지 생전 시기의 영화를 직접 보고 느낄 수는 없었다. 다만 훗날 이어진 후광을 입어 어린 시절 유복한 생활을 하다가 가문의 몰락으로 인해 인생의 쓰라린 맛을 보고 변화무쌍한 인정세태에 깊은 깨우침을 얻은 것으로 본다.

『홍루몽』 초기 필사본은 『석두기』의 제목으로 일부분이 전해지지만 많아도 80회 분량을 넘지 않는데. 이 텍스트에 지연재와 기홀수(畸笏叟) 등의 평점이 원문의 행간이나 본문의 위아래 여백에 기록되어 있어 통칭하여 지연재 평어로 부른다. 비평을 단 지연재나 기홀수는 원명을 알 수 없지만, 작가인 조설근과 매우 가까운 친지로 보이며 소설 내용의 근원이 되는 조씨가문에서 일어난 여러 사건을 직접 목도한 인물이다.

작가와 더불어 소설에 포함되는 사건에 대해 수정이나 보완의 논의도 하고 삭제와 축소를 요청하기도 하여 소설 창작과정에 깊숙이 관여했다. 작가의 사후에 작품의 교정이나 필사 작업을 꾸준히 진행했고 곳곳에 작가와 비평가가 공유하는 기억의 편린을 기록으로 남겼다. 이 점은 작품의 완성 이후 오랜 시간이 지난 후에 비평가로서 참여하는 일반적인 소설 평점가와는 확연히 다르다. 지금 전하는 지연재 평본은 대략 12종이 있으며 그중 『갑술본(甲戌本)』, 『기묘본(己卯本)』, 『경진본(庚辰本)』 등에 주목할 만한 평어를 담았고 『정장본(靖藏本)』은 원본이 사라졌지만 주요 평어를 옮겨 적은 기록이 남아있다. 작가의 신상에 관련되거나 작품의 창작과정에 관한 기록은 다음과 같다.

임오년(壬午年, 1762) 섣달그믐에 이 책을 완성하지 못하고 설근은 눈물이 다하여 세상을 떠났다. 나도 설근의 죽음을 애도하며 눈물이 다하기를 기다리고 있노라.

(갑술본 제1회 미비)

아직도 정사년(丁巳年, 1737) 봄날 사원(謝園)에 차를 보내던 일을 기억하고 있단 말인가. 눈 깜짝할 사이에 어느덧 이십 년이 흘렀구나. 정축년(丁丑年, 1757) 봄에 기홀수.

(정장본 제41회 미비)

건륭 21년(1756) 5월 초7일 작품을 다시 대조 검토한 결과 중추시가 빠졌음을 알았다. 설근이 이를 보충하여 써넣기를 기다린다.

(경진본 제75회 회전총평)

창작의 배경이 되는 구체적인 연도도 나오고 수정 보완하는 과정과 작가의 죽음을 보여 주는 시점도 기록되어 있다.

혹자는 이 평자를 당시 온갖 풍상을 겪은 조부(曹頫)로 추정하기도 하고, 소설의 초기 창작에 직접 참여한 원작자로 보기도 한다. 권두의 창작과정에 몇 가지 제목과 몇 명의 인물을 배치하고 조설근 자신은 정리한 인물로만 기록한 것은 소설 창작의 한 기법으로 보기도 하지만, 혹은 액면 그대로 해석하기도 한다.

강희 연간 조씨 가문이 강녕직조를 맡고 있을 때, 소주직조는 이후(李煦), 항주직조는 손문성(孫文成)이 맡고 있었는데 모두 강희제 유모 출신의 가문이라는 공통점이 있다. 이들 강남지역 세 곳의 직조는 황실 직속으로 황실에서 사용하는 비단을 제공하는 임무를 맡고 있었지만, 강남지역의 특산물을 구매하여 공급하거나 강남의 고위 관리들과 한족 지식인들의 동정을 살펴 은밀히 보고하는 특별 임무도 수행했다. 조설근의 할아버지 조인(曹寅)은 강희제의 여섯 차례 남순(南巡) 중에서 네 차례나 어가를 맞는 영광을 누렸고, 강남지역 문인이나 예술인들과 널리 교유하고 후원하는 문화계의 주요 인사로도 이름났다.

『홍루몽』에서 작가는 황제의 어가를 모시고 행궁의 역할을 담당하는 역사적 흔적을 이야기 속에 담기도 했다. 제16회 귀비가 된 원춘의 성친이 결정되어 대관원을 조성하려고 할 때 가련의 유모와 왕희봉의 대화에 나온다. 일찍이 황제의 어가를 모신 가씨네 경험과 왕씨네 경험을 반영한 것이다.

왕희봉은 "듣자 하니 당시 태조 황제께서 순임금의 순행을 본받아 납시었을 때의 이야기는 그 어떤 책에 쓰인 것보다도 굉장했다고 하던데"라고 말했고, 가련의 유모 조씨는 "우리 가씨 집안이 아직 고소와 양주 일대에서 배 만드는 일을 감독하고 제방의 수리를 맡고 있을 때인데, 단 한 차례의 어가를 접대하는데도 은자를 바닷물 흘려보내듯 썼지요"라고 말했다. 모두 역사상 강희제의 남순 경험을 배경으로 한다. 가씨 집안에 질세라 이어서 왕희봉도 "우리 왕씨네도 한 차례 어가를 맞는 준비를 한 적이 있었답니다. 그때 우리 할아버지는 각국에서 들여오는 조공품과 사신들의 황제 알현의 일을 맡고 계셨다고 하는데 외국인이 오면 모두 우리 집에서 머물렀다고 하였지요"라고 영예로운 가문의 역사를 털어놓았다. 유모 조씨는 강남의 진씨를 언급했다. "지금 강남의 진씨 댁 말이에요. 아이고, 그 집의 권세는 또 얼마나 대단했는데요. 아세요? 그 댁은요, 어가를 무려 네 번이나 맞았다니까요."

이러한 대화를 통해 소설 창작의 배경 속에 조씨 가문의 강희제 남순 영접의 사실이 분명하게 드러난다. 무엇보다 원춘 귀비의 성친 묘사 등에서 더욱 구체적이고 선명한 그림자를 남기고 있다. 강녕직조와 소주직조, 항주직조 사이도 서로 인척간으로 긴밀하게 연계되어 있는데 이러한 사실은 오늘날 북경의 자금성에서 발굴된 당안(檔案) 자료를 통해 확인된다. 소설 속에선 「호관부」에 사대 가문의 내력과 규모를 밝히고 있는데 역사적 추적이 가능한 묘사다.

조설근의 생애는 그의 선조에 비해 매우 소략하고 불분명한 실정이다. 그의 어린 시절에 이미 가문이 몰락하여 관련 자료가 희소하기 때문이다. 20세기 초부터 작가와 판본에 대해 집중적으로 조사하고 천착했지만, 조설근 가문의 족보에서도 그의 대에 이르러 더 이상 이어지지 않았고 따로 공식적인 기록도 없다. 조설근과 교류했던 돈민, 돈성 및 장의천(張宜泉) 등의 시문 기록을 통해 그의 생애를 추정할 뿐이다.

조설근의 본명은 조점(曹霑)인데 그가 태어날 때 황제의 은혜를 입었음을 고려하여 점은(霑恩, 은혜를 입음)의 구절에서 취했다고 본다. 자를 몽완(夢阮)이라 했고 호를 근포(芹圃)와 근계(芹溪) 혹은 설근(雪芹)이라고 했다. 혹자는 몽완이란 완적과 같이 호방하고 얽매임 없는 삶을 살았기 때문에 썼으므로 한때 사용한 별호일 것으로 본다. 『홍루몽』에서는 조설근으로 썼고 지연재 평어에서도 설근이라 불렀다. 그의 생몰 연도는 여러 학설이 있으나 1715년 태어나 1763년에 사망한 것으로 여겨, 향년 48세로 본다. 그는 북경의 서산 아래에서 30대부터 『홍루몽』을 쓰기 시작하여 약 10년간 집필하여 대부분 완성하였지만 그중 전 80회를 정리, 필사한 지연재 평본을 남기고 죽었다. 그는 생전에 시를 잘 짓고 그림을 잘 그리는 인물로 주변에 정평이 났지만, 장편 소설을 창작하고 있었다는 사실은 어디에도 보이지 않는다. 그의 만년은 궁핍하고 힘겨웠으며 어린 자식을 먼저 보내고 후처를 남기고 죽은 사실 등은 돈민의 「증근포(贈芹圃)」, 「만조설근(輓曹雪芹)」 등의 시에 드러나 있다. 그의 시풍은 당나라 이하(李賀)를 닮았다고 했고 그가 지었다는 시는 온전하게 전해지지 않고 돈성이 인용한 한 구절이 유일하게 전할 뿐이다. 그것은 「제돈성(題敦誠)〈비파행전기(琵琶行傳奇)〉」의 한 구절인데 "백부시령응희심(白傅詩靈應喜甚), 정고

만소귀배장(定教蠻素鬼排場)"이다. 돈성이 지은 〈비파행전기〉를 축하하며 지어 준 시이므로 그중 한 구절을 돈성이 기록으로 남겼기 때문에 전해졌다. 그 내용은 "백거이 시인의 영혼이 있다면 응당 크게 기뻐할 것이며, 가기인 소만과 번소를 시켜 연출하게 하였으리라"이다.

조설근은 그림의 이론과 실제에도 조예가 깊었는데, 돈민의 시에 「제근포화석(題芹圃畫石)」시를 보면 돌 그림을 잘 그렸다. 『홍루몽』의 원제목이 『석두기(石頭記, 돌 이야기)』였음을 생각하면 시사하는 바가 적지 않다. 그의 실제 작품은 공식적으로 전하는 게 없지만 훗날 발굴된 『폐예재집고(廢藝齋集稿)』의 「남요북연고공지(南鷂北鳶考工志)」의 연 관련 그림을 조설근의 유작으로 보기도 하고, 귀주성 박물관에서 확인된 화첩의 여덟 폭 그림 중에서 「참외(東陵瓜)」 한 폭 그림과 칠언절구 아래 「종근인조점병제(種芹人曹霑幷題)」의 서명이 있는데 이를 조설근의 진품으로 보는 최신 연구도 있다.

하지만 가장 확실한 그의 작품은 무엇보다도 『홍루몽』 자체다. 비록 후 40회를 후인의 속작으로 보려는 견해도 있지만 적어도 그 기본적인 줄거리나 핵심적인 묘사는 조설근의 손에 의해 이루어진 작품으로 인정된다. 『홍루몽』에는 소설의 묘사 중에 수많은 시사곡부(詩詞曲賦)가 포함되었고 그 모든 것은 바로 작가 조설근의 영혼으로 이루어졌다. 혹자는 소설의 창작이 시를 후세에 길이길이 전하기 위한 하나의 방편이란 의미로 전시설(傳詩說)을 주장하기도 한다.

2. 고전의 활용

명청 시대 장편 소설은 다양한 고전 문학을 활용하여 소설의 내용을 풍부하고 아름답게 수놓는다. 이런 창작 전통은 『홍루몽』에 이르러 더욱 강화되었다. 이는 조설근이라는 천재 작가의 개인 창작이란 면에서 하나의 특징이다. 『홍루몽』에 반영된 고전 문학의 유형도 다양하여 여와 신화를 비롯하여 『시경』과 『초사』, 한위육조의 시부, 당송 시사, 원명 희곡, 명청 소설 등이 모두 포함된다.

『홍루몽』은 환상과 현실을 동시에 다루어 낭만주의 작품이라 할 수 있지만, 또한 전체적으로 사실주의 작품으로 보려는 경향도 강하다. 소설 속의 낭만성은 고전 신화를 활용하고 전생과 이승을 오가는 환생 구조로 어린아이가 옥을 물고 태어난다는, 실제로 불가능한 사실을 사실처럼 묘사하여 전편을 이어 간다는 데 있다.

고전 문학에서 신화와 전설을 자유롭게 활용하는 선례는 많다. 『홍루몽』도 『서유기』의 환상 묘사를 활용하여 천지 창조의 반고(盤古) 신화 대신, 인류 창조의 여와(女媧) 신화를 이용한다. 금릉십이차를 비롯한 각박한 운명의 여성을 보여 주는 소설 주제에 걸맞게 여와보천의 신화를 썼다. 하늘을 때우는 임무를 받지 못하고, 버림받은 돌의 환생은 황제의 측근에서 보필하지 못하고 재야에 버려진 천재 작가의 처지를 빗댄 상징이다. 여와는 중국에서 가장 오래된 신격이다. 천지 창조의 역할은 반고가 맡았지만 비교적 후대의 기록으로 남아 있다. 진흙으로 인간을 만들고 홍수의 재앙에서 인류를 구출하며 인간 스스로 사랑을 나누어 후손을 이어 가도록 중매와 혼인의 신 역할을 하는 여와는 진정 홍루 세계에서 추구하는 사랑의 신이다.

작가는 대황산 무계애에 버려진 여와보천의 유석, 거대한 돌이 이미 보천의 역할을 충분히 수행할 만큼 달구어진 오색의 돌임에도 불구하고 보천의 쓰임에 활용되지 못하고 버려진 돌이 되어 있음에 주목했다. 보천의 능력이란 인간의 영성을 갖춘 돌이란 의미고, 부귀영화를 누리는 지상 세계를 부러워하는 돌이 되었다. 일승일도의 도움으로 돌은 오색영롱한 구슬이 되어 인간 세상에 귀공자 가보옥으로 환생하고 입속의 통령옥으로 변신한 것이다.

작가는 여기에 태허환경의 신화를 또 만들어 냈다. 경환선녀가 주재하는 도교적 신선 세계에 자라는 강주선초와 옥에서 환생한 신영시자의 만남을 그린 것이다. 신영시자는 감로수로 강주초에게 매일 물을 주었다. 강주초는 무럭무럭 자라 여체의 몸을 받아 아름다운 여자로 환생했으나 신영시자는 이미 지상으로 내려간 후였다. 감로수의 은혜를 갚기 위해 경환선녀에게 간청하여 자신도 지상으로 내려가 평생의 눈물로 갚고자 하였으니 다름 아닌 임대옥이다. 그녀는 전생의 인연만으로는 이승의 인연을 이루지 못하고 평생의 눈물을 바쳐 감로수의 은혜를 갚을 뿐이었다.

작가는 여와 신화를 기묘하게 활용하는 동시에 태허환경의 선녀 이야기를 만들어 작품의 환상적 분위기를 풍부하게 꾸몄다. 태허환경은 제5회와 제116회에서 구체적인 인물의 운명과 결말을 보여 주며 소설의 전후에서 중요한 이정표 역할을 한다. 소설의 전반부에서 제5회의 태허환경이 전체적 구조를 보여 주는 서막으로 안배했다면, 후반부에서 제116회의 태허환경은 소설의 마무리를 위한 구조적 장치다. 등장인물의 결말과 주인공의 깨달음을 유도하는 기제가 되며 소설의 구조적 대비를 나타낸다.

신화 이후 중국 문학의 시발점은 『시경』과 『초사』다. 각각 선진 시대 북방과 남방을 대표하는 문학 장르다. 『시경』은 북방지역 민중의 애환을 사실적으로 기록한 사언체(四言體) 시이고, 『초사』는 남방 귀족 출신인 굴원(屈原)의 정치적 좌절과 원한을 환상적으로 노래한 사부체(辭賦體) 문학이다. 『홍루몽』에서 작가는 특히 초사체 문학의 정수를 이어받아 「부용여아뢰」와 같은 제문을 완성했다. 이 글은 사부체로 쓰였고 내용도 『초사』와 『장자』의 전고를 다수 활용하여 굴원이 지은 『이소』와 유사한 분위기를 연출했다. 작가는 억울하게 죽은 청문의 곧고 강직한 성품을 굴원이 묘사한 대로 강직함으로 인해 처형된 곤(鯀)에 비유하였다. 또 죽은 영혼을 부르는 초혼 역시 굴원의 『초혼』을 거의 답습하여 분위기를 연출했다. 「부용여아뢰」는 청문을 기리는 제문이지만 실제로 대옥을 위한 제문이기도 했다. 대옥의 죽음에 임하여 보옥은 제대로 인식도 못해 제문 한 편을 지어 바치지 못했기 때문이다.

『홍루몽』의 작가는 태허환경을 창조하면서 이곳을 주재하는 경환선녀의 묘사에 조식(曹植)의 「낙신부(洛神賦)」를 활용하여 신비롭고 우아한 선녀의 형상을 그려 냈다. 보옥이 우물에 빠져 죽은 금천아를 제사 지내기 위해 시동인 명연을 데리고 은밀히 찾아간 수선암을 낙신을 모신 암자로 설정하고 있다.

당송시는 중국 문학의 정수로 중국을 시의 나라로 불리게 할 만큼 중국 역사에 깊은 영향을 끼쳤다. 『홍루몽』에는 수많은 시가 들어 있고 또 시 짓기 모임인 시사(詩社)가 전후 두 번이나 결성되었다. 시를 짓는 구체적인 과정이나 시를 가르치는 세밀한 사연도 묘사된다. 기존의 다른 소설에서도 이야기와 시가 공존하지만, 대부분 앞부분 이야기를 다시 개괄하여 시구로 전해 주거나 전대의 시구에서 적절한 구절을 찾아 상징의 역할로 쓰는 경우가 많다. 하지만 『홍루몽』에서는 작가 자신이 시인이므로 자연히 수많은 시가 등장인물의 이름으로 창작되었다. 특히 인물의 개인적 성격이나 취향, 시를 짓는 시공간적 분위기, 인간관계에 얽힌 미묘한 입장까지 고려하여 상황에 알맞게 시를 지었다. 그리하여 천의무봉과 같이 자연스럽고 주옥같이 아름다운 시를 수없이 남겼다. 이 점은 다른 소설에서 따를 수 없는 독특한 장점이다.

조설근의 시풍은 당나라 이하(李賀)를 닮았다는 증언이 있고, 소설 속에 활용된 시인 중에는 당대의 이상은(李商隱)과 송대의 육유(陸遊), 범성대(范成大)가 있다.

제40회 대관원 잔치에서 배를 타고 노닐 때, 보옥이 시든 연꽃을 보기 싫다고 하자 대옥은 이상은의 시구를 인용하며 달리 말했다. "나는요, 이상은 시를 제일 싫어하긴 하지만 그래도 「마른 연잎 남겨 두어 빗소리를 들어 보네[留得殘荷聽雨聲]」의 한 구절만은 좋아한다고요." 그 말에 보옥은 얼른 말을 바꾸어 "그럼 앞으로 마른 연잎을 뽑아내란 소리는 더 안 할게"라고 했다. 이상은의 시가 난해한 것은 누구나 안다. 대옥도 그 점이 싫었을 것이지만 마른 잎을 남겨서 빗소리를 듣게 하라는 발상은 너무 좋다고 생각한 것이다. 원시에는 고하(枯荷)라고 했지만, 작가는 잔하(殘荷)로 바꾸었다. 작가의 의도적인 수정일 것이다.

가보옥의 시녀 습인은 주인공에 비견될 만큼 중요한 인물이다. 본래 가모의 시녀로 진주라는 이름이지만 보옥의 시중을 들면서 개명했다. 소설에서는 여러 차례 그 이름의 유래에 대해 언급한다. 제3회에 작가의 말로 "보옥은 그녀의 성이 화씨(花氏)라는 걸 알고 옛 시인의 시에 화기습인(花氣襲人)이란 시구를 본 적이 있어 가모에게 말씀드리고 습인으로 바꾸었다"라고 밝혔지만 누구의 시인지는 말하지 않았다. 제23회에 가정은 시녀의 이름으로 너무 독특하여 까닭을 다그쳐 물었다. 보옥은 "옛사람의 시를 외우다가 화기습인지주난(花氣襲人知晝暖)의 구절이 있어, 마침 그녀의 성이 화(花)씨이기에 자연스럽게 그 이름을 붙였습니다"라고 대답했다. 인용한 구절이 늘어나도 여전히 옛 시인으로만 칭했다. 세 번째 출현은 보옥이 풍자영의 집에 모여 주령 놀이를 할 때, 각자 시구를 한 구절 읊도록 했는데 장옥함의 입에서 「화기습인지주난」의 구절이 나왔다. 장옥함과 화습인이 맺어지는 운명을 보여 주는 대목이지만, 여전히 시인의 이름은 밝히지 않았다.

이 시구는 육유의 「촌거서희(村居書喜)」에서 가져왔다. 원시에는 「화기습인지취난(花氣襲人知驟暖)」인데 취난(驟暖, zhou)이 주난(晝暖, zhou)으로 바뀌었다. 중국어로 동음으로, 작가의 의도적인 수정인지는 알 수 없다. 주요 등장인물의 명명 유래로 활용하기 위해 오랜 심사숙고와 육유 시에 대한 작가의 충분한 인식의 바탕에서 이루어졌을 것이다.

조설근이 주목한 남송 시인으로 또 범성대가 있다. 그의 시구로부터 가씨 가문의 절과 암자의 이름 철함사와 만두암이 명명되었다. 진가경의 장례 도중 왕희봉의 권세를 보여 주는 제15회의 회목은 「왕희봉은 철함사에서 멋대로 권세 부리고[王鳳姐弄權鐵檻寺], 진종은 만두암에서 은근히 재미 보았네[秦鯨卿得趣饅頭庵]」이다. 철함사에 속한 암자는 본래 수월암이었지만 이곳에서 만두를 잘 빚는다 하여 만두암의 별명으로 통했다. 수월(水月)이란 경화(鏡花)와 함께 눈으로 볼 수 있으나 실체를 잡을 수 없는 것으로 불교적 용어다. 제63회 형수연은 묘옥이 좋아하던 옛사람의 시구를 이렇게 소개했다.

천년 가는 쇠 철문 문턱이 있다 해도	縱有千年鐵門檻
종국에는 흙 만두 속으로 가는 인생	終須一個土饅頭

철함사와 만두암의 유래는 이 시구에서 왔다. 묘옥이 함외인의 서명으로 축하 편지를 전해 오자, 보옥은 함내인의 이름으로 답을 보내는 데 이를 활용했다. 시는 바로 범성대의 「중구일행영수장지지(重九日行營壽藏之地)」에서 왔으며 철함은 이승에서 저승으로 가는 문턱이고, 만두는 무덤의 모양을 비유한 것이다. 조설근이 출가자 묘옥의 생사관을 반영하면서 귀족 가문이 운영하던 사찰과 암자의 명명에도 옛 시의 구절을 활용한 것이다.

중국희곡은 원대의 잡극(雜劇)과 명청의 전기(傳奇)로 대별된다. 『홍루몽』에선 노골적으로 원대의 『서상기』와 명대의 『모란정』을 작품의 표면에 배치하고 이를 활용하여 작중 인물의 성격 묘사와 심리 변화의 기제로 삼고 있다.

제23회 회목은 「서상기 기묘한 사는 희롱의 말로 통하고[西廂記妙詞通戲語], 모란정 애틋한 곡은 소녀의 마음 흔드네[牡丹亭艷曲警芳心]」다. 노골적으로 두 작품을 제목의 첫머리에 드러냈으니, 두 희곡 작품이 이 소설의 창작에 깊은 영향을 끼친 사실을 부인할 수 없다. 작자도 이 작품을 자랑스럽게 생각하며 드러내고자 했다.

원대 희곡 『서상기』는 왕실보(王實甫)의 작품인데 당대 전기 소설 「앵앵전」을 모티프로 다룬 일련의 문학 중에서 가장 성공한 것이다. 상국의 딸 최앵앵과 서생 장군서의 사랑을 다루었는데, 소설에서 이루지 못한 사랑을 희곡에선 우여곡절 끝에 사랑을 쟁취하여 행복한 결말로 마무리시켰다. 원대 극작가 중에서 왕실보는 아름다운 곡사를 쓰는 작가로 이름났다. 『서상기』는 문인들에게 널리 읽히는 작품으로서 정평이 나 있었다.

전통 시기 귀족 가문의 소저들은 남녀상열의 이야기책을 접하지 못하도록 차단되었다. 당연히 임대옥도 『서상기』와 같은 애정극을 직접 접할 수 없었다. 가보옥은 시동 명연을 통해 시중에서 소설이나 희곡 등의 읽을거리를 구해 은밀히 읽으면서 즐겼다. 그중에는 조비연, 측천무후, 양귀비 등의 야사도 들어 있어 보옥이 좋아했다. 어느 봄 정원에 꽃비가 흩날리는 날, 심방갑 복사꽃 나무 아래 자리를 잡은 보옥은 『서상기』를 펴들고 앉아 독서삼매에 빠져들었다. 책 속에서 "붉은 꽃잎 떨어져 수북이 쌓여 있네!"라는 구절을 읽는데 마침 불어오는 바람이 복사꽃을 떨어뜨려 보옥의 몸과 책 위에 꽃잎이 수북이 쌓여 분위기는 더욱 고조된다. 이때 떨어진 꽃잎을 쓸어모아 꽃무덤을 만들던 대옥이 다가와 무슨 책을 보는지 물었다. 보옥은 얼른 책을 감추며 얼버무렸다. 이상한 낌새를 챈 대옥은 보옥의 몸에 바짝 다가앉으며 보옥이 보던 책을 눈앞으로 당겼다. 보옥은 더는 피할 길이 없음을 알고 "남한테 얘기하면 절대로 안돼! 이거 정말 기가 막히게 좋은 책이라고"라고 말하며 둘이 함께 『서상기』를 읽었다.

가보옥과 임대옥이 가장 행복했던 순간은 바로 두 사람이 다정하게 『서상기』를 함께 읽는 「공독서상(共讀西廂)」의 이 장면이다. "나는야 근심 걱정 넘치는 병들고 외로운 몸, 당신은 바로 나라도 성도 무너뜨리는 경국지색의 자태[我就是個多愁多病身, 你就是那傾國傾城貌]"의 구절을 보옥이 외우자 대옥의 두 뺨과 양 귓불이 발갛게 달아올랐다. 『서상기』에서 병들고 외로운 사람은 장생이고 나라를 기울이는 경국지색은 앵앵이다. 대옥은 잠시 그 구절에 감동하여 얼굴이 화끈거렸지만 곧이어 보옥이 야한 구절로 자신을 희롱한다고 여겨 짐짓 화를 내며 어른들에게 일러바치겠다고 으름장을 놓았다. 보옥은 곧 사과하며 실랑이를 벌이지만 사실 두 사람이 이 순간만큼 친근하게 느낀 적은 드물다. 작가는 『서상기』를 통해 감정이입의 작용으로 두 사람의 미묘한 마음을 전하도록 했다.

명대 희곡 『모란정』은 탕현조(湯顯祖)의 작품인데 전체 이름은 「모란정환혼기」다. 꿈속에서 유몽매와 사랑에 빠져 상사병으로 죽은 두려낭이 다시 유몽매를 만나 환생하여 사랑을 이룬다는 환혼 고사다. 정으로 인해 죽고 정 때문에 살아난다는 환상적인 판타지를 구현한다.

제23회의 「공독서상」에서 보옥이 부름을 받고 자리를 떠나자 혼자 남은 대옥은 쓸쓸한 마음으로 천천히 소상관으로 돌아가다 이상하게 끌리는 곡조를 들었다. 이향원 담장 모퉁이를 지날 때 대청 안에서 피리 소리와 노랫가락이 유장하게 흘러나왔다. 열두 명 연극반 여자아이들이 하는 공연 연습이었다. 평소에는 무심코 지나쳤는데 오늘은 어쩐 일이지 노랫가락 구절이 또렷하게 들려와 대옥의 가슴을 파고들었다. 대옥은 걸음을 멈추고 넋이 나간 듯 『모란정』 노래를 귀에 담았다. 그중에서 "아 어이하랴! 그대의 꽃다운 모습과 물처럼 흐르는 이 세월을[則爲你如花美眷, 似水流年]"의 구절은 듣자마자 정신이 아득해지고 마음이 흔들렸다. 이날 임대옥은 『서상기』와

『모란정』의 아름다운 구절에 푹 빠지고 만다. 자신의 운명처럼 다가서는 노랫가락에 가슴이 아파 오며 눈물을 흘렸다. 작가는 희곡 『서상기』와 『모란정』을 『홍루몽』의 분위기 속에서 다시 읽도록 하여 남녀 주인공의 마음을 대변하는 장치를 덧붙였다. 고전 희곡의 영향을 감지할 수 있다.

『홍루몽』이 나오기 전에 널리 전해지던 소설은 명대 사대기서와 청초 재자가인 소설이다. 장편 소설의 발전사상 『홍루몽』은 당연히 이들 소설의 주제 사상이나 기법을 음으로, 양으로 영향받아 심화시키며 높은 가치를 창출했다. 그럼에도 불구하고 희곡의 경우와 달리 소설의 제목은 거의 드러나지 않는다.

인정 소설이라는 유형에서 보면 『금병매』의 그림자가 가장 짙게 드리워졌지만 거의 내색하지 않았고, 지연재 평어의 한 대목에 "금병매의 골수를 얻었다[深得金甁壺奧]"라는 언급이 있을 뿐이다. 진가경의 장례에 임하는 가진의 태도를 이병아 장례에 정성을 들이는 서문경의 경우와 비교한 것이다, 장면이나 상황이 쏙 빼닮았기 때문이다. 이것은 평자인 지연재가 두 작품의 인과관계를 공개적으로 인정한 증거다. 학자들은 두 작품이 서로 유사한 구조와 기법을 가진 것으로 인정한다. 『금병매』 주인공 서문경과 처첩의 관계, 처첩 여인들 사이의 관계 등의 구조가 『홍루몽』에서도 유사하다고 본다. 물론 기혼여성의 육체적 성 문제를 노골적으로 다루는 전자와 달리 후자는 미혼의 어린 소녀들의 여린 감성과 심리를 다루기에 분위기는 전혀 다르다. 하지만 여러 유형의 소설 중에서 특히 이 두 소설의 구조가 닮아 있음은 분명하다. 논자들은 반금련과 이병아의 관계를 임대옥과 설보차의 관계와 대비시켜 분석하고, 인물 관계의 심리적 유사성까지 주목하고 있다.

재자가인소설은 명말 청초 널리 유행하던 장르다. 명말 세정소설은 두 갈래로 나뉘어 변천했다. 하나는 재주 있는 남자와 아름다운 여자의 이상적인 만남을 묘사한 재자가인소설이고, 또 하나는 노골적인 성적 판타지에 탐닉하는 음사소설이다. 재자가인소설은 중편 소설의 분량으로 선비들이 읽기에 편리했고 노골적인 성 묘사도 적어 심리적 부담 없이 널리 유행했다. 재자와 가인의 만남이라는 상투적인 구조로 훗날 식상하다는 평을 받았지만 『홍루몽』이 출현할 때까지 꾸준히 양산되었다. 이 소설은 당시 만주어로도 번역되었고 조선 후기에는 언해본 번역도 나왔다.

『홍루몽』에서 전대의 소설을 언급한 예는 많지 않지만 유독 재자가인소설에 대한 비판은 직접적이고 노골적이다. 그만큼 작가는 본인의 창작 작품의 남다른 차별성을 강조했다. 우선 소설의 첫머리에 석두와 공공도인 사이에서 치열하게 진행된 작품 평가에 관한 대화에 구체적으로 풍월필묵(風月筆墨)과 재자가인소설을 언급했다.

> 역대의 소설에서는 임금이나 재상을 비웃고 비방하거나 혹은 남의 아내나 딸을 폄하하여 욕보이고 흉악한 짓을 하는 것들뿐입니다. 더욱이 풍월필묵이라고 하는 남녀의 애정을 다루는 작품에서는 그 음란하고 추악한 해독의 글이 젊은 자제를 나쁘게 물들이는 경우가 이루 말할 수 없습니다. 게다가 재자가인소설에 이르면 천편일률적으로 모두 상투적인 내용이어서 그 가운데에 음란한 묘사가 빠지지 않고 온통 반안인(潘安仁)과 조자건(曹子建) 같은 미남과 서시(西施)와 탁문군(卓文君) 같은 미녀로 가득 차 있습니다. 작자 자신이 염정시 몇 수를 지

어 넣고 일부러 남녀 두 사람의 이름을 만든 다음에 다시 한 소인을 만들어 그 사이를 휘젓게 함으로써 연극 속의 광대처럼 만드는 것입니다. 또 시녀가 입만 벙긋하면 자야지호(者也之乎)와 같이 문장과 이치를 논하는 고상한 말투가 나오니 정녕 말도 안 되는 일입니다. 그러하니 이러한 책들은 한 번만 살펴보면 곧 모순이 가득하고 사리에 전혀 맞지 않음을 알 수 있습니다. (제1회)

작가는 『홍루몽』이 재자가인소설과는 달리 인물 묘사를 유형화시키지 않고 각각의 개성을 존중하여 전형화로 창조했음에 자부심을 보인다. 인물의 대화도 지적 수준이나 성격에 맞도록 안배하였고, 시녀들의 입에서 고리타분한 고문어 투가 나오지 않게 했음을 확인한다. 재자가인소설에 대한 비판은 작중 인물 사 태군도 통렬하게 지적했다. 원문에서는 가인재자(佳人才子)의 이야기로 표현했다.

그런 얘기는 모두가 판에 박은 듯 한 가지 틀이거든. 어찌 되었든 가인재자의 얘기일 뿐이야. 그냥 아무 재미도 없다니까. 남의 집 아가씨를 그렇게 못되게 그려 놓고 그래도 말은 가인이라고 하니. 눈꼽만큼도 비슷한 구석이 없게 꾸며 놓았단 말이야. 입만 열면 글공부하는 선비 집안이라 하고, 부친은 상서 아니면 재상이고, 외동딸은 틀림없이 금지옥엽으로 장중의 보배처럼 아낀다고 하지. 그 아가씨는 필시 시서에 달통하고, 예의범절 뛰어나며, 무소불통으로 박학다식한 데다, 절세의 가인이 분명하겠지. 그러다 훤칠하게 생긴 멋진 남자를 보면 친척이든 친구든 막론하고 바로 종신대사를 생각한다는 거지. 그때는 부모도 잊고 시서예악도 잊어버리고 말지. 그게 도대체 뭐냐 말이야. 이것도 아니고 저것도 아니고 그걸 어떻게 가인이라고 할 수 있겠어. 설사 뱃속 가득 고상한 글공부를 했더라도 그렇게 행동한다면 진정한 가인이라고 할 수 없는 거지. (제54회)

작가는 사 태군의 입을 통해 재자가인소설의 문제점을 조목조목 해부하며, 그러한 결점은 『홍루몽』에서 절대로 범하지 않는다는 점을 드러냈다. 자신의 뛰어난 가치를 높인 것이다.

3. 시간과 공간

조설근의 가문은 한족 혈통이지만 청초 이래 백 년간 황실과 가깝게 득세하여 만주 귀족의 부귀와 영화를 누렸다. 청나라는 여진족의 후예로 금나라 전통을 이어 국명도 처음엔 금(金, 후금)으로 불렀으나, 태종의 황제즉위 후에 청(淸)으로 국명을 바꾸고 족명도 만주(滿洲)라고 고쳤다. 산해관을 넘어 중원에 들어와 천하를 제패했을 때, 고유 문화만 고집하지 않고 한족의 우수한 문화 전통을 받고 유교 사상을 신봉하며 명나라 제도와 사회체제를 대부분 답습했다. 청나라가 전통 시기 최대 제국으로 발돋움할 수 있는 개방된 사고방식은 만한(滿漢) 융합의 정신에서 나왔다. 초기에는 정체성을 잃지 않으려고 한문 고전을 대대적으로 만주어로 번역하였고, 군사행정 조직인 팔기 문화를 철저하게 고수했으며, 남성 고유의 두발 형식인 변발을 강요하기도 하였다.

조설근이 『홍루몽』 창작을 시작한 시기는 북경에 수도를 정하고 중원을 통치한 지 약 백 년의 시간이 흐른 시점이었다. 작품의 배경에서도 개국공신으로 작위를 받고 녕국부와 영국부의 가문이 형성된 지 백 년이 흘러 가보옥은 사 대째이고 가란은 오 대째 후손이란 설정이었다. 현존하는 『갑술본』의 갑술년이 1754년이므로 10년의 집필 시간을 역산하면 1744년이 되고 그것은 순치제가 북경에서 즉위한 지 딱 백 년이 되는 해다. 당시 섭정왕은 도르곤이었고 조설근 가문은 초기에 도르곤의 휘하 소속이었다. 도르곤 사후 황실 직속의 내무부 소속이 되었고 강녕직조에 임명되면서 강남의 귀족으로 65년간의 영예를 누렸다. 작가는 소설 속에서 이러한 가문의 역사를 염두에 두고 이야기를 전개한다.

이 시기 청나라는 안정 국면에 접어들었고 강희제와 옹정제를 지나고 건륭제가 되면서 최고의 전성기를 맞이했다. 사회는 만주 문화와 한족의 문화가 융합되어 새로운 활기를 되찾았다. 이 분위기는 『홍루몽』에도 잘 반영되었다.

『홍루몽』은 한자로 쓰였지만, 만주 귀족 출신인 조설근이 다양한 만주 문화의 요소를 가미하고 뒤섞어 활용했다는 면에서 만주 문학의 일부로 보려는 시각도 존재한다. 또한 『홍루몽』의 창작과정이나 필사와 평점, 전파의 과정에서 황실의 인물이나 만주족 인사들이 다수 관련되어 있다. 만주족의 이 같은 관심은 자신들의 이야기를 만든 것으로 보았기 때문이다.

조설근이 생전에 깊이 교류한 돈민, 돈성 형제는 종실 시인이다. 그들은 황실의 후손으로서 조설근과는 선조 때부터 관련이 있어 서로 깊이 이해하는 관계였다. 지연재 평본의 하나인 『기묘본』은 이친왕부(怡親王府)에서 정교하게 필사된 텍스트인데, 이친왕은 소설 속에서 북정왕의 신분으로 나오는 인물이며 가씨 집안에 우호적인 인물이었다. 조설근 가문은 이친왕과 긴밀한 관계가 있었고, 가문의 위기에 봉착했을 때, 이친왕부를 찾아가 도움을 청하기도 했다. 조설근 할아버지 조인의 딸 하나가 왕비가 되었으니, 조설근 고모집이 왕부였고, 고종사촌과는 훗날까지 교류가 있었다. 하지만 조설근은 꼿꼿하게 지조를 지키며 궁핍한 가운데도 자존심을 지켰다. 부유하고 권세 있는 친척을 찾아 비굴하게 자세를 낮추지 않았다. 당시 그의 친구들은 그를 완적 같은 인물로 평했다. 몰락한 후의 조설근은 굳이 권문세가의 친척을 찾지 않고 서산의 기인 촌으로 옮겨 초월한 삶을 살았다.

『홍루몽』은 신화에서 시작하여 굳이 시간 배경을 설정하지 않으려고 했지만 실질적인 배경은 청나라 개국으로부터 백 년이 지난 시점으로 볼 수 있다. 작가 조설근이 창작을 시작한 건륭 초기로 비정할 수 있다.

작품의 공간적 배경은 실제로 드러내려는 남방의 지명과 굳이 드러내지 않으려는 북방의 지명으로 나뉘진다. 구체적으로 언급되는 이름은 금릉(金陵), 소주(蘇州), 양주(揚州)다. 책의 이름으로도 나오듯이 이야기는 금릉에 사는 열두 명의 여성을 대상으로 한 것이었다. 하지만 금릉십이차 모두가 금릉 출신은 아니다. 가씨와 사씨, 왕씨, 설씨는 금릉 출신이지만 임대옥과 묘옥은 소주 사람이었고 진가경은 양생당 출신이니 정확한 출신지를 알 수 없다.

소설은 진사은과 가우촌의 이야기를 소주 호로묘에서 시작하였고, 가우촌이 양주에서 임대옥의 가정교사가 되었으며, 경성에서 온 냉자흥으로부터 도성의 종가댁인 가씨 집안의 소식을 들었다. 가우촌은 지난해 금릉 석두성에 들어갔다가 두 저택의 문 앞을 지난 적이 있다는 말도 했다. 가씨 가문은 금릉에 본가가 있고 현재 도성(북경)에서 벼슬 살고 있다. 이점은 호관부에서 더욱 구체적으로 지적하여, 네 가문 모두 원적인 금릉에 남아 있는 가구 수와 도성에 살고 있는 가구 수를 적어놓았다. 임대옥은 가우촌이 직접 데리고 상경하였고, 설보차는 설반의 살인 사건을 엉터리 판결로 놓아 주어 가족과 함께 상경하였다.

북경에 자리 잡은 녕영가(寧榮街)의 양편으로 큰집인 녕국부와 작은집인 영국부가 나란히 있다. 정문에는 돌사자가 있고 현판은 칙조녕국부, 칙조영국부다. 황제의 칙명으로 지어진 개국공신의 저택이란 의미다. 가문의 조상을 모시는 사당은 녕국부에 있지만 현재 가문의 가장 어른인 가모(사 태군)는 영국부에 있다. 소설의 주인공은 가보옥이므로 영국부를 주요 대상으로 삼는다. 집안의 주요 건물로는 서쪽에 가모가 거처하는 영경당(榮慶堂)이 있고 그 부속 서재에서 보옥이 지내다 대옥이 상경하여 함께 기거했다. 중앙에 가정의 정방인 영희당(榮禧堂)이 있으며, 그 양쪽에 왕 부인원과 조 이랑원이 배치되었다. 동쪽에는 영국공의 작위를 이어받은 가사의 거처인 가사원이 있다. 그 뒤로 이향원(梨香院)이 있는데 설씨네가 상경 직후 잠시 거주했던 곳이며 후에 연극 배우들이 연습하며 머물던 곳이다.

녕국부의 회방원(會芳園)의 담과 영국부 사이의 공터를 헐고 원춘 귀비의 성친을 기념한 정원을 조성한 것이 대관원이다. 주인공 보옥과 대옥, 보차의 활동 무대가 되었다. 원춘이 성친을 마친 후 보옥을 비롯하여 자매들이 들어가 살도록 허락했다. 기혼자로는 과부인 이환이 포함되었고 영춘, 탐춘, 석춘의 세 자매와, 고종사촌 임대옥, 이종사촌 설보차가 들어갔다. 비구니 묘옥도 대관원 내의 암자를 차지했다. 보옥은 남자로서 유일하게 포함되었다.

대관원의 방대한 스케일은 북방 황실 원림의 특징이고 내부에 세워진 건축양식은 남방 문인 원림과 같아 남북의 특징을 혼합했다. 정원문화는 명청 시대 희곡과 소설에서 남녀의 만남과 사랑이 싹트는 공간으로 설정되고, 은밀한 욕망이 펼쳐지는 장소였다. 『홍루몽』에서 대관원은 천상의 태허환경에 비견할 만한 지상 낙원으로 설정되었다. 대관원은 단순한 후원이 아니라 주거공간과 정원이 하나로 혼합된 진정한 의미의 지상 낙원의 형태다. 이곳에서 주인공 보옥은 영원히 천진무구한 삶이 이어지기를 소망한다. 하지만 이 낙원도 세상으로부터 오염되고 급기야 야간수색이라는 최악의 상황에 이르러 와해의 과정을 겪는다. 청문이 쫓겨나고, 보차도 이사 나가고, 보옥이 병으로 인사불성이 되었을 때, 대옥은 한을 품고 죽는다. 황폐한 대관원을 바라보며 보옥은 울음을 삼킨다. 그리고 마침내 깨달음을 얻고 낙원을 떠날 생각을 한다.

소설 속 대관원의 실제 모델이 어디인가에 대한 학자의 논의는 『홍루몽』 출현 이후 줄곧 제기되었다. 남경과 북경에 각각 모델로 추정되는 장소가 거론되고, 소설 속 묘사를 근거하여 남북의 지리적 환경과 문화를 혼합하여 허구적으로 창조했다는 학설이 대두되었다.

남경의 강녕직조부는 조설근이 태어난 곳이다. 그의 증조로부터 삼대에 걸쳐 65년간 영화를 누린 현장이다. 조설근은 그곳에서 어린 시절을 보내고 가문의 몰락과 함께 북경으로 이주하였지만, 그의 기억에는 화려했던 저택의 정원 모습이 뚜렷이 남았을 것이다. 대를 이어 전해져 온 가족의 집단기억도 강녕직조 속 화려한 정원에서의 영광과 치욕의 추억은 지울 수 없었을 것이다. 가문에 전해지는 기억은 대관원의 이야기로 남게 되었다.

강녕직조부는 강희제의 남순 때 네 차례나 행궁의 역할을 했지만, 훗날 실제로 행궁이 되었고 현대에 이르러 대행궁소학(大行宮小學)의 초등학교 건물이 있었다. 발굴 결과, 이곳이 강녕직조 서쪽 화원의 일부임을 확인하고 2009년 '강녕직조부박물관'의 이름으로 새로 건립하여 오늘날 남경의 역사적 명소가 되었다.

청대 만주족 시인 부찰명의(富察名義)는 『홍루몽』 대관원의 본래 모델은 유명한 시인 원매(袁枚)의 거주지 수원(隨園)의 옛터라고 지적한 바 있다. 원매의 수원이 바로 대관원이라는 설은 오랫동안 큰 영향이 있었다. 본래 강녕직조가 된 조씨가문의 원림이던 이곳은 삭탈관직을 당한 조부의 뒤를 이어 수혁덕(隋赫德)의 원림이 되어 수원(隋園)으로 불리다, 그가 다시 삭탈관직이 된 후 원매가 매입하여 수원(隨園)으로 이름을 고쳤다. 원매는 그 이름을 따서 스스로 수원노인이라 부르고 유명한 『수원시화』를 지었고 죽어서 그곳에 묻혔다. 원매도 책에서 "조설근의 『홍루몽』에 나오는 대관원은 나의 수원이다"라고 적었다. 이곳은 태평천국의 난리에 폐허가 되었다가 20세기 초 대학이 자리잡게 되었다. 이 수원의 동쪽 끝에 해당되는 곳에 오늘날 마침 오룡담(烏龍潭) 공원이 있기에, 이곳에

1992년 조설근 석상을 세웠고 이어서 아담하게 '조설근 기념관'도 만들었다. 남경에는 『홍루몽』 무대의 상징적인 명소인 삼국 시대 오나라의 석두성(石頭城) 이외에, 조설근 관련 기념관이 이렇게 두 곳에 만들어졌다.

북경에서 조설근이 처음 거주한 곳은 숭문문(崇文門) 산시구(蒜市口)에 있던 열일곱 칸 반의 저택이다. 이는 삭탈관직된 조부(曹頫) 일가를 북경으로 올려 보내고 강녕직조의 책임을 맡은 수혁덕(隋赫德)이 옹정제에게 올린 상주문에 나오는 기록이다. 이때 조설근의 할머니에 해당하는 조인의 미망인 이씨가 생존하여 가복 세 부부와 열일곱 칸 반의 저택을 남겨 주어 여생을 보살피도록 배려했다. 이 기록 이후에 조설근 가문이 북경에서 어떻게 살았는지는 역사의 뒤안길로 묻혔다. 혹자는 소설 속의 정황을 빗대어 건륭 초기 한차례 부흥했다가 다시 한번 철저하게 몰락했을 것으로 보지만 근거는 찾기 힘들다. 1982년 궁중 당안(檔案)에서 이 글을 찾아내 건륭 연간의 북경 지도인 『경성전도(京城全圖)』에서 확인하여 숭문문 밖의 유사한 지역을 특정하고, 근년에 발굴을 통해 조설근 일가의 고거(故居, 거주지)였음을 확인했다. 2020년 새롭게 고건축을 완성하여 '조설근고거기념관'으로 명명했다. 조설근이 만년에 살았던 향산 식물원 근처의 기인촌(旗人村) 고거에는 일찌감치 '북경조설근기념관'이 세워져 오랫동안 관광 명소였다. 북경에도 이렇게 두 곳의 고거를 발굴하여 기념하고 있다.

하지만 북경의 고거에 대관원의 모델이 될 만한 정원은 없다. 대관원의 모델로 북경에서 가장 주목을 받은 곳은 십찰해(什剎海) 옆에 있는 공왕부(恭王府) 화원이다. 공왕부는 가경 연간 공친왕이 거주하였던 왕부였다. 대관원과 공왕부의 정원 구조나 묘사의 유사성에 대해 홍학 전문가는 여러 비교연구를 했지만, 사실 공왕부가 만들어진 것은 건륭제의 총애를 받던 대신 화신(和珅)에서 비롯되었는데, 그때는 이미 조설근의 사후였다. 따라서 공왕부는 오히려『홍루몽』속의 대관원을 모델로 하여 훗날 조성된 것으로 보는 것이 합리적이다.

대관원의 묘사를 종합하면 거처나 누정이 무려 2백여 곳에 이르고 비록 소설의 과장이라 해도 이처럼 방대한 규모는 민간 정원에선 모델을 찾을 수 없다. 원춘 귀비의 성친으로 조성된 대관원은 청대 황실의 궁중 정원에 비견될 만큼 큰 규모를 갖추고 화려하게 꾸몄다. 이에 비견할 만한 곳으로 북경의 원명원(圓明園)이 거론되는 것은 이러한 까닭이다. 원명원은 1709년 강희제가 제4황자 윤진(胤禛)에게 하사하였고, 윤진이 옹정제로 즉위한 후에 더욱 확장시켰다. 건륭 연간에도 계속 가꾸어 바야흐로 전성기에 이르렀다. 자연환경을 최대한 이용하여 조성했고 시문을 지어 편액과 주련을 달아 문화적 기품을 한껏 고조시켰다. 건물의 유형도 다양하여 백여 곳에 누정과 전각을 지었다. 시간적으로만 보면 원명원의 전성기에 조설근이 『홍루몽』을 창작하고 있었으므로 영향을 받았을 개연성은 있다. 오늘날 학자들은 양자의 뛰어난 경치와 정원 예술에서 많은 비교 대상을 찾아 연구한다. 다만 당시 몰락한 가문의 후손이던 조설근이 어떤 경로로 원명원의 화려한 정원 모습을 살펴보고 배울 수 있었는지 궁금할 따름이다.

4. 문화의 보고

중국 고전 문학에는 다양한 문화적 요소를 담고 있는데, 특히 『홍루몽』의 경우 중국문화의 수많은 내용을 소설 속에서 구체적으로 체현하고 있어 명실공히 중국문화의 보고, 문화의 백과사전이라는 평을 받는다.

인정소설 『홍루몽』은 인간의 진솔한 삶의 모습을 보여 주기 위해 의식주행(衣食住行)을 비롯하여 다양하고 흥미로운 생활의 진면목을 여실히 묘사한다. 귀족 가문의 흥망성쇠를 그리기 위해 위로는 황실과 공신 가문에서 아래로는 노복이나 평민에 이르기까지 폭넓은 인물의 스펙트럼도 자랑한다.

귀족 가문으로서 영국부의 일상생활은 청나라 전성시대의 풍부한 생활 모습을 재현하고 있다. 우선 의식주의 묘사에서 질적으로 남다른 모습을 보인다. 조씨 가문은 남경에서 강녕직조를 맡아 운영하며 비단의 종류와 남녀의 복식에 대한 풍부한 상식과 경험을 갖고 있었다. 청나라 귀족 인물의 복식에 대한 세밀한 묘사는 제3회에 상경한 대옥의 눈에 비친 가보옥의 용모만 보아도 알 수 있다.

> [가보옥] 머리에는 상투를 묶어 칠보로 상감한 자색 금관을 쓰고, 눈썹 위로 두 마리 용이 여의주를 희롱하는 모양으로 이마 띠를 둘렀으며, 백 마리의 나비가 꽃밭을 나는 그림이 두 가지 금실로 수놓인 붉은색의 소매

좁은 긴 저고리를 입었다. 허리엔 오색 꽃 모양 매듭이 달린 수술이 긴 허리띠를 매고, 겉에는 올록볼록 여덟 송이 둥근 꽃을 새기고, 끝단에 채색 술을 단 왜단 석청색 마고자를 걸쳤으며, 발에는 하얗고 두꺼운 바닥에 검은 비단으로 만든 작은 신발을 신고 있었다. (제3회)

이렇게 겉으로 드러난 복식 묘사가 성에 차지 않았는지, 작가는 보옥을 한 번 더 옷을 갈아입도록 하여 다시 나타나게 한다. 대옥의 눈을 통해 새롭게 묘사하기 위해서다.

몸에는 연분홍빛 꽃잎무늬가 있는 약간 오래된 큰 저고리를 입고, 목에는 여전히 목걸이와 옥과 기명쇄(寄名鎖)와 호신부(護身符) 등을 달고 있었다. 아랫도리는 송화 꽃잎 무늬의 능라 속바지를 반쯤 드러내고, 비단 단에 먹물 뿌린 무늬의 버선을 신었으며, 두꺼운 바닥의 붉은 신발을 신고 있었다. 얼굴엔 분 바른 듯하고 입술엔 연지 찍은 듯하며, 눈동자를 돌리면 정이 넘치듯 하고, 말할 때는 늘 웃음소리가 새어 나와 자연스런 풍류

가 눈썹 끝에 달려 있었다. (제3회)

복식 묘사에는 왕희봉이나 설보차의 경우에도 지극히 세밀하고 꼼꼼하게 그려 작가의 특별한 관심과 능력을 보여 준다.

귀족 가문의 일상생활은 연회를 열어 맛있는 음식을 먹고 차와 술을 마시는 일로 소일한다. 차와 술과 다양하고 독특한 요리의 뛰어난 묘사는 고전 문학에서 『금병매』와 『홍루몽』이 대표적이다. 특히 대관원에서 할머니 가모를 비롯하여 자매들이 모여 잔치를 열 때의 화려한 모습은 귀족이 아닌 일반 평민으로서는 평생토록 상상조차 할 수 없는 규모와 형태를 보여 준다. 작가는 이를 유 노파라는 시골 할머니를 등장시켜 놀라운 장면을 독자들과 함께 감상하도록 안배한다. 보이차와 용정차, 소흥주와 도소주를 마시고, 대나무통에 찐 꽃게, 소금에 절인 돼지고기, 궁중요리인 익힌 비둘기알, 버섯과 죽순을 넣은 꿩고기, 술을 넣고 쪄 낸 오리고기, 불에 구운 사슴고기, 바다제비 집으로 만든 연와탕, 연밥과 대추로 끓인 탕, 새우살 완자에 닭 껍질을 끓인 계피탕, 닭의 골수를 넣은 죽순

요리 계수순, 고추기름을 넣은 순채 부추장, 두부피로 만든 포자 만두 등의 요리에 붉은 쌀 홍도미로 쑨 죽과 빈랑, 여지, 불수감 등의 과일까지, 수없이 진기한 요리는 경험하지 않은 사람은 알 수 없는 것들이다. 홍루 요리는 오늘날 특별한 경우에 특제 요리로 재현되어 선보인다.

건축문화는 대관원 조성과정에서 구체적이고 사실적으로 보여 준다. 대관원은 시구에서 뽑아낸 편액과 주련을 붙여 풍부한 문화적 위상을 갖춘 귀족 원림으로 구현된다. 석조로 세운 패방(牌坊)은 가장 중국적인 건축물이다. 태허환경에도 나오지만 성친별서(省親別墅)의 정문 역할로 대관원 입구에 세웠다. 양쪽의 주련이 상징적 함의를 담고 있는데, 태허환경의 주련으로 거듭 나오는 '가작진시진역가(假作眞時眞亦假)'의 구절은 이 소설의 주제로 강조되는 진가(眞假)의 문제를 한층 두드러지게 표현한다. '칙조(勅造)영국부'의 편액과 양편에 돌사자가 웅크리고 있는 정문, 안채로 들어가는 중문인 수화문(垂花門), 보름달 모양의 통로인 월동문(月洞門), 저택의 안쪽에 마련하여 연회를 여는 화청(花廳)도 대갓집에서 자주 볼 수 있는 건축물이다. 대관원 건축에는 실제 거주하는 생활공간과 휴식하거나 연회를 열 때 사용하는 공간으로 나눠진다. 작가는 이들 건물을 각각 다른 유형의 형태로 지어 다양한 모습을 보인다. 보옥이 사는 이홍원(怡紅院), 대옥의 소상관(瀟湘館), 보차의 형무원(蘅蕪苑), 영춘의 철금루(綴錦樓), 탐춘의 추상재(秋爽齋), 석춘의 요풍헌(蓼風軒) 혹은 난향오(暖香塢), 묘옥의 농취암(櫳翠庵), 이환의 도향촌(稻香村)이 모두 다른 형태의 건물이다. 명칭의 끝 글자가 각각 건물의 유형을 밝히고 있다. 이 밖에 보차가 나비를 쫓다가 문을 열어젖힌 적취정(滴翠亭), 연못에 기둥을 세워 지은 석춘의 화실인 우향사(藕香榭), 산 위에 지은 철벽산장(凸碧山莊), 산 아래 물가에 지은 요정계관(凹晶溪館) 등이 모두 독특한 모습이다. 이처럼 작가는 건축에서도 전통문화를 최대한 반영했다.

귀족 가문의 일년 생활사를 보여 주는 것은 민속 행사인 세시풍속이다. 『홍루몽』에서 새해맞이는 섣달그믐인 제석(除夕)의 가묘 제사로 시작한다. 가씨 종사(宗祠)는 녕국부에 있다. 가문의 사당이다. 원춘이 귀비가 되어 황실의 인척이 되었으므로, 가모와 형 부인, 왕 부인, 우씨 등 고명(誥命)을 받은 부인들은 공식 복장을 차려입고 품계에 따라 가마로 입궁하여 조하(朝賀)의 행례를 해야 한다. 그리고 돌아와 사당의 제사에 참례한다. 제사는 종손인 가경(賈敬)이 주관하고 모든 남자 종원이 항렬에 따라 참배를 한다. 사당 제사를 마치고 가문 내의 가장 큰어른인 가모에게 세배한다. 이 역시 적장자를 선두로 항렬별로 절도 있게 진행된다. 우리는 그믐에 하는 절을 묵은 세배라고 이르고 설날 아침의 절을 세배라고 구분하는데 이 책에서는 따로 명칭을 구분하지 않았다. 우리는 지금 설날 아침에 차례를 지내지만, 여기서는 그믐날 사당에서 공동으로 조상 제사를 지내므로 차이가 있다.

정월 초하루의 설날은 춘절(春節)이라 하는데, 새해 떡인 연고(年糕), 물만두인 교자(餃子), 일종의 새알심인 탕원(湯圓)을 먹고 둘러앉아 덕담을 나눈다. 대문에 복을 비는 대련을 써 붙이고 공연을 관람한다. 정월 대보름인 원소절(元宵節)에는 집집마다 등롱을 달고 잔치를 열어 골목마다 떠들썩하게 북적인다. 가씨 가문의 흥망성쇠 과정에서 대보름 잔치는 대체로 전성시대의 상황을 보여 준다.

청명과 한식을 지내는 것도 오랜 세시풍속이다. 또 오월 단오절과 팔월의 중추절은 중국에서 중요한 명절이다. 단오에는 종자(粽子)를 만들어 먹고, 추석에는 월병(月餅)을 먹는다. 추석은 흩어진 가족이 둥근달처럼 모여 단원절(團圓節)이라 하지만, 『홍루몽』에선 추석날 저녁의 썰렁한 분위기가 가문의 쇠퇴 조짐을 상징한다.

사람의 일생에서 관혼상제는 매번 중요한 전환점이다. 혼례는 예로부터 육례의 절차가 있었다. 하지만 주인공 가보옥의 혼례는 액땜의 이유로 급하게 추진되었고, 가까이 오고 간 이종사촌 설보차를 신부로 맞는다는 특수한 상황이라 약식으로 진행됐다. 따라서 전통적인 방식을 오롯이 보여 주지 못하고, 왕희봉의 계략에 따라 신부 바꿔치기의 비열한 수단이 동원되어 전통문화의 재현이라기보다 소설적 장치의 하나로 처리되었다. 혼례 때 신부 보차의 얼굴에 씌우는 붉은 보자기로 신랑의 눈을 속이고, 들러리를 대옥의 시녀로 대체하여 비극적 느낌을 강조했다. 비정상적인 혼례식의 모습이었다. 이 혼례식은 가보옥이 인생무상을 느끼고 집을 떠나 비극적 결말로 끝맺는 하나의 계기가 되었다.

홍루 인물의 죽음 묘사는 매우 다양하지만, 소설의 전후에 나타나는 두 차례의 장례식은 가문의 홍성과 쇠퇴를 대변하는 상징이었다. 전반의 진가경 장례는 성대하게 치러지고 문상하는 귀족의 인물들도 많이 나타난다. 가진은 며느리 장례에 눈물바다를 이루며 아낌없이 재물을 쓰라고 하였고 왕희봉을 불러와 녕국부의 장례를 치르도록 한다. 하지만 왕희봉은 이를 기회로 권력을 남용하여 재물을 챙기고 점점 부정한 재물욕에 빠져든다. 훗날 몰락의 원죄를 이때부터 쌓는다. 죽은 누나의 장례에 참가한 진종은 진정한 슬픔을 보이지 않고, 어린 비구니와 육체적 쾌락에 탐닉하여 머지않아 파멸의 조짐을 드러낸다. 작가는 진가경의 죽음으로 대갓집 장례식의 절차와 과정을 유감없이 보여 주며, 동시에 가문의 흥망성쇠를 예견하는 중요한 계기로 삼는다. 소설 후반의 가모 장례식은 가문 내 큰 어른의 죽음으로 가장 성대하고 경건하게 치러져야 하지만, 집안의 몰락 과정에서 부실하게 치러진다. 심지어 혼란을 틈타 못된 인물의 부추김으로 도둑까지 끌어들이는 난감한 상황이 연출된다. 이때 비구니 묘옥의 납치사건도 일어나 안타까움을 더한다. 작가는 가모의 죽음으로 장례문화를 세밀하게 그리기보다, 가문의 몰락을 보여 주는 전환점으로 활용하고자 했다. 그러나 소설 속에 자연스럽게 전통문화의 요소가 반영된다는 점은 분명한 사실이다.

중국문화의 보고이며 백과사전으로서 『홍루몽』은 또 다른 가치를 지닌 중요한 고전 문학이며 최고의 장편 소설이라 할 수 있다.

개기(改琦), 설보차(『홍루몽도영』), 1879

에필로그

『홍루몽 읽기』는 말 그대로 장편 소설 『홍루몽』의 작품 세계를 압축하여 독자들이 쉽게 이해하고 공감할 수 있도록 쓴 입문서다. 소설은 청나라 건륭 연간에 쓰였으나, 오늘날의 감각으로 읽어도 전혀 낯설지 않다. 작가는 청춘 남녀의 애틋한 사랑의 감정과 인간에 대한 한없는 연민의 정을 꼼꼼하고 세밀한 필치로 그렸다. 귀족 가문의 잘생기고 마음씨 선량한 귀공자와 그를 둘러싼 아리따운 소녀들의 오밀조밀한 이야기를 다루지만, 그 속에서 은연중 뿜어내는 고상하고 우아한 분위기와 청춘 남녀 사이의 발랄한 기운이 우리의 가슴을 뛰게 한다. 귀족 가문이 기울어지는 흥망성쇠의 과정을 배경으로 깔고, 변화무쌍한 인간사회의 복잡한 착종 관계를 교차시켜 방대한 이야기를 이어 간다. 이 소설은 이전의 역사소설이나 영웅소설의 거대 담론과 거친 구성에서 과감히 탈피했다. 대가족의 소소한 일상에서 일어나는 수많은 파문을 일일이 엮어, 가족 간이나 주종 간에 얽히고설킨 복잡한 인간관계를 온전하게 구현한다. 이러한 작가의 수법은 전통 시기에 일찍이 나타난 적이 없었다.

『홍루몽』은 다양한 인물이 보여 주는 오묘한 사랑의 심리를 정교하고 세밀하게 담아내 '사랑의 성서(바이블)'라고도 불린다. 이 책에서 사랑의 표현은 노골적이지 않고 은근하며 고상하고 우아한 비유와 상징을 활용하지만, 절절한 열정과 은은하게 배어나는 깊은 감성의 표현은 고전적이며 또한 쉽게 흉내 내기 어려운 천재적 글솜씨의 품격을 지닌다. 오래 읽고 깊이 읽고 사유하며 읽으면 더더욱 진한 향기를 맡을 수 있다. 그러므로 이 책의 매력에 흠뻑 빠진 사람들을 홍미(紅迷)라고 부른다. 그 파장은 청나라 중기부터 오늘날까지 면면히 이어진다.

소설 첫머리엔 중국에서 가장 오랜 인류 창조의 신이며 사랑과 혼인의 신으로 불리는 여와보천(女媧補天)의 신화적 배경이 전개된다. 또 천상의 태허환경(太虛幻境)과 이에 대응하는 지상 낙원 대관원의 이중 구도를 보여 주며 일승일도(一僧一道)가 그사이를 오가며 긴밀한 역할을 담당하여 환상적이고 몽환적인 분위기를 자아낸다.

소설은 이렇게 환상적 낭만주의를 표방하는 듯하지만, 구체적인 사건의 전개와 인물의 묘사는 삶의 현장에서 언제 어디서나 볼 수 있는 생생하고 사실적인 모습이다. 따라서 이 소설은 낭만주의와 사실주의를 혼합한 작품으로 이해할 수 있다. 전체적으로 보면 사실주의 작품이며, 환상적 낭만주의 기법이 활용되었다고 보는 것이 더 정확한 표현이다.

작가는 삶의 소소한 현장을 예리한 시각으로 포착하여 이야기 핵심 대상으로 활용하며 자신만의 확고한 세계관과 인생관의 원칙을 담아 폭넓은 휴머니즘의 세계를 보여 준다. 수백 명에 이르는 다양한 인간 군상을 다루면서 부귀나 성별 혹은 지위로 인간을 차별하지 않고, 주인공을 비롯한 주요 인물은 물론이지만, 잠시 등장했다가 소멸하는 엑스트라 같은 소인물까지 피와 살을 붙이고 감성과 생각을 불어넣어 온전한 생명체로 살려 냈다. 그에게 있어서 선악의 절대적 구분은 무의미했고, 선한 가운데 적당한 악함을 드러내고, 악인에게도 나름대로 이해되는 선함이 있음을 보여 주었다. 궁극적으로 박명한 여성, 불행한 운명 속에 스러지는 한 떨기 꽃송이 같은 젊은 여성들에게 연민의 눈빛을 보내면서, 그 모습을 생생하게 그려 냈다. 작가는 흥망성쇠의 과정에서 처참하게 무너진 자신의 가문과 사라진 가족의 운명을 되돌아보며, 속절없이 바라보고만 있어야 했던 자신의 무능력에 대해 깊은 참회의 심정으로 소설을 썼다.

작자 조설근(曹雪芹)은 남경에서 태어나 어린 시절을 보냈다. 그의 증조, 조부, 부친, 숙부는 강희(康熙) 연간에 60여 년간 강녕직조(江寧織造)를 맡아 경제적 기반을 갖추고 강남지역에서 정치적 위상과 문화적 기품을 지키고 있었다. 조설근은 이 가문의 오랜 문학적, 문화적 전통을 이어받았다. 옹정(雍正) 초 조부(曹頫)가 삭탈관직으로 몰락하자 13세 무렵의 조설근은 북경으로 이주하여 숭문문(崇文門) 밖의 산시구(蒜市口)에 살았고 우익종학(右翼宗學)에서 조교 역할을 하며 돈민(敦敏), 돈성(敦

誠) 형제와 망년지교를 맺기도 했다. 가세가 더욱 기울어 북경 교외의 서산 아래로 이주하여 가난하게 살면서도 시화를 즐겼고, 이 무렵 『홍루몽』을 쓰기 시작하여 10여 년간 지속했다. 소설의 초고는 근친인 지연재(脂硯齋)가 비평과 수정을 계속했고, 정리된 80회 필사본이 주변 인물에게 전해졌다. 후반의 원고를 완전하게 정리하지 못하고, 조설근은 48세의 젊은 나이에 세상을 떠났다. 작가는 떠났지만, 주변에 전해지던 80회 필사본만으로도 독자들은 새로운 장편 소설의 놀라운 경지를 맛볼 수 있었다.

작가의 사후 30년이 지났을 때, 정위원(程偉元)은 자신이 구한 후반부 원고를 제공하며 고악(高鶚)을 청해 수정·보완하였고, 이를 목활자본으로 간행하여 마침내 120회 본 텍스트가 세상에 나왔다. 수미쌍관의 완전한 이야기로 구성된 새로운 장편 소설이 간행되었을 때, 중국 전역의 독자들은 환호하였고 머지않아 관련 시사, 그림, 희곡, 속서 등의 문예 작품이 우후죽순처럼 출현했다. 그리고 곧 홍학(紅學)의 붐이 일어났다. 홍학은 처음 경학에 빗대어 장난처럼 나온 말이었지만, 민국초기 신홍학 시기에는 중국 최고의 국학 대사가 다투어 참여하며 초미의 국민적 관심사로 부상했다. 홍학은 20세기 초 새롭게 부상한 갑골학(甲骨學)이나 돈황학(敦煌學)과 더불어 삼대 현학(顯學)의 하나로 주목받았다. 오늘날까지 중국에서는 백년 홍학의 영향 아래 『홍루몽』 애호가들이 폭넓게 활동하고 있다.

『홍루몽』은 중국 전통문화의 정수를 다양하게 이어받아 새로운 창작에 활용했다. 『홍루몽』은 곧 고전 문학의 보고이자 전통문화의 백과사전이라는 말이 있다. 고전 문학의 맥락으로만 보더라도 여와보천의 신화를 비롯하여 『초사』·『장자』의 문체를 활용하였고, 당시와 송사의 전통을 고스란히 계승하였다. 희곡 『서상기』와 『모란정』의 영향은 수면 위로 드러내고, 소설 『서유기』와 『금병매』의 그림자는 수면 아래로 가라앉혀 저변에 깔았다. 20세기 현대 작가 루쉰[魯迅]은 『홍루몽』을 평하면서 "이 소설이 나타난 이후 전통 소설의 모든 사상과 작법이 타파되었다"라고 했지만, 사실 그 새로움의 바탕 위에는 면면히 흘러온 고전 문학의 전통이 뿌리 깊게 담겨 있었다.

『홍루몽』의 후대 영향은 더욱 광범위하다. 청대 후기의 수

많은 제홍시(題紅詩)와 희곡 작품이 있었고 인물이나 사건을 직접 이어받은 속서나 유사한 내용을 새로 꾸며 낸 모방작이 숱하게 만들어졌다. 무엇보다 20세기 이후 현대 문학에 끼친 막대한 영향은 더욱 주목할 만하다. 유명 작가 중에는 어려서부터 『홍루몽』을 탐독하여 큰 영향을 받았다고 고백한 사람이 적지 않다. 예를 들면 바진[巴金], 장아이링[張愛玲], 바이셴융[白先勇] 등은 제 작품에서 『홍루몽』의 분위기를 의도적으로 그려냈고, 따로 전문 연구서를 내기도 했다.

우리나라도 홍학의 역사는 짧지 않다. 19세기 초 연행사절단에 의해 한반도로 전해졌을 것으로 추정되는 『홍루몽』 텍스트는 고종 연간 창덕궁 낙선재(樂善齋)에서 역관들에 의해 완역본으로 번역되었고 궁녀들에 의해 필사된 언해본이 지금까지 한국학중앙연구원 장서각에 남아 있다. 번역을 주도한 이는 한어(漢語)에 능통한 이종태(李鍾泰)라고 한다. 원문과 번역문을 대조하여 궁체로 필사했고 원문의 중국어 발음까지 언문(한글)으로 표기한 독특한 번역본이다. 이는 시대적으로 볼 때도 세계 최초의 완역본일 뿐만 아니라 최고의 정성을 들여 만든 궁중 언해본이므로 오늘날 국내외 홍학계의 비상한 주목을 받고 있다. 낙선재본이 나올 무렵부터 셈한다고 해도 한국 홍학사는 140년의 역사를 가졌다. 일제강점기에 신문연재로 번역을 발표한 백화 양건식(梁建植)이나 열운 장지영(張志暎)의 번역과 소개 활동은 한국 홍학사의 두 번째 중요한 단계다. 안타깝게도 그때 낙선재본을 활용하지 못했고 신문연재도 완역으로 마무리하지 못했다. 작품의 특성상 독자의 구미를 끌 수 있는 드라마틱한 장면이 드물었기 때문이다. 단행본으로 간행된 번역본은 해방 이후 비로소 출현했다. 김용제, 이주홍 등의 번역은 대부분 앞서 나온 일역본을 참고했다. 비록 학술적 성격은 약했으나 대중적 전파에는 큰 역할을 하여 중국 소설 번역사에도 의미 있는 성과였다. 학술논문의 대상으로 연구가 시작된 것은 1980년부터였고 이후 석사논문과 박사논문이 양산되면서 한국 홍학의 본격적인 학술 시대가 이어졌다. 후에 중국에서 들어온 조선족 역자의 번역본이 유행했고, 2009년 국내 학자에 의한 완역본이 나왔다. 새로운 번역도 뒤를 이어, 완전한 번역과 학술의 시대가 전개되었다.

그러나 『삼국지연의』 등의 사대기서에 비하면 한국 사회에서 『홍루몽』의 대중적 인식은 여전히 낮은 편이다. 한국에서 왜 『홍루몽』이 잘 알려지지 않았는지 궁금한 사람이 많다. 혹자는 한국의 전통적 기질상 거대한 역사적 흐름이나 영웅 호걸의 이야기를 즐기므로 『삼국지』와 『수호전』이 널리 읽혔다고 하지만, 우리 고전에 양소유와 팔선녀의 만남을 다룬 『구운몽』이 있고 더구나 이몽룡과 성춘향의 애절한 『춘향전』 이야기가 최고의 인기를 누려 왔음을 생각하면 그러한 이유도 합당하지 않다.

『홍루몽』이 쉽게 받아들여지지 못하고 대중적 인지도를 얻지 못한 원인을 헤아려 보면, 작품 외적인 시대적 문제와 작품 내적인 서사 구성의 문제가 있다. 우선 『홍루몽』의 출현 시기는 청대 건륭 연간이다. 이 무렵 조선에서는 이미 『삼국지』를 위시한 명대 사대기서가 널리 전해졌고 명말 청초의 재자가인 소설도 쏟아져 왔다. 장편으로서 사대기서는 『금병매』를 제외하면 강사형 소설로부터 발전하여 이야기 줄거리의 선이 굵고 사건 중심으로 전개되므로 압축하거나 일부 대목을 절록한 작품도 전하기 쉬웠다. 특히 『삼국지』는 쉬운 문언문으로 되어 한문 공부에 도움이 되었고 역사적 사실의 이해와 충의 사상 고취에도 활용할 수 있었다. 당시 유생들이 『삼국지』

의 열독이나 언해, 재창작에 참여한 까닭이다. 이에 비해 회음소설로 치부된 『금병매』는 언급하지 않았다. 이를 제외하고 나머지 세 작품을 '삼대기서'로 불렀다. 그런데 19세기 초에 『홍루몽』의 이름이 알려졌을 때, 원전 텍스트를 직접 보지 못한 문인들은 이 책도 『금병매』와 유사한 소설로 인식하였고, 직접 책을 대했던 선비도 백화로 쓰인 원전을 마음껏 읽고 깊이 감상하기는 어려웠다. 지금도 제목만으로 이 소설을 홍등가의 이야기로 잘못 이해하는 일이 있으니, 전통사회 유생들의 오해도 충분히 이해된다. 명청 교체기 이후 조선의 문인들은 청나라의 문화에 대해 거부감을 가졌고 은연중 청대 문학 특히 소설이나 희곡에 대해서 부정적 기류가 강했다. 유교의 전통적 문학관에서 소설 같은 통속문학은 군자가 직접 접하기를 꺼렸다.

백화소설을 직접 읽고 감상할 수 있었다고 해도, 『홍루몽』의 복잡한 구조와 다양한 인물의 출현으로 작품의 이해에 어려움은 있었을 것이다. 진정한 의미의 『홍루몽』 애독자와 애호가가 출현하기 전에는 번역의 시도도 쉽지는 않았을 것이다. 그런 의미에서 이종태를 위시한 역관들이 원문 대조를 진행하며 발음까지 넣어 정교하게 『낙선재본 완역홍루몽』을 만들어 낸 것은 기적에 가까운 쾌거다. 당시 궁중의 최고위층에 『홍루몽』의 진가를 인정하여 그러한 언해본을 만들도록 명한 인물이 있었음을 방증한다. 필자는 그에 해당하는 인물로 정황상 명성황후(明成皇后, 1851-1895)의 가능성을 조심스럽게 제시한다. 하지만 그로부터 다시 백여 년이 지나도 현재 한국 일반 대중의 『홍루몽』에 대한 인지도는 여전히 낮다. 한중 수교 이후 중국에 대한 관심이 높아졌을 때 약간 상승한 정도다. 인류 보편의 사랑과 인본주의의 문제를 다루면서 가장 중국적인 문체와 중국 고전의 문화를 풍부하게 담고 있는 『홍루몽』은 우리에게 여전히 가까이하기에는 쉽지 않은 작품이다.

한편 뜻밖에도 북한에선 중국과의 정치적 교류의 이유로 일찍부터 가극 『홍루몽』을 제작하여 공연한 바 있었다. 1961년 상호 문화교류의 일환으로 중국에서는 〈월극 춘향전〉을 만들었고 북한에서는 〈가극 홍루몽〉을 공연했다. 또 2009년 〈가극 홍루몽〉을 만들어 이듬해 중국 대도시 순회공연으로 주목받았다. 하지만 북한에는 아직 본격적 연구가 진행되지 않고 따로 번역본도 없다. 가극은 중국 드라마를 모델로 편극했고 배우들이 참고한 『홍루몽』은 중국에서 간행된 조선족 역자의 번역본이었다.

서울에서는 수년 전 '한국홍루몽연구회'가 결성되고, 통신 잡지 『홍루 아리랑』을 발간하여 대중 전파에 노력하고, 해외 교류로 한국 홍학의 국제화에도 힘쓰고 있다. 향후 『홍루몽』의 대중화를 통한 저변확대의 노력은 계속될 것이며, 독자 여러분의 적극적인 관심과 노력이 있어야 그 목적이 달성될 수 있다.

후기

평생 『홍루몽』과 함께 살아왔다고 자부했지만, 막상 이 작품을 사람들에게 널리 소개할 수 있도록 노력하는 데는 여전히 부족했던 모양이다. 한국에서 이 작품에 대한 전반적인 소개의 글이 책으로 간행된 선례는 많지 않다. 그만큼 이 작품에 대한 대중적 관심은 사대기서에 비해 약한 편이다. 독자들에게 좀 더 본질에 가깝도록 작품을 소개하고 이끌어 오는 마중물을 만드는 일이 시급함을 절실하게 느낀다. 핵심은 오로지 『홍루몽』과 접촉의 기회를 늘려 가는 것뿐이다.

"『홍루몽』을 한마디로 소개한다면?" 하고 묻는 말에 대답하기가 참으로 어렵다. 조금 덜 알면 좀 더 단순명쾌하겠지만, 그냥 인정소설, 연애소설, 성장소설, 대하소설이라 하기에도 뭔가 찜찜하다. 매일 토닥토닥 감정싸움을 하면서도 사랑한다는 말 한마디가 나오지 않는 게 이 소설이다. 주인공을 비롯하여 스무 살이 넘지 않은 청춘남녀의 이야기이지만 할머니와 부인들이 항상 등장하며, 몇 세대에 걸친 인물을 소개했지만 실상 이야기는 주인공을 중심으로 위아래 세대에만 초점이 맞춰져 있다. 사건의 묘사는 항상 집안의 소소한 일에 집중하여 궁중이나 바깥 사회의 일은 극히 소략하게 그린다. 작가의 시점은 주인공을 멀리 떠나지 않으며 주인공은 늘 집안에서 자질구레한 일에 얽혀 있다. 여러 가지 다양한 요소를 모두 갖추고 있으니 복잡하고 다단하다. 그래도 작품을 소개하려면 120회를 관통하는 인물과 사건을 구분하고 나누어야 한다. 작가 스스로 전 5회에서 나름대로 틀을 짜서 보여 주고 있으니 소개하기에 한결 수월하다. 복잡한 가문의 내력을 알려 주려고 냉자홍이란 인물을 통해 객관적으로 전모를 밝힌다. 핵심적인 여성의 성격과 운명도 한눈에 알 수 있도록 태허환경에서 금릉십이차의 그림과 예언시를 보여 준다. 작가의 의도를 한껏 반영하여 본서에서도 여섯 장으로 나누어 이 책의 키워드를 풀이하려고 애썼다. 독자들이 쉽게 다가갈 수 있는 사다리 역할이 되기를 바란다.

『홍루몽』을 일목요연하게 살펴볼 수 있는 해설서가 이제야 나오는 것이 만시지탄이 있긴 하지만, 세창미디어의 특별한 배려로 본서가 간행될 수 있어 큰 다행이다. 방대하고 복잡한 고전 명작을 간략하게 압축하여 소개하는 것은 큰 부담이다. 온전하게 정곡을 찾았다고 장담하기 어렵기 때문이다. 독자들의 생각도 다양하고 요구도 여러 갈래지만, 이러한 '작품 읽기'의 글로 잠시의 동감을 얻어 낸다면 그것으로 만족이다. 독자에게 한 포기 호기심의 새싹이라도 돋아나게 한다면, 필자의 역할은 다한 것이다. 앞으로 새로운 홍학가들이 또 다른 방식으로, 또 다른 방향에서 홍루의 세계를 멋지게 그려 낼 것이다.

그동안 학문의 길에서 『홍루몽』을 함께 읽고 고락을 견뎌 온 오랜 동학과 젊은 학우들에게는 하나의 작은 기념이 되기를 바라며, 언제나 묵묵히 뒤에서 보살펴 주며 응원해 준 우리 가족 '룽의 일가'에게도 이 기회에 애틋한 마음을 전하고 싶다. 나 자신도 만년에 불치의 병을 만나 어렵사리 써낼 수 있는 마지막 글이라고 생각하면 이 책은 내 생애에서 큰 의미가 있다. 그러나 무엇보다 이 책이 나올 수 있도록 깊은 이해와 배려를 아끼지 않은 세창미디어 여러분께 깊은 감사의 뜻을 표한다. 온 세상이 사랑으로 가득하기를 소망한다!

2023년 12월 17일, 내제(奈堤) 만곡당에서

최용철

작가 미상, 나비 쫓는 설보차(『증평보도 석두기』), 1900

홍루몽 인물

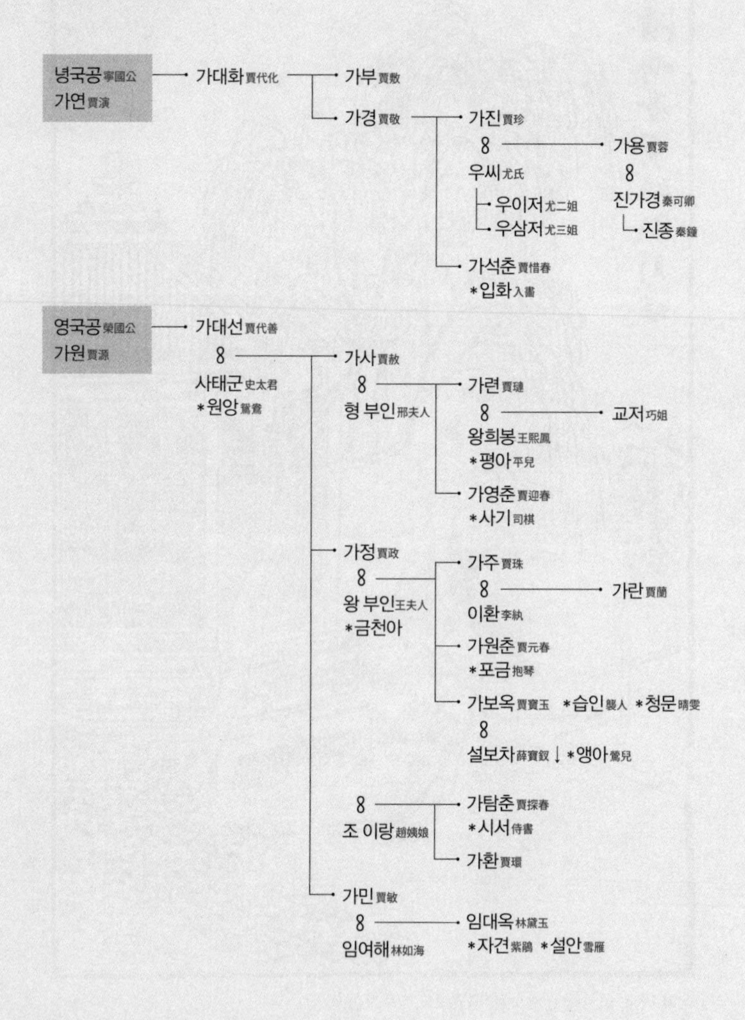

녕국공寧國公
가연賈演
가대화賈代化
가부賈敷
가경賈敬
가진賈珍
우씨尤氏
우이저尤二姐
우삼저尤三姐
가용賈蓉
진가경秦可卿
진종秦鐘
가석춘賈惜春
*입화入畵
영국공榮國公
가원賈源
가대선賈代善
사태군史太君
*원앙鴛鴦
가사賈赦
형 부인邢夫人
가련賈璉
왕희봉王熙鳳
*평아平兒
교저巧姐
가영춘賈迎春
*사기司棋
가정賈政
왕 부인王夫人
*금천아
가주賈珠
이환李紈
가란賈蘭
가원춘賈元春
*포금抱琴
가보옥賈寶玉 *습인襲人 *청문晴雯
설보차薛寶釵 *앵아鶯兒
조 이랑趙姨娘
가탐춘賈探春
*시서侍書
가환賈環
가민賈敏
임여해林如海
임대옥林黛玉
*자견紫鵑 *설안雪雁

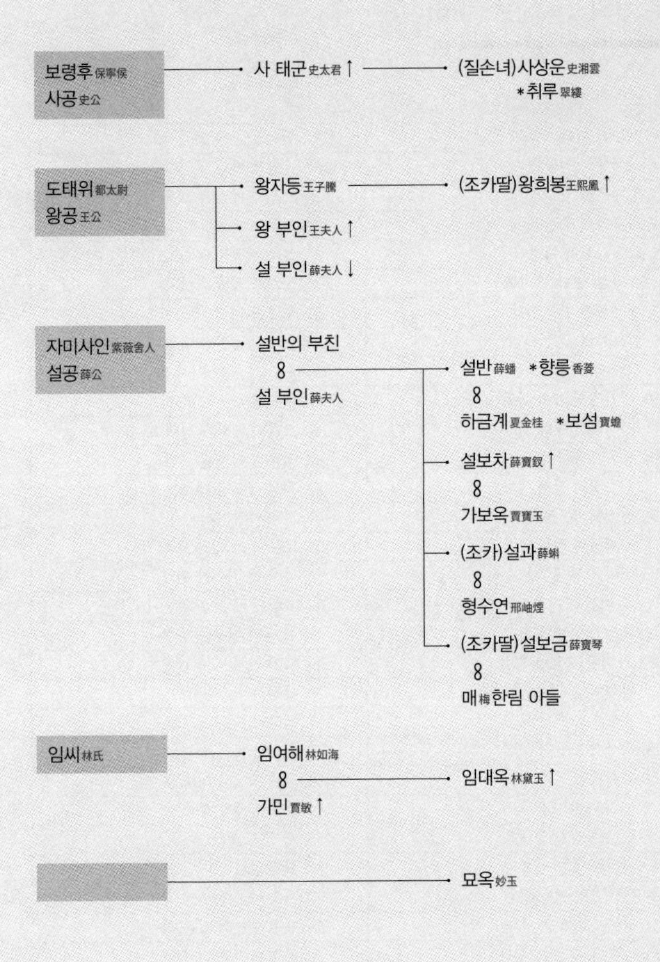
보령후保寧侯
사공史公
사 태군史太君 ↑
(질손녀)사상운史湘雲
*취루翠縷
도태위都太尉
왕공王公
왕자등王子騰
(조카딸)왕희봉王熙鳳 ↑
왕 부인王夫人 ↑
설 부인薛夫人 ↓
자미사인紫薇舍人
설공薛公
설반의 부친
∞
설 부인薛夫人
설반薛蟠 *향릉香菱
∞
하금계夏金桂 *보섬寶蟾
설보차薛寶釵 ↑
∞
가보옥賈寶玉
(조카)설과薛蝌
∞
형수연邢岫煙
(조카딸)설보금薛寶琴
∞
매梅한림 아들
임씨林氏
임여해林如海
∞
가민賈敏 ↑
임대옥林黛玉 ↑
묘옥妙玉
가문, → 직계, ∞ 처첩, ㄴ 형제자매, * 시녀, ↑↓ 위 또는 아래의 인물

홍루몽의 간추린 회목

1. 석두의 이야기 전말	31. 천금 같은 청문 웃음
2. 영국부의 인물 구성	32. 우물에 빠진 금천아
3. 임대옥의 외가 상경	33. 모질게 매맞은 보옥
4. 가우촌의 부정 판결	34. 눈물로 문병한 대옥
5. 금릉십이차 예언시	35. 보옥 시중든 옥천아
6. 유 노파 만난 왕희봉	36. 잠꼬대 엿들은 보차
7. 진가경과 진종 남매	37. 해당화 시 짓기 모임
8. 설보차의 금옥 인연	38. 국화시 장원한 대옥
9. 서당 학동의 대소동	39. 유 노파 꾸민 이야기
10. 진가경의 와병 상황	40. 대관원의 주령 놀이
11. 가서의 엉뚱한 사랑	41. 묘옥의 매화차 접대
12. 풍월보감의 경고음	42. 석춘의 대관원 그림
13. 진가경의 장례 절차	43. 희봉 생일날 대소동
14. 임여해의 사망 소식	44. 가련 바람기의 들통
15. 왕희봉의 권력 남용	45. 도롱이 쓰고 온 보옥
16. 귀비 책봉된 가원춘	46. 가사 청 거역한 원앙
17-18. 대관원 기공과 낙성	47. 유상련 매 맞은 설반
19. 화습인 충정과 권고	48. 시 짓기 배우는 향릉
20. 조 이랑 질책한 희봉	49. 하얀 눈 덮인 대관원
21. 가련의 흠 덮은 평아	50. 설경시와 수수께끼
22. 게송으로 깨친 보옥	51. 회고시 지은 설보금
23. 서상기 모란정 구절	52. 공작털 짜기운 청문
24. 가운과 소홍의 만남	53. 그믐 제사와 대보름
25. 마 도파의 도술 음해	54. 왕희봉 재롱 부리기
26. 슬픔에 잠긴 임대옥	55. 제 딸 모욕한 조 이랑
27. 나비를 쫓는 설보차	56. 살림 잘하는 가탐춘
28. 장옥함의 붉은 수건	57. 보옥 마음 떠본 자견
29. 장도사 혼삿말 풍파	58. 배우 우관의 깊은 정
30. 이름 글자 쓰는 영관	59. 곤경 빠진 하녀 춘연
	60. 말리분 복령상 파동

61. 억울함 밝히는 평아	91. 하금계 보섬의 계략
62. 꽃밭에 누운 사상운	92. 열녀전 가르친 보옥
63. 이홍원의 생일 잔치	93. 대자보 소문 수월암
64. 오미음을 읊은 대옥	94. 사라진 통령옥 행방
65. 가련 첩실된 우이저	95. 인사불성 병든 보옥
66. 파혼 자결한 우삼저	96. 왕희봉의 혼인 계략
67. 남편 외도 찾은 희봉	97. 대옥 보차 다른 운명
68. 희봉의 녕국부 소동	98. 대옥 죽음 들은 보옥
69. 유산에 자살한 이저	99. 아전 농간 당한 가정
70. 도화꽃 시 짓기 모임	100. 벽지로 시집간 탐춘
71. 사기와 반우안 밀회	101. 귀신 나오는 대관원
72. 과로에 병난 왕희봉	102. 요괴를 내쫓는 의식
73. 춘화 수놓은 수춘낭	103. 제 꾀에 빠진 하금계
74. 밤중의 대관원 수색	104. 옛정을 못 잊는 보옥
75. 조상 영령 한숨 소리	105. 가산 몰수의 녕국부
76. 가을 저녁 피리 소리	106. 참회 기도한 사 태군
77. 한을 품고 죽은 청문	107. 세습직 회복한 가정
78. 제문 지어 바친 보옥	108. 대옥을 그리는 보옥
79. 아내 잘못 만난 설반	109. 불쌍한 영춘의 요절
80. 애먼 매를 맞는 향릉	110. 천수를 다한 사 태군
81. 운수 점친 낚시 대회	111. 도적을 끌어온 종놈
82. 대옥이 꾼 병중 악몽	112. 도적에 납치된 묘옥
83. 원춘 귀비 궁중 문병	113. 교저를 구한 유 노파
84. 가모 거론 보옥 혼사	114. 헛되이 죽은 왕희봉
85. 죄진 설반의 유배길	115. 비구니 출가한 석춘
86. 뇌물 주고 고친 판결	116. 다시 보는 태허환경
87. 수행중 마귀 씐 묘옥	117. 집안 망친 가씨 후손
88. 하인에 호통친 가진	118. 교저 팔아먹는 외숙
89. 보옥을 못 믿는 대옥	119. 집 떠나 출가한 보옥
90. 형수연 설과의 곤경	120. 대황산 돌아간 석두

참고서목

曹雪芹·高鶚, 『紅樓夢』(上下), 人民文學出版社, 1996.

류멍시 지음, 한혜경 옮김, 『논쟁 극장—홍루몽을 둘러싼 20세기 중국 지성계의 지적 모험』, 글항아리, 2019.

최병규, 『홍루몽 정 문화 연구』, 한국문화사, 2019.

최용철·고민희·김지선, 『붉은 누각의 꿈』, 나남, 2009.

최용철·고민희 옮김, 『홍루몽』(전6권), 나남, 2009.

최용철, 『중국문학, 서사로 다시 읽기』, 세창출판사, 2022.

허룡구·정재서 엮음, 『홍루몽 해설 및 연구자료집』, 예하, 1991.

[세창명저산책]

001 들뢰즈의 『니체와 철학』 읽기 · 박찬국
002 칸트의 『판단력비판』 읽기 · 김광명
003 칸트의 『순수이성비판』 읽기 · 서정욱
004 에리히 프롬의 『소유냐 존재냐』 읽기 · 박찬국
005 랑시에르의 『무지한 스승』 읽기 · 주형일
006 『한비자』 읽기 · 황준연
007 칼 바르트의 『교회 교의학』 읽기 · 최종호
008 『논어』 읽기 · 박삼수
009 이오네스코의 『대머리 여가수』 읽기 · 김찬자
010 『만엽집』 읽기 · 강용자
011 미셸 푸코의 『안전, 영토, 인구』 읽기 · 강미라
012 애덤 스미스의 『국부론』 읽기 · 이근식
013 하이데거의 『존재와 시간』 읽기 · 박찬국
014 정약용의 『목민심서』 읽기 · 김봉남
015 이율곡의 『격몽요결』 읽기 · 이동인
016 『맹자』 읽기 · 김세환
017 쇼펜하우어의 『의지와 표상으로서의 세계』 읽기 · 김 진
018 『묵자』 읽기 · 박문현
019 토마스 아퀴나스의 『신학대전』 읽기 · 양명수
020 하이데거의 『형이상학이란 무엇인가』 읽기 · 김종엽
021 원효의 『금강삼매경론』 읽기 · 박태원
022 칸트의 『도덕형이상학 정초』 읽기 · 박찬구
023 왕양명의 『전습록』 읽기 · 김세정
024 『금강경』 · 『반야심경』 읽기 · 최기표
025 아우구스티누스의 『고백록』 읽기 · 문시영
026 네그리 · 하트의 『제국』 · 『다중』 · 『공통체』 읽기 · 윤수종
027 루쉰의 『아큐정전』 읽기 · 고점복
028 칼 포퍼의 『열린사회와 그 적들』 읽기 · 이한구
029 헤르만 헤세의 『유리알 유희』 읽기 · 김선형
030 칼 융의 『심리학과 종교』 읽기 · 김성민
031 존 롤즈의 『정의론』 읽기 · 홍성우
032 아우구스티누스의 『삼위일체론』 읽기 · 문시영
033 『베다』 읽기 · 이정호
034 제임스 조이스의 『젊은 예술가의 초상』 읽기 · 박윤기
035 사르트르의 『구토』 읽기 · 장근상
036 자크 라캉의 『세미나』 읽기 · 강응섭
037 칼 야스퍼스의 『위대한 철학자들』 읽기 · 정영도
038 바움가르텐의 『미학』 읽기 · 박민수
039 마르쿠제의 『일차원적 인간』 읽기 · 임채광
040 메를로-퐁티의 『지각현상학』 읽기 · 류의근
041 루소의 『에밀』 읽기 · 이기범
042 하버마스의 『공론장의 구조변동』 읽기 · 하상복
043 미셸 푸코의 『지식의 고고학』 읽기 · 허 경
044 칼 야스퍼스의 『니체와 기독교』 읽기 · 정영도
045 니체의 『도덕의 계보』 읽기 · 강용수
046 사르트르의 『문학이란 무엇인가』 읽기 · 변광배
047 『대학』 읽기 · 정해왕
048 『중용』 읽기 · 정해왕
049 하이데거의 「"신은 죽었다"는 니체의 말」 읽기 · 박찬국
050 스피노자의 『신학정치론』 읽기 · 최형익

051 폴 리쾨르의 『해석의 갈등』 읽기 · 양명수
052 『삼국사기』 읽기 · 이강래
053 『주역』 읽기 · 임형석
054 키르케고르의 『이것이냐 저것이냐』 읽기 · 이명곤
055 레비나스의 『존재와 다르게 - 본질의 저편』 읽기 · 김연숙
056 헤겔의 『정신현상학』 읽기 · 정미라
057 피터 싱어의 『실천윤리학』 읽기 · 김성동
058 칼뱅의 『기독교 강요』 읽기 · 박찬호
059 박경리의 『토지』 읽기 · 최유찬
060 미셸 푸코의 『광기의 역사』 읽기 · 허 경
061 보드리야르의 『소비의 사회』 읽기 · 배영달
062 셰익스피어의 『햄릿』 읽기 · 백승진
063 앨빈 토플러의 『제3의 물결』 읽기 · 조희원
064 질 들뢰즈의 『감각의 논리』 읽기 · 최영송
065 데리다의 『마르크스의 유령들』 읽기 · 김보현
066 테야르 드 샤르댕의 『인간현상』 읽기 · 김성동
067 스피노자의 『윤리학』 읽기 · 서정욱
068 마르크스의 『자본론』 읽기 · 최형익
069 가르시아 마르께스의 『백년의 고독』 읽기 · 조구호
070 프로이트의 『정신분석 입문 강의』 읽기 · 배학수
071 프로이트의 『꿈의 해석』 읽기 · 이경희
072 토머스 쿤의 『과학혁명의 구조』 읽기 · 곽영직
073 토마스 만의 『마법의 산』 읽기 · 윤순식
074 진수의 『삼국지』 나관중의 『삼국연의』 읽기 · 정지호
075 에리히 프롬의 『건전한 사회』 읽기 · 최흥순
076 아리스토텔레스의 『정치학』 읽기 · 주광순
077 이순신의 『난중일기』 읽기 · 김경수
078 질 들뢰즈의 『마조히즘』 읽기 · 조현수
079 『열국지』 읽기 · 최용철
080 소쉬르의 『일반언어학 강의』 읽기 · 김성도
081 『순자』 읽기 · 김철운
082 미셸 푸코의 『임상의학의 탄생』 읽기 · 허 경
083 세르반테스의 『돈키호테』 읽기 · 박 철
084 미셸 푸코의 『감시와 처벌』 읽기 · 심재원
085 포이어바흐의 『기독교의 본질』 읽기 · 양대종
086 칼 세이건의 『코스모스』 읽기 · 곽영직
087 『삼국유사』 읽기 · 최광식
088 호르크하이머와 아도르노의 『계몽의 변증법』 읽기 · 문병호
089 스티븐 호킹의 『시간의 역사』 읽기 · 곽영직
090 에리히 프롬의 『자유로부터의 도피』 읽기 · 임채광
091 마르크스의 『경제학-철학 초고』 읽기 · 김 현
092 한나 아렌트의 『예루살렘의 아이히만』 읽기 · 윤은주
093 미셸 푸코의 『말과 사물』 읽기 · 심재원
094 하버마스의 『의사소통 행위 이론』 읽기 · 하상복
095 기든스의 『제3의 길』 읽기 · 정태석
096 주디스 버틀러의 『젠더 허물기』 읽기 · 조현준
097 후설의 『데카르트적 성찰』 읽기 · 박인철
098 들뢰즈와 가타리의 『천 개의 고원』, 「서론: 리좀」 읽기 · 조광제
099 레비스트로스의 『슬픈 열대』 읽기 · 김성도
100 에리히 프롬의 『사랑의 기술』 읽기 · 박찬국
101 괴테의 『파우스트』 읽기 · 안삼환
102 『도덕경』 읽기 · 김진근
103 하이젠베르크의 『부분과 전체』 읽기 · 곽영직
104 『홍루몽』 읽기 · 최용철

· 세창명저산책은 계속 이어집니다.